O último tiro da Guanabara

Bruna Meneguetti

O último tiro da Guanabara

Copyright © 2019 Bruna Meneguetti
O último tiro da Guanabara © Editora Reformatório

Editores
Marcelo Nocelli
Rennan Martens

Revisão
Eduardo Rosal
Marcelo Nocelli

Imagens de capa e interna
iStockphoto

Design e editoração eletrônica
Negrito Produção Editorial

Dados Internacionais de Catalogação na Publicação (CIP)
Bibliotecária Juliana Farias Motta (CRB 7/5880)

Meneguetti, Bruna
    O último tiro na Guanabara / Bruna Meneguetti. – São Paulo: Reformatório, 2019.
    304 p.; 14 × 21 cm.

    ISBN 978-85-66887-51-80

    1. Romance brasileiro. 1. Título.
F475u   CDD B869.3

Índice para catálogo sistemático:
1. Romance brasileiro

Todos os direitos desta edição reservados à:

EDITORA REFORMATÓRIO
www.reformatorio.com.br

Prólogo – 11 de novembro de 1955

Cada tiro de canhão disparado provocava no ouvido um zunido ainda mais forte, quase como se houvesse um enxame de abelhas dentro dele. Mais uma vez, o chão tremia, as pessoas arregalavam os olhos e ele se agachava como que por instinto, apesar de não poder ver onde o inimigo estava na Baía de Guanabara.

Suava frio, enquanto se esgueirava pelas paredes do Forte de Copacabana, que fora construído por cima de uma pedra, de modo que as tripulações dos navios só podiam ver os canhões e a sólida arquitetura. O ambiente todo era fechado e sem luz natural, o que lhe causava náuseas por não saber qual era a situação no mar ou se o navio de guerra, alvo dos disparos, já havia sido atingido. Quando enfim alcançou a entrada, o único pátio iluminado pelo dia, respirou aliviado.

Esperou o momento perfeito para sair correndo, seguir pela rua que beirava o mar e continuar com seu impulso desesperado de sumir até estar bem longe da segunda entrada, na praça Coronel Eugênio Franco. Colocou um pé para fora. Talvez não fosse o momento mais propício para sair, mas era bom o suficiente. De repente uma mão pousou com força em seu ombro e uma voz cortante questionou:

— Aonde pensa que vai?

O último tiro da Guanabara 5

Reconhecia aquele tom e não era preciso sequer olhar para trás a fim de descobrir quem falava. Virou-se cabisbaixo e retornou às luzes artificiais.

— Estava apenas checando a situação por aqui, senhor.

— Você deseja mesmo sair, certo? — gritou o superior.

Olhando para baixo, o rapaz não lhe disse nada.

— Pois bem... — O tenente amenizou o tom. Tirou uma carta de dentro do uniforme, colocou-a no campo de visão do homem e completou: — Está vendo este endereço, soldado?

Ele encarou o envelope sem entender, e seu superior continuou:

— Quero que corra o mais rápido possível até este endereço, peça para falar com o responsável e entregue o envelope pessoalmente a ele. Fechado, tem de estar fechado. Acha que é capaz de fazer isso?

— Sim, senhor!

No segundo seguinte, o rapaz atravessou a primeira entrada do forte. Correu por toda a extensão da área militar e voou pelas ruas, longe do mar, do Cruzador e de seus canhões. Não acreditava na sorte que teve. Corria pela vida, não pela carta. Porém, a adrenalina era tanta que, mesmo não podendo ver mais o oceano, continuou com as pernas em chamas até o endereço indicado. Só pôde sentir o quanto havia exigido de seu corpo quando estagnou em frente ao endereço indicado e bateu palmas.

— O que deseja? — Um mordomo veio atendê-lo com um semblante de desgosto.

— Ordens do Forte de Copacabana. Preciso entregar esta carta ao dono da casa — falou quase sem fôlego. — Devo fazê-lo pessoalmente.

O empregado estreitou os olhos e fechou a porta de modo brusco, fazendo o soldado dar um passo para trás. Por garantia, tocou a campainha. Havia sido honrado por alguma espécie de graça divina e iria retribuir entregando a maldita carta. Esperou um bom tempo até voltarem a atendê-lo.

— Meu senhor pediu que entre. — disse o mordomo.

Ainda arfava quando começou a subir a enorme escadaria, atrás do empregado. Ao avançar o último degrau, notou que uma pessoa caminhava até ele.

— O que é isso? — O dono da mansão questionou, enquanto pegava a carta. Imediatamente rasgou o envelope para ter acesso ao conteúdo. Parecia tentar controlar seu nervoso, mas leu as palavras escritas com rapidez. Logo amassou a carta e a devolveu entre os dedos com um movimento do braço, dando um leve tapa na barriga do soldado. — Saia daqui agora!

O rapaz assentiu. Sua tarefa estava terminada. O empregado, quieto, tratou de levá-lo até a saída e, de novo, bateu a porta sem avisar. Dando de ombros, o soldado parou de apertar o papel em seu punho fechado. Só então, resolveu dar asas à curiosidade e desdobrá-lo. Leu seu conteúdo na mesma velocidade que o destinatário:

"Senhor, devido à falta de interesse o amanhã foi cancelado".

Manhã e almoço de 07 de novembro de 1955

Sentado na cama, olhava para a pequena janela e percebia que quase não podia mais notar os vestígios da cidade de Santos. Sentia o frescor que vinha do mar, e via, à sua maneira, uma imensidão de céu e água. Quando virou-se para o pequeno quarto, tudo ficou preto. Não conseguiria dizer qual era a cor das paredes, do armário ou da pequena mesa, mas sabia que à esquerda da cama estavam seus sapatos, que o lençol era de algodão e que o colchão tinha um leve declínio na parte do meio. Caso levantasse e andasse em linha reta, demoraria três passos médios para chegar à parede. Era um quarto pequeno, no entanto devia ter sido caro, e isso o enchia de curiosidade.

Desejava ter mais pistas de quem havia solicitado seus serviços, mas teria que descobrir com o tempo. Segurava uma carta que não via nem podia ler. O papel era um pouco mais rígido e grosso que o sulfite, porém mais macio e fino que cartolina. Deveria ser do tipo vergê, importado, muito usado por artistas e, recentemente, também em convites. Mais um sinal de que quem lhe convidara tinha dinheiro e queria causar uma boa impressão.

Soube do conteúdo assim que o envelope chegou. O carteiro leu o texto quando ele ainda estava em São Paulo, dias antes de embarcar rumo ao Rio de Janeiro. Costumava brincar que se um

8 Bruna Meneguetti

cego poderia se virar bem, um cego amaldiçoado se viraria ainda melhor. Tudo não passava de padrões, como as ondas do rádio, o zunido das abelhas, o sol tocando seu rosto. No caso dele, podia ver tudo o que fosse vivo.

Sua barriga roncou e embora não pudesse saber as horas exatas, tinha certeza de que estava perto do almoço. Da cama, alcançou um objeto redondo pregado na parede e apertou o meio dele. O som da campainha ecoou e ele esperou algum tempo, mas ninguém veio. Resolveu ignorar a possível ajuda, colocou os sapatos e levantou-se. Munido de sua bengala de madeira, abriu a porta para aventurar-se pelo navio: com certeza havia mais pessoas com fome indo em direção à comida e seria fácil reconhecê-las.

Todo ser humano, assim como todos os seres, tem uma cor predominante que corre em torno da pele, de modo que não podia ver os detalhes de uma pessoa, apenas seu contorno, ao qual ele se referia como aura. Porém, existem sempre outras cores saindo da pele, junto com símbolos, que mudam de acordo com a situação. Todas essas informações sobem para o topo da cabeça, juntam-se ao que já estava lá, em uma espécie de nuvem, que representa o futuro. Assim, analisando o conjunto, chegava em resultados que lhe diziam o que precisava saber, como o caminho para calar o estômago.

Enquanto se enveredava pelos corredores, uma mulher bateu na porta de seu quarto.

— Chamou, senhor? — falou por trás da madeira.

Não houve resposta. No corredor, a camareira olhou ao redor e balbuciou, como se falasse com o nada:

— Por que será que não responde? Será que não escutou?

Uma voz diferente, mais firme e também feminina, respondeu-lhe em tom baixo, como um fantasma:

— Ele não é surdo, é cego. Bata de novo, se ele não responder é bem capaz que tenha ido sozinho.

— Não seja irônica comigo, Cecília — A camareira revirou os olhos. — Este era seu serviço. Não entendo por que não pode deixar que o sr. Monteiro a perceba. Quando disseram que deveria ajudar esse homem hoje, você quase subiu pelas paredes.

— Não fale assim tão alto! Você me deve um favor — sussurrou Cecília.

A camareira fechou a mão e, com os nós dos dedos, bateu com mais força na porta.

— Sr. Isaías Monteiro?

Nada. Aliviada, Cecília saiu detrás de uma porta para o corredor.

— Está tudo bem, ele foi sozinho.

— Não está tudo bem, ele é cego e este navio é enorme. Vai se perder, com certeza — retesou-se Joana. — Talvez seja melhor procurá-lo.

— Como iremos procurá-lo se nem sabemos ao certo para onde ele foi? O homem vai encontrar o caminho, garanto.

— Já percebi que você não vai me contar seu problema com esse cego — falou a amiga, em tom magoado.

— É uma longa história, agora esqueça isso. O importante é ele não me ver.

— Ver? Cecília, o homem é cego!

— Ver no sentido de me perceber, Joana. Entende? Agora, preciso ir.

Joana estranhou, porque nunca vira Cecília tão amedrontada. Deu de ombros e resolveu deixar o homem à mercê da sorte. Mas Isaías pouco contava com a sorte, àquela altura já sabia que o restaurante ficava a dois corredores dali, dobrando à direita. Caminhava seguro usando a bengala e seguia os desejos de saciedade das pessoas, que por sua vez seguiam as placas nas quais se podia ler "RESTAURANTE" ou qualquer variação da mesma palavra em inglês e francês.

Gostava dos ambientes cheios, pois neles podia perceber os lugares vazios com mais facilidade. Além disso, a multidão oferecia um espetáculo aos olhos. Os diversos símbolos e cores das pessoas formavam uma tela curiosa, parecida com as de Jackson Pollock. Caminhando em ritmo lento, tentou achar um espaço vazio onde deveria existir uma mesa em que pudesse almoçar. Com sua bengala, tateando o ambiente, sentou-se e aguardou até que avistasse um garçom. Chamou-o e este, sem perceber que o outro era cego, disse os pratos do dia.

Para Isaías, quanto menos as pessoas soubessem, melhor. Obviamente a cegueira não podia ser escondida por muito tempo, e este seu problema de nascença o obrigava a se afastar das pessoas. Eram poucos os que consideravam a ideia de ter a companhia de um cego ou de se tornar amigo de alguém que conseguia ver pensamentos e prever atitudes. Já para ele, tornava-se terrível fingir que não havia notado nada, ignorar que não havia visto o amor surgindo ou o que se desejava dizer em momentos de ódio. Era mais fácil ser só. Ninguém deveria ter o direito de saber tanto; perceber os sentimentos do outro com mais clareza do que a própria pessoa, saber se algo daria certo ou errado; notar a morte surgindo.

Sentiu um arrepio, mas não ficou imerso nos pensamentos por muito tempo, porque logo o prato farto de macarrão chegou. Em outro canto, Cecília andava cautelosa pelo navio, não o suficiente para desviar de seu supervisor.

— Até que enfim! Onde estava? —perguntou Manuel, com aquele típico sotaque português.

— Limpando as escadas, senhor.

— Ora, me poupe, mocinha, você odeia estar perto do mar. Seja lá o que estava fazendo, agora preciso de você na cozinha. Venha comigo.

Ir para a cozinha exigia passar pelo local onde as pessoas comiam, então Cecília pensou em mil desculpas para não ter que andar por ali. Nenhuma convenceria o chefe, de modo que resolveu apelar ao otimismo e torcer para que o cego não estivesse lá.

Assim que entrou no restaurante, reconheceu o homem de costas. "Não o encare", pensou, "ande rápido e de cabeça baixa". Estava colocando o plano em ação, se escondendo atrás de Manuel, quando um barulho seco ecoou pelo ambiente. No chão, perto dali, um copo jazia estilhaçado. Não conseguiu deixar de levantar o rosto para verificar se Isaías havia sido atraído pelo barulho. E lá estava ele, com o corpo virado para a direção dela. Cecília abaixou os olhos arregalados.

Do outro lado do restaurante, o cego avistou aquela forma feminina que na mesma hora lhe soou familiar. Seu semblante tomou um aspecto de dúvida. Percebeu os símbolos e as cores, até um estalo ser dado em seu cérebro, da mesma forma como ocorre quando alguém que enxerga encontra uma pessoa após muito tempo. Ao reconhecê-la, pôs-se de pé. A mulher, sem nem ao menos olhar uma vez em seus olhos, caminhou para longe daquele encontro às cegas.

Compreendeu na mesma hora que Cecília não desejava encontrá-lo, mas bateu com a bengala no chão, em um ritmo frenético, para segui-la. Mesmo pensando que lhe devia uma explicação, a moça fugia como se estivesse se esquivando de um inimigo. Ouviu-o chamá-la algumas vezes com voz lamuriosa e, de súbito, sentiu o coração apertar-se. Enquanto o cego não sabia de sua presença, não havia mal. Agora aquele jogo tornara-se ridículo, então ela parou e deu meia-volta.

Quando a avistou, os olhos dele exibiram um brilho distinto por alguns segundos. Como Cecília mudara! Todas aquelas novas cores e símbolos, sua silhueta de mulher e a nuvem em cima da cabeça, que ele se recusou a observar por muito tempo. Olhar o futuro criava laços, mesmo que mínimos, e ele não desejava saber, muito menos se conectar a ela de novo.

Cecília sorriu, cruzando os braços em seguida. Sua boca estava prestes a se mover para sibilar a palavra "desculpe", quando Isaías tocou em seu ombro e, daquele contato, observou inúmeros símbolos saindo da pele dela. As informações valsavam em uma harmonia caótica, então ele teve de piscar diante do show de cores que lhe irritavam os olhos. Provavelmente outras cores e símbolos saíam dele também, mas não os podia ver, apenas um leve tom azulado que sempre percorria seu corpo.

— É bom revê-la — comentou sério, retirando a mão do ombro da mulher.

— Também acho — disse ela, fixando os olhos nos dele, embora soubesse que Isaías não poderia notar isso.

— No entanto, não queria me encontrar.

— Não tenho mais tanta certeza quanto a isso.

— Na verdade, sei que mudou de opinião, algo que pouco adianta saber se você mesma ainda não percebeu.

— Vejo que continua o mesmo — Cecília colocou o braço pelo vão entre o tronco dele e o cotovelo. — Vou acompanhá-lo até seu quarto. Não quero que se perca — disse de modo irônico.

Isaías franziu as sobrancelhas ao perceber o que ela havia feito na hora do almoço, se esquivando dele desde o começo da manhã. Toda a informação estava saindo da pele, como uma confissão às avessas.

— Por que está trabalhando em um lugar como esse? Achei que... — Ele deu outra olhada breve para a nuvem de futuro dela.

— Fiquei um pouco traumatizada, mas já superei o medo de água.

Os dois se conheciam desde crianças, moravam numa cidade pequena do interior de São Paulo. Cresceram como melhores amigos. Como as crianças, no geral, não aguentam guardar segredo por muito tempo, Isaías logo contou a ela sobre o "problema" que tinha. Naquele tempo, ele chamava assim. Em cada época da vida, uma nova palavra surgia para definir o modo diferente como via o mundo.

No começo, ele pouco entendia. Eram apenas cores, símbolos, nuvens e chuvas. Os pais dele nunca o incentivaram a investigar mais a fundo sobre aquele fenômeno, também evitavam levá-lo ao médico para não levantarem rumores. Segundo os oftalmologistas, Isaías estava com um "problema de outro tipo", pois "criança não mente, a menos que esteja louca". Assim, foi preciso uma amizade como a de Cecília para encarar tudo com normalidade e instigar a observação.

Foi ela quem lhe provocou a vontade de tentar entender, porque apreciava a ideia de ter uma nova maneira de se comunicar que não pudesse ser compreendida pelos adultos. E era o que Isaías fornecia; um mundo inteiro, uma língua só deles. Pelo mesmo motivo, esse era um segredo que a menina seria incapaz de contar.

Foi Cecília quem deduziu que Isaías tinha a capacidade de ver o lago, cheio de vida dentro da água, e a nuvem de futuro no céu, com informações que saíam dos seres vivos e subiam até ela. Não demorou muito para perceberem que, nos seres humanos, os símbolos e as cores eram uma linguagem que sempre se repetia e que, portanto, seria fácil identificar caso eles atribuíssem às informações determinados números. Através desses números, era possível fazer contas e obter resultados padronizados de acordo com a situação. Pensamentos de raiva, tristeza, felicidade e amor passaram logo a ser identificados.

Na época, não havia maldade. Quando queria contar algo em segredo, bastava Cecília falar uma equação determinada para que Isaías pudesse entendê-la. No começo, as contas eram simples, mas conforme cresciam e o mundo ficava mais complexo, as equações também aumentavam, tomando diversas proporções.

No entanto, os laços começaram a se romper quando Isaías percebeu que o pai dela sofreria um acidente grave. Inocente, tentou avisá-lo. O homem, então, proibiu a filha de ver aquele "menino estranho". Cecília, por outro lado, só se preocupava em saber se haveria uma forma de evitar o acidente. Isaías não sabia responder, ainda não conseguia decifrar os detalhes, muito menos saber se seria capaz de evitar.

Uma semana depois, o pai de Cecília perdeu o movimento das pernas ao montar num cavalo ainda não treinado. O cego foi visitá-lo, mas foi expulso com amargura. O menino, então com catorze anos, chorou por dias. Sabia que não era sua culpa, mas o pai de Cecília o tratava como responsável pelo acidente. Por conta disso, ficou meses sem poder encontrar a garota. Dentro de casa, passou a estudar muito. Além do campo das ciências, buscava respostas também em religiões diversas. Qualquer coisa que pudesse ajudá-lo.

Passado o trauma, Cecília teve mais liberdade para sair de casa. Estava crescida e não poderia mais ser tão controlada pelo pai. Nessa época, ela e Isaías voltaram a se ver depois do colégio. Ele a acompanhava até a esquina de casa e contava sobre as novas descobertas que havia feito. No entanto, ela não mais o ajudava a descobrir sobre os símbolos e cores. Ao contar sobre como um livro determinado tinha uma visão diferente em relação ao futuro, Cecília apenas sorria preocupada.

Aos quinze anos, notou que a moça estava apaixonada por outro amigo. Questionou-a e isso a enfureceu. Ela queria privacidade sobre sua vida amorosa. Isaías percebia que ela desejava se afastar, mas fingia que não notava e ficava mais calado, de modo que diminuiu a amizade com ela e a estreitou com os próprios pais. Começou a contar para eles tudo o que descobria sobre aquele seu "mistério", como chamava naquela fase. Sua mãe tinha paciência com ele, mas não queria tentar entender. Chamava aquilo de "dom" e afirmava que não há como explicar um "dom de Deus".

★ ★ ★

— Então... — Cecília quebrou o silêncio, fazendo Isaías retornar ao presente. — Faz muito tempo que saiu da cidade?

— Alguns anos — ele engoliu em seco, sem continuar a conversa.

— Nunca lhe agradeci pelo que fez por mim. Sinto muito ter ido embora daquele jeito — disse ela, e estremeceu sentindo um enorme peso escorregar para fora de seus ombros.

Isaías já sabia que aquele pedido de desculpas chegaria naquele momento, mesmo assim foi bom escutá-lo. Prever algo não é o mesmo que vivenciá-lo.

— Como está seu pai? — indagou.

— Ficou em uma cidade do interior, com os irmãos. E os seus?

— Morreram.

— Nossa, sinto muito!

— Faz tempo — Isaías respondeu de forma tranquila.

— Então, como você chama aquilo agora? — disse ela, buscando entrar no assunto com delicadeza.

— Minha fonte de renda.

Tarde e noite de 07 de novembro de 1955

Quando ele tinha quinze anos, percebeu uma sequência de cores estranhas na garota. Demorou alguns dias para entender que Ceci se afogaria. Pediu ao pai dela, em segredo, que tomasse cuidado. Ele o expulsou de novo, dessa vez com uma arma na mão e sentado numa cadeira de rodas.

Jamais se esqueceria do dia 10 de março de 1935, quando viu o garoto por quem Cecília era apaixonada, numa brincadeira, empurrando-a para o lago. Ela não sabia nadar e começou a bater os braços, engolindo água. Não foi o namorado quem pulou para salvá-la, mas o cego que surgiu correndo por detrás de uma árvore.

Quando Isaías mergulhou no lago, observou as cores e símbolos saindo das plantas que prendiam os pés da moça. Puxou uma faca de seu bolso e as cortou, impulsionando o corpo de Cecília, já imóvel, para a superfície. Retirou-a do lago e começou a fazer a respiração boca a boca seguindo as técnicas que sua mãe havia lido para ele nos livros. Tentou olhar para a nuvem de futuro dela, como em um impulso, mas sabia que a mesma aparecia modificada quando a pessoa estava dormindo, desmaiada ou morrendo.

Só teve certeza de que Cecília sobreviveria quando ela começou a cuspir água e tossir. Voltando a ficar ciente da realidade ao seu redor, ela entendeu por que Isaías apareceu para socorrê-la, porém estava brava por ele não ter a prevenido antes. A verdade é que o vidente sabia os riscos de avisar, poderia modificar a situação a ponto de não impedir nada ou até mesmo agravá-la. Além disso, entendia que a dor tem o seu tempo de chegar. O melhor era estar no lugar certo, na hora certa. Quando a levou para casa, o pai da menina o recebeu furioso. Cecília não disse nada, nem mesmo agradeceu.

No dia seguinte, foi procurá-la. Ninguém o atendeu e uma vizinha o alertou que a família tinha ido embora. Isaías ficou em choque, sem entender como não conseguira prever aquela possibilidade na noite anterior. Havia muito para aprender sobre os seus dons e as consequências de suas interferências.

— Embora para onde? — perguntou, sentindo os olhos marejados.

— Não tenho a menor ideia — murmurou a velha.

★ ★ ★

Revirando-se na cama, após despedir-se de Cecília, percebeu que os padrões indicavam o fato de ela ainda não ter superado o medo de água. Não deveria ter procurado essa informação. Em pouco tempo, sempre aparecia algum futuro acontecimento ou pensamento denso nas pessoas que gostava, e Isaías não podia fingir desconhecê-los. Ficar sozinho, ao menos, era algo mais fácil de ser administrado. Tinha consciência do mal que poderia causar aos outros.

Olhou mais uma vez para a janela, entediado dentro daquele quarto. O céu estava diferente nos últimos dias, com uma coloração preta e sequências bagunçadas que nunca havia visto. No Rio de Janeiro, algo ruim estava para "chover", porém era difícil interpretar a nuvem de uma cidade inteira. Os acontecimentos de um local são o reflexo de seus habitantes.

Pensou em sair dali para espantar os temores, mas poderia reencontrar Cecília. Refletiu quais atitudes havia tomado para que chovesse em seu encontro com ela. E por que Cecília o teria atraído? Duas pessoas só se reencontravam caso seus pensamentos estivessem conectados de alguma maneira.

Ligou o rádio, e a voz do locutor o alertou que pouco tempo havia passado, eram três da tarde. Tentou meditar. Havia aprendido que essa era uma forma eficaz de controlar a mente — e sabia muito bem os males que pensamentos desgovernados poderiam causar. Ficou imóvel por muito tempo, depois rumou para o chuveiro. Às cinco horas estava trocado, olhando para o teto. A cada minuto que passava, o tédio aumentava e a ideia de rever Cecília ficava menos apavorante. As pessoas preferem a dor ao tédio, por isso, faltando dez minutos para as sete da noite, Isaías saiu do quarto.

Constrangido, porque não a percebia em lugar algum, sentiu uma mistura de alívio e apreensão. Talvez o navio fosse grande o suficiente para não voltarem a se encontrar. Diante desse pensamento, perdeu a fome. Estava levantando da cadeira quando uma voz lhe perguntou:

— Já vai embora?

— Achei que não estava aqui — ele virou-se sorrindo.

Estava todo arrumado, com terno e chapéu. A noite no navio sempre trazia um bom jantar e música para quem havia desembolsado o suficiente para este privilégio. Isaías estava na cabine classe A. Havia ficado rico? Cecília queria perguntar, mas não teve coragem.

— Desculpe por hoje cedo. Foi um choque revê-la.

— Eu queria que pudéssemos falar com naturalidade, como fazíamos antes. Mas esse buraco de anos entre nós… Você disse que eu não o conhecia mais e não conheço mesmo. Quem é você agora?

— Eu mudei muito. Como disse, hoje uso meu dom para ganhar dinheiro. E isso é tudo o que sou agora.

— Por isso veio ao Rio? — indagou ela. — E que tipo de pessoas ajuda?

— Não sei se de fato ajudo. Mas atendo qualquer um que possa me pagar, desde que não seja um tolo.

— O que me faz pensar que já ajudou um tolo — concluiu Cecília. Era boa nesse jogo da intuição que as mulheres dominam, às vezes, em níveis inacreditáveis. — Sendo assim, não ficará muito tempo.

— Só o necessário. E você, o que faz aqui? — perguntou Isaías. Em seguida, sentou-se e a convidou.

— Eu não… — Ela olhou para as vestes de camareira. — Na verdade, nem posso ficar por aqui falando com você. Estou trabalhando.

— Então vamos para algum lugar onde possamos conversar.

Ela assentiu e caminhou para fora do restaurante. Isaías foi logo atrás, observando os movimentos que ela fazia, para que pudesse segui-la. Caminharam até uma parte pouco frequentada do navio, até que, de repente, Cecília encostou na parede e começou a rir.

— Sinto que volto a ser criança quando fico fugindo do meu superior — disse ela, dando uma olhada para os lados do corredor.

Isaías sorriu e um silêncio pairou entre eles, até que ela voltou a falar.

— Uma amiga me arranjou este trabalho. Estou guardando dinheiro, pretendo cursar Direito.

"Advogada", a palavra ecoou na mente de Isaías e ele ousou olhar para a nuvem de futuro dela. Era estranha, diferente das que já havia visto. Queria ler aqueles códigos, mas ela continuava falando distraída e, em breve, exigiria uma resposta sua.

— Não gosto muito desse trabalho, porém não tenho mais medo da água...

— Você tem sim.

Isaías a encarou e uma onda forte chacoalhou o navio com maior agitação, como se estivesse prevendo o momento que deveria entrar em cena. No entanto, era Isaías que previa o momento de falar. A pele de Cecília emitiu uma série de símbolos e cores de alerta, que subiam para a nuvem de futuro dela. "Água", Isaías interpretou alguns dos códigos da nuvem. Cecília, diante do medo, não percebeu que ele continuava olhando para o topo de sua cabeça.

— Eu estou tentando... — Ela se contorceu ao demonstrar fraqueza. — Pare de querer ver tudo sobre mim.

— Não é bom ter medo, traz coisas ruins.

— Nunca me ocorreu perguntar do que você tem medo — revidou Cecília, e ele foi tomado de surpresa.

— Creio que meu maior medo é magoar as pessoas.

— Segundo a sua teoria, isso te traria até mim — Cecília intuiu sozinha. Sempre fora muito inteligente para interpretar os dons daquele homem. Isaías ignorou o que ela havia dito e a convidou para dançar. Ao fundo, ainda era possível ouvir a música do restaurante. Ela aceitou o convite, dando dois passos para a direita, rígida como uma pedra.

— Pode ser que isso tenha me atraído até você, mas não terei tempo de te magoar dessa vez — Isaías sorriu e a rodopiou, olhando para a nuvem dela. Leu aqueles códigos estranhos, tentando decifrá-los. "Navio", ele pôde interpretar.

— Agora você já sabe que eu estive esse tempo todo no Rio. E você, onde esteve?

Ele diminuiu o ritmo da dança. A moça estava mais maleável agora, embora distante.

— Depois que minha mãe morreu, senti que precisava ir embora de lá — Ele olhou para o vazio. — Então saí em busca de respostas.

— E você as encontrou?

— Não exatamente.

— Onde procurou?

— Templos, universidades, florestas, desertos...

— Parece que foi para longe.

— Não tem ideia de quanto. Eu buscava ter o controle do meu dom. Na verdade, era o mesmo que ter o controle da minha mente — Isaías seguia o mesmo ritmo.

— Ter o controle da própria mente — ponderou ela. — É fácil começar?

— Um pouco, basta fechar os olhos e observar o seu corpo. Só ele e mais nada — Isaías disse e Cecília experimentou. — Existem vários métodos. Você pode contar, falar um mantra ou só prestar atenção na respiração.

Ele sentiu que Cecília relaxava ao seu lado. Vários símbolos começaram a subir da pele dela, então ele olhou para cima, observando melhor aquela mistura obscura. Mesmo incompleta, a nuvem de seu futuro mostrava algo certo e diferente da última vez: "morte". Isaías balançou a cabeça e pegou a bengala.

— Está tudo bem? — Cecília abriu os olhos e notou que ele tinha ficado pálido.

— Acho que preciso ir para o meu quarto, Ceci. Estou um pouco cansado, mas você foi muito bem — respondeu com uma voz distante. — Obrigado pela dança. Preciso ficar um pouco só. Boa noite.

Isaías precisava de ar fresco e seguiu um homem até a proa. Olhou para a imensidão de céu e mar, voltando a pensar: "Água, navio, morte". Será que quando a salvou do afogamento apenas adiou o fim dela?

Cecília ficou parada, sem entender bem, e sentiu um nó no estômago. Refletia sobre o que Isaías havia dito, e decidiu seguir até o quarto dele. Estava brava, queria lhe dizer que ele não poderia ir embora daquele jeito. Bateu na porta com força, mas ninguém respondeu. Então, um pensamento começou a lhe apavorar: e se ele tivesse passado mal? Tinha saído tão pálido. Foi até o armário das faxineiras em que estavam todas as chaves dos quartos.

— Ocorrência no oito — Pediu ao distribuidor das chaves.

— Hoje não é dia de estar no restaurante, Cecília? — chiou o rapaz.

— Estou lá por acaso? Preciso da chave oito.

Recebendo o metal das mãos contrariadas, ela voltou para a porta do quarto de Isaías. Bateu mais uma vez antes de abrir. Ele não estava, o que a aliviou e ao mesmo tempo voltou a enfurecê-la. Cecília estava prestes a sair do cômodo quando viu uma carta em cima da escrivaninha. Aquele fato chamou atenção em especial, pois Isaías só poderia ler em braile. Então, não podendo conter a curiosidade, caminhou até o envelope e tirou de dentro um manuscrito:

"Prezado Isaías,

Peço com urgência que venha nos atender. O país precisa de seus serviços. Conheci-o há muito tempo, mas creio que não se lembre mais. Você ajudou um general muito amigo meu e agora solicito o mesmo. Venha e explicarei melhor sobre mim e do que preciso. Deixo neste envelope a passagem para o Rio de Janeiro e algum dinheiro. Prometo muito mais quando chegar aqui. Se recusar a proposta feita, pagarei sua passagem de volta. Um empregado avisado esperará sua chegada, na Guanabara, no dia marcado.

Att.,

S."

Manhã de 06 de novembro de 1955

— Entretanto, céu, terra, flores, / é tudo horizontal silêncio. / O que foi chaga, é seiva e aroma, / — do que foi sonho, não se sabe —/ e a dor anda longe, no vento...

— É bonito.

— Também pensei assim, doutor — colocou o livro à frente, em uma mesa de centro. — Minha mulher quem o conseguiu. É de uma poeta chamada Cecília Meireles.

— Não conheço.

— Pensava mesmo que não. Deveria ler: chama-se *Pistoia, Cemitério Militar Brasileiro.*

O homem soltou mais um de seus risos acalorados que faziam aparecer algumas rugas em sua grande testa. Outra prova de que a idade chegava eram as entradas nos cabelos e as orelhas bem maiores do que antes. Os lábios finos em cima e mais grossos embaixo ofereciam um sorriso quadrado reconfortante, se assim o desejasse, como também poderiam se transformar num descontentamento pendurado nos quatro cantos. Era uma pessoa simpática e afetuosa, diziam que quem não quisesse ser amigo de Juscelino Kubitschek teria de ficar a não menos de seis léguas de distância. Mas tinha, claro, seus humores oscilantes de vez em quando, como naquele dia.

— Então, a que devo a honra desse aborrecimento logo da manhã? — JK franziu as grossas sobrancelhas.

— Estou importunando muito cedo?

— Dr. Goulart, sabe que sempre acordo às sete. No entanto, imagino que só viria a essa hora se tivesse algo desagradável para dizer.

— De fato, é sabido que Café Filho está internado desde o dia três, por conta de um distúrbio cardiovascular. Pelo que ouvi, estão articulando a posse de Carlos Luz ainda para esta semana.

João Goulart, seu vice, parou de falar, esperando alguma reação. Juscelino, apesar de inquieto, sabia ouvir as pessoas, dom que talvez tenha adquirido enquanto praticava a medicina — muito antes de entrar na política e de ser eleito presidente do Brasil para o mandato do ano seguinte.

— O que isto pode significar? — Jango se contorceu.

— O que parece significar? — JK o encarou sem exaltação.

— Um golpe?

— A movimentação de um golpe — respondeu o futuro presidente, então um vazio de silêncio ricocheteou a sala.

— Não está surpreso? — perguntou Jango, arregalando os olhos.

— Você está?

— Não — O vice se encolheu, como se pudesse ficar ainda mais baixo e roliço do que já era. Em seguida, encarou JK com a cara de bobo que tinha e que, muitas vezes, o representava bem.

— Então, doutor... Se não era surpresa para você, também não era para mim.

— Mas por que Café faria isso? Por que Luz?

— Porque Luz é esperto, Jango. Nasceu em Minas e exerceu parte de sua história política lá, diferente de Café, que é do Rio. Vão tentar me depor, e sou justamente do mesmo estado que Luz. Fizeram isso para Minas não se rebelar. O mais importante agora é descobrir como ele está se articulando. Esta troca de atores só é interessante quando alguém avança pelo tabuleiro.

— Acha que Café Filho teve mesmo problemas?

— Muito difícil, mas a vida tem suas particularidades. Luz ou Café, a ameaça é a mesma.

— E se pudéssemos saber?

— Saber o quê, doutor?

— Quais são as próximas peças a serem movimentadas.

— Seria fantástico, mas temos que trabalhar com aquilo que está disponível. Aonde quer chegar? — Inquieto, Juscelino se levantou do sofá.

— Tomei a liberdade de contratar um vidente para nos ajudar — Jango falou para dentro.

— Um vidente? Com que autorização?

Uma voz soou no ambiente, esperando o momento certo de aparecer:

— Com a minha.

Juscelino virou-se um pouco mais comedido, mas não menos irritado.

— Sarah, não precisamos disso. Já lhe disse, votaram em mim. Estou eleito e serei presidente, querida.

— Não adianta, ele já está vindo para o Rio. O rapaz é bom, Juscelino, atendeu a um general, esposo de uma prima minha — Sarah se inclinou para aproximar-se do marido. — Ao menos o conheça, veja o que ele tem a dizer. Caso não se convença, o mandamos de volta.

— Com certeza é um farsante — murmurou contrariado.

— Como pode dizer isso, se confia tão cegamente em médiuns? — Sarah o cutucou. — E os espíritos não andam lhe ajudando?

— É complexo — Juscelino franziu o cenho.

— Temo tanto. Deixe-me tentar lhe ajudar — Sarah passou os braços por sobre o ombro de JK.

— Fique claro, então, que falarei com ele apenas uma vez e por sua causa. O vidente terá uma hora para me convencer — jk concordou contrariado. — Diga, você já falou qualquer coisa sobre mim para esse sujeito?

— Não falei nada sobre você ou nós. Não sabe sequer quem o contratou, assinei como "S.". Está vindo apenas com base na quantia prometida.

— Se vem apenas pelo dinheiro, desconfio mais ainda.

★ ★ ★

José Fernandes Campos Café Filho levantou a cabeça e, com isso, revelou olhos longínquos, pequenos e amendoados, cujas lentes grandes pareciam apoiar uma espécie de movimento separatista do lado esquerdo da face com o direito. Levou as mãos ao seu cabelo preto, puxado para trás, como era de costume da época. Então, soube que passaria seu cargo dali a dois dias.

— Vocês querem é me matar fazendo com que eu espere tanto aqui.

Dirigiu-se à mulher morena, de cabelo curto e roupa elegante que estava à sua frente de braços cruzados. Brasiliana era como a sombra de Carlos Luz, presidente da Câmara dos Deputados, mas, naquele dia, não desgrudava de Café Filho.

— Senhor presidente, por favor... — ela chegou perto da cama do hospital e olhou de relance para a enfermeira que entrara no quarto. — O senhor acaba de sofrer um acidente cardiovascular, não pode se alterar assim.

— Presidente, deixe-me abrir a janela para o senhor tomar um pouco de ar — a enfermeira balbuciou.

— O que você está fazendo aqui, Brasiliana? — Café voltou a falar em tom calmo.

— Ora, estou cuidando de tudo. Ninguém pode descobrir que o senhor não está doente de verdade.

— Não me trate como se eu fosse um débil mental. Quero saber o que realmente você está fazendo aqui.

— Não sei se entendi — Brasiliana tirou dois fios de cabelo do chapéu, para disfarçar o constrangimento.

— Ouvi você falando com alguém hoje mais cedo. Contava sobre meu estado de saúde, meu estado real, e fiquei pensando que não sei nada sobre você. Conte-me, o que ganha com tudo isso?

— Sou amiga de Carlos Luz e inimiga de JK, isso basta. A conversa que ouviu deveria ter sido com o próprio Carlos.

— Mas que tipo de amizade e inimizade nutre por eles?

— O tipo de amizade que se deseja e o tipo de inimizade que não se quer.

— Esquiva das minhas respostas como uma gazela se esquiva de um leão.

Brasiliana sorriu de lábios fechados e Café soube que mais nenhuma palavra sairia deles. Então, Carlos Luz entrou no quarto olhando para os lados, com medo de ser visto. Usava terno azul marinho e estava com a barba feita, de modo que seu perfume invadiu o ar.

— Presidente, — Luz retirou seu chapéu fazendo um gesto de cumprimento — Brasiliana, tudo bem?

— Soube que me deixarão mais dois dias confinado aqui — Café respondeu com grosseria, sem sequer retribuir o cumprimento.

— Basta ter um pouco mais de paciência. Em breve estará tudo pronto: exames falsificados, cartas redigidas. Precisamos preparar a população para que Carlos assuma — Brasiliana advertiu.

— Eu deveria acabar com tudo isso, dar eu mesmo o golpe em JK, sozinho! — Café ameaçou levantar-se.

— Sabe que não é assim que funciona… Se apenas aceitar os termos, logo voltará à política.

— Em breve isso tudo se mostrará uma grande imbecilidade. Deveriam voltar em um momento mais oportuno, depois que Juscelino assumisse.

— Está querendo dizer que não vamos conseguir dar o golpe em Kubitschek? — Brasiliana grunhiu.

— Não. E por um único motivo: o ministro da Guerra, general Lott.

— Sendo assim, daremos um jeito nele também — Luz não titubeou. — O momento oportuno é agora. A apuração final das eleições foi há nove dias, não podemos estender mais isso.

— Se é o que pensam, vamos mudar de assunto — disse Café Filho. — Antes de você chegar, eu perguntava à Brasiliana o que ela faz aqui.

— Brasiliana é muito competente. Está ajudando a subornar a equipe médica, além de manter a imprensa e os inimigos informados do jeito como nós queremos — Luz voltou a esgueirar o corpo. — Aliás, devo ir antes que notem a minha presença aqui.

Café concordou de mau humor e Brasiliana acompanhou Luz para fora do quarto. Assim que estavam no corredor, olharam ao redor para ver se tinha alguém por perto.

— Por que ele está tão desconfiado de você? — Luz ficou todo vermelho.

— Não sei dizer. Assim que cheguei o encontrei assim. Começou a me perguntar o que eu desejava ajudando vocês.

— Ora, se eu não descobri em dois anos, ele não vai descobrir em uma semana. Café tem que me passar a presidência no dia oito. Está quase tudo certo.

— Vai passar, Luz. Estão todos pressionando. Ele só está rabugento por ter de ficar neste hospital.

— Está certo. Vamos dramatizar um pouco as coisas por aqui, está bem? Não voltarei a visitá-los até o dia oito.

O último tiro da Guanabara 29

Luz voltou a colocar o chapéu e Brasiliana o observou sumir no corredor. Em seguida, a enfermeira que abrira a janela do quarto veio até ela:

— O que digo para a imprensa? Eles não param de me fazer perguntas — falou baixinho a moça.

— Diga... — Brasiliana pegou uma boa quantia de dinheiro da bolsa e a colocou no bolso da mulher — que Café piorou muito e está tão mal que ninguém pôde visitá-lo. Faça com que ele pareça estar péssimo.

24 DE AGOSTO DE 1954

Eram onze da manhã quando o som de gritos e um forte cheiro de queimado invadiram o andar superior do jornal *Tribuna da Imprensa*. O ritmo parado da redação contrastava com o caos aos pés do prédio.

— Já chamaram a polícia? — O dono do local aspirou o charuto, aproximando-se muito devagar das enormes janelas e olhando a situação na rua.

— É a quarta vez que me pergunta se já chamamos a polícia — Penélope suspirou fundo após responder. — Estão chegando, não há o que temer.

— Esses loucos são capazes de me matar. Olha o que fizeram com a maldita banca de jornal! E ainda temo que a porcaria da porta não aguente tantos murros.

— O que você esperava? Vargas acaba de se suicidar. Não me admira que a população esteja com tochas na mão, clamando contra os inimigos do "pai dos pobres".

— Esse homem foi muito inteligente. Morreu dando a cartada final... — Carlos Lacerda moveu-se de volta para a mesa de trabalho.

Nos minutos seguintes, a jornalista soube que dois caminhões do jornal *O Globo* tinham sido incendiados pela população re-

O último tiro da Guanabara 31

voltada e que sua sede fora atacada, assim como a do *Diários Associados*, em São Paulo. A multidão também havia arremetido contra a embaixada americana no Rio. E, em São Paulo, operários entraram em greve. Apesar das notícias, Penélope não pôde evitar o sentimento de alegria. O suicídio do presidente entraria para a história e ela, que preparava a edição do principal jornal da oposição para o dia seguinte, com certeza teria seus textos nos futuros livros.

— Você ri? — perguntou Lacerda, ao observá-la. — Isso tudo é culpa sua.

— Aos olhos da população, o suicídio é culpa de todos nós. Nós e os outros jornais.

— Mas a principal culpa é sua. Quem teve a brilhante ideia do atentado?

Seu chefe entortou a boca com desdém. Penélope não conseguia entender como ele poderia culpá-la pelo atentado na rua Tonelero, em cinco de agosto daquele mesmo ano, muito antes do suicídio do presidente. Naquela ocasião, um oficial da Aeronáutica acompanhava Lacerda e seu filho em segurança até a casa deles, quando um homem atirou e, em seguida, fugiu em um táxi.

Penélope (que, na época, além de trabalhar havia três anos no *Tribuna* e de ser o braço direito de Lacerda, era vizinha dele) viu toda a ação. Quando saiu de casa, avistou o oficial estirado no chão e a pistola calibre 45 deixada pelo autor do crime. O homem ferido era o major da Aeronáutica Rubens Florentino Vaz e, ao seu lado, Lacerda grunhia, sofrendo a seu modo por aquela morte. Penélope aproximou-se e insistiu que o jornalista fosse para casa. Assim que o acalmou, sugeriu que deveriam tirar proveito da situação:

— Você tem que colocar a culpa em Vargas. Mataram um major da Aeronáutica, isso vai fazer as Forças Armadas ficarem ensandecidas procurando o responsável. Se você aparecer ferido no hospital e chorando por seu amigo, provocará uma comoção popular.

— Não desejo me machucar — esquivou-se Lacerda.

— Temos que ter um pouco de sangue — ela arqueou as sobrancelhas. — Sabe que estou certa; um canivete qualquer já será o suficiente. Podemos fingir que levou um tiro no pé.

— E depois? — ele começava a aceitar a ideia.

— Vamos convocar mais homens da Aeronáutica e pedir que apareçam fardados aqui. Ligarei também para alguns jornalistas avisando que foi ferido e que logo deve estar no hospital. Quando aparecer ensanguentado e carregado por esses homens, você deve falar que foi um plano de Vargas para te matar. Sua imagem e suas palavras sairão em todos os jornais amanhã.

— Isso pode mesmo despertar uma crise no governo.

— Mais que isso, Lacerda... — Penélope sorriu.

Naquela noite, ele aguentou a navalha cortando sua pele. O resto saiu conforme o planejado; depois de "tratado", Penélope cuidou do desaparecimento do prontuário do jornalista, de modo que ninguém poderia comprovar se o tiro foi real ou não. No fim das contas, após um período de algumas semanas, o desdobramento do caso apontou que o possível mandante do atentado foi o chefe da guarda pessoal de Getúlio, conhecido como Gregório Fortunato. Tal fato permitiu que Lacerda pudesse acusar Vargas com mais propriedade, mesmo este alegando até a morte que não havia ordenado tal crime. Além disso, com as provas, a Aeronáutica e outros grupos começaram a pedir mais enfaticamente a saída do presidente.

Mas quem poderia imaginar que era verdade quando Getúlio dizia que só sairia morto do Catete? Quem pensaria que ele afirmaria em uma carta ter dado fim à própria vida diante da pressão de seus inimigos, contrários ao trabalhismo? Penélope refletiu sobre as cenas em sua cabeça e voltou ao presente. Não era culpa dela que o presidente tinha a carta da morte na manga, algo que ninguém em sã consciência seria tão frio e inteligente para usar. Uma carta que, naquele dia, fazia as pessoas saírem de suas casas para esbravejar contra aqueles que, sob o ponto de vista delas, "assassinaram Vargas".

— Às vezes, acho que você esquece como o atentado fez com que alcançasse o que sempre quis. A verdade é que vai sentir falta deste seu *amigo* — Penélope acentuou a última palavra da frase. — Ele era muito mais esperto do que você. Apelou para a morte por puro ódio, apenas para que não vença, para que não dê o golpe. Ele era louco, Lacerda — ela riu. — E você sentirá falta dele, pois é um perfeito maluco também. Fico imaginando para onde vai direcionar toda essa insanidade agora. Diga-me, já sabe qual é o próximo alvo?

— É melhor ficar quieta, se não quiser ir para a rua e deixar de ter dinheiro para ajudar seu querido pai doente.

Ela calou-se diante da ameaça. Redigia que, pela ordem de sucessão, quem deveria assumir a presidência era Café Filho. Voltava a olhar para seu chefe e percebia o pequeno sinal de abatimento por trás da face em chamas. Foram anos concentrando-se no embate contra Getúlio, ocupando a mente e as páginas com críticas cada vez mais vorazes. Quase podia ouvir Lacerda se perguntando o que é que seria dele agora que Vargas não existia mais, agora que havia lhe mostrado a bunda antes de mergulhar no reino da morte e agora, pela primeira vez, que não o ouviria retrucar.

01 DE NOVEMBRO DE 1955

"Quão terrível é estar num enterro em que sequer os anjos comparecem?", perguntava-se ao limpar os vidros embaçados do carro com uma flanela. Facilitava a visão do motorista para que pudesse estacionar em frente ao cemitério. Uma forte chuva caía e, quando abriu a porta do veículo, uma corrente de ar repleta de água o atingiu. Os pés, tão logo, chafurdaram na lama.

— O senhor vai ficar por muito tempo? — O motorista parecia ter sido salvo de um afogamento, o que fazia o general imaginar que sua aparência não deveria estar muito diferente.

— O necessário que o dever exige — respondeu já saindo na direção da pequena capela.

Assim que Henrique Teixeira Lott entrou gotejando no recinto, avistou o caixão de madeira escura cercado por diversos homens fardados e refletiu se o próprio funeral teria tanta gente como o do chefe do Estado-Maior das Forças Armadas. Embora ele próprio fosse o ministro da Guerra, não planejava partir tão cedo apenas para que disputassem quem iria segurar seu caixão. O morto tinha uma aparência horrível. O algodão não havia sido colocado no fundo das narinas, de forma que era possível ver um pouco de sangue saindo dos buracos. Apesar de mórbido, o

O último tiro da Guanabara 35

general ficou olhando como quem quisesse ter certeza de que a morte era uma veste feia para qualquer um.

— Um grande homem, o general Canrobert.

Uma voz masculina falou, fazendo com que Lott olhasse ao redor atordoado, até perceber que se tratava do presidente da Câmara dos Deputados, Carlos Luz.

— Senhor presidente — cumprimentou-o batendo continência.

— Por favor, ministro, deixe o presidente para Café Filho.

— Peço desculpas. Mas, como já lhe disse, é difícil domesticar minha fala para excluir cargos.

Carlos Luz sorriu imaginando se Lott levava as leis tão a sério a ponto de colocar a esposa para fora de casa e desposar a estátua da justiça, caso alguma emenda o ordenasse. Naquele enterro, poderia ser facilmente confundido com o morto, já que estava ainda mais branco que o normal devido ao frio. Seu rosto esticado, assim como o nariz, trazia lábios caídos, passando sempre a ideia de que estava aborrecido com algo. Os olhos azuis costumavam se perder no mundo, sem que pudessem, no entanto, conhecer o espaço grande que tinham logo acima, na testa. A feição dura era acentuada por sua estatura alta e esguia, a qual, perto de Luz, o fazia parecer gigante.

— Como andam os ânimos nas Forças Armadas, ministro? — Luz voltou a se pronunciar após medir o general da cabeça aos pés.

— Procuro sempre manter a ordem e a calma no ambiente militar, senhor presidente.

— É verdade, mas a que preço, não? — Luz escorregava pelas beiradas, seria ótimo se pudesse ter o general ao seu lado.

— Desculpe, presidente, não entendi ao certo a pergunta. Mas, se questiona qual o preço a se pagar pelo comprometimento com as leis, direi que são apenas alguns inimigos, algo compensado pela paz que tenho ao deitar a cabeça no travesseiro.

Lott tentou sorrir de modo afetuoso ao mesmo tempo em que pedia licença. Estava prestes a ver se a chuva havia diminuído quando uma voz ressoou pelo ambiente.

— Senhoras, senhores, com licença. Peço a atenção de todos os presentes.

As pessoas foram aos poucos saindo de um estado de fala cochichada, de quem finge se importar com eventos tristes, para um de sussurro leve, de quem deseja ouvir por curiosidade, mas também quer comentar.

— O coronel Jurandir Mamede foi escalado para falar? — perguntou Lott a um soldado próximo, que respondeu negativamente — Veremos o que o udenista dirá.

Mamede se esforçava ainda para conseguir a plena atenção de todos. Quando considerou o momento adequado, esboçou palavras efusivas:

— Em nome da diretoria do Clube Militar, e do falecido general Canrobert, que me confidenciou muito de seus pensamentos durante a vida, venho dar os pêsames por essa morte tão dolorosa! — Mamede olhou com pesar para a família do general, como se quisesse expressar solidariedade — Mas também desejo relembrar um ano da morte de outro grande amigo nosso, o major Rubens Vaz. No enterro dele, Canrobert, com tão sóbrios pensamentos, falou sobre a realidade de nossa democracia. É nele que me espelho agora, pois seu discurso, assim como o meu neste momento, apesar de ter sido extralegal, foi justificado pela moral e pela razão ante o imperativo das circunstâncias, a fim de vencer, como se impunha, a crise trágica de agosto de 54. Agora, de novo, vivemos numa crise em que a nação está imersa em uma legalidade imoral e corrompida, criada por um sistema político desonesto.

Mamede fez uma pausa em sua fala exaltada, enquanto Lott se debatia por dentro. Então retomou:

— Digo e reforço isso, afinal, será o resultado divulgado nas eleições o correto? Não será por acaso indiscutível mentira democrática o fato de que um regime presidencial possa vir a consagrar uma vitória da minoria? Afinal, Juscelino Kubitschek e João Goulart merecem ocupar o lugar onde estarão daqui a alguns meses? Deixo esse questionamento a vocês, meus amigos. Assim como tenho certeza de que Canrobert deixaria se ainda estivesse entre nós. Muito obrigado!

Após terminar seu discurso, grande parte dos que ali estavam começaram a bater palmas. Outra parte, constrangida demais para saber como reagir, incluía o ministro da Guerra. Atordoado, ele observou Carlos Luz cumprimentando de modo efusivo Mamede. Embora chovesse muito no dia, aquela havia sido a última gota d'água para Lott. Em sua opinião, o presidente da Câmara dos Deputados, em sã consciência, não poderia aplaudir alguém cujo pensamento era de que as eleições, plenamente legais, fossem uma mentira. Sentindo-se quente de raiva, Lott saiu da capela em direção ao carro estacionado. Era fato que as Forças Armadas estavam divididas.

— É um absurdo! — Lott falou perturbado no banco de trás do carro.

— O que é um absurdo, senhor? — perguntou o motorista, achando que a reclamação poderia se referir a ele.

— Mamede está exaltando a desordem, ignorando que Kubitschek foi eleito pela vontade do povo, conforme a lei! E Mamede diz isso em um enterro, usando o nome do falecido para um discurso inflamado, que é dele próprio, isso pode comprometer a unidade das Forças Armadas. Vê a gravidade da situação?

— Sim, senhor! — respondeu o motorista, fingindo entender.

O rosto de Lott iluminou-se.

— Vamos visitar agora mesmo o presidente Café Filho.

— A essa hora, senhor?

— Estou decidido a decretar que um anjo caído veio no funeral esta noite, rapaz.

* * *

Lott pediu ao motorista que aguardasse no carro em frente à casa do presidente Café Filho. Olhou em seu relógio antes de bater na porta do presidente: eram onze e meia da noite. Talvez Café já estivesse se preparando para dormir, mas isso não o comoveu. Ficou um bom tempo esperando, até a empregada da casa o atender. A roupa amarrotada que ela usava, junto com o cabelo desarrumado e o olhar cansado, mostravam que tinha acabado de vestir o uniforme, às pressas, apenas para verificar quem chamava.

— Boa noite. Sou o ministro da Guerra, general Lott, vim falar com o presidente.

A moça fitou-o. Ela ainda estava pensando na reação que deveria tomar, quando Lott pediu licença e entrou na sala, enchendo o tapete turco de lama. A empregada olhou para a sujeira com cara de insatisfação:

— Vou subir para verificar se o senhor presidente já não está dormindo — falou em um tom aborrecido.

— Se estiver dormindo, acorde-o — pediu. — O assunto é de extrema urgência.

A mulher concordou fechando o pulso com força. Em seguida, começou a subir a escada. O coração deu um pulo quando percebeu Café Filho encarando-a na penumbra do corredor, perto do topo.

— Senhor presidente! — ela colocou as mãos no peito.

— Fale baixo — pediu Café. — Quem está aqui a esta hora?

— É o senhor general e ministro Lott, presidente. Diz que quer falar com o senhor um assunto de extrema urgência.

— Lott é louco — Café levou uma das mãos à boca, bocejando. — É tarde, não vou recebê-lo por um capricho qualquer. Se bem o conheço, o assunto pode esperar.

— Mas, senhor — Amália ficou vermelha —, ele já entrou. O que eu faço?

Café Filho fez um sinal de pausa com as mãos e olhou através de uma janela fosca para as nuvens que voltavam a se aglutinar no céu.

— Nesse caso, diga que estou trocando de roupa e que logo devo descer. Vá até os fundos, abra o portão para os cachorros — ele soltou um riso irônico, lembrando-se de uma vez em que o comandante Denys contou sobre o pavor que Lott tinha de cães. — Antes, no entanto, faça bastante barulho. É preciso que comecem a latir. Então, deixe que possam ir para a sala.

— Quer que eu solte os cachorros em cima dele? — Amália voltou a colocar a mão no peito.

— Exato.

Café Filho respondeu e voltou a sumir na penumbra do corredor. Ela desceu as escadas e se dirigiu a Lott.

— O presidente vai se trocar para recebê-lo. Fique à vontade — Amália apontou para o sofá e, obediente, Lott acomodou-se nele. — Com sua licença, general.

O ministro pensava em como colocar a situação para Café quando ouviu os primeiros latidos. Sua mente vagou para a escuridão e seus pelos se eriçaram. Respirou fundo, como em tantas vezes fazia, e ficou imóvel olhando para as paredes. Mais latidos foram emitidos e Lott franziu as sobrancelhas segurando firme nos braços da poltrona, como se fosse cair a qualquer momento.

Nas suas lembranças, o cão latia sem parar e ele socava a parede até sair sangue. Então, esforçou-se para voltar ao presente e viu Café Filho descendo as escadas. No mesmo momento, os cães romperam pela sala e foram diretamente saudar o visitante, numa alegria cheia de barulho que fez sua cabeça dar voltas. Subiu, em pânico, em cima do sofá, o que nada adiantou, pois em poucos segundos, os animais já raspavam em suas pernas.

— O general tem medo de cachorro? — perguntou Café Filho, com um tom irônico que Lott jamais poderia perceber, tamanha era a aflição que sentia naquele momento. — Amália, prenda-os! — Café Filho encarou o homem apavorado que descia de cima da poltrona. — Sinto muito, ministro.

— Não há problema — respondeu Lott com a voz embargada.

— O que desejava falar em urgência comigo?

— Senhor — disse ele, voltando aos poucos a si, embora seus pensamentos racionais lutassem contra a sensação do quarto escuro e pequeno, com os latidos ao fundo —, acredito que terei de voltar outro dia. Não passo bem.

— Por favor, eu insisto.

— É sobre Mamede, ofereceu um discurso terrível hoje — falou Lott, pálido, quase perdendo as palavras.

— Sinto muito, ministro. Não sabia mesmo dos cachorros — Café fingiu preocupação, desviando do assunto.

— Sinto tê-lo acordado, devo voltar outro dia — dizia Lott, como se fosse ele quem havia acabado de ter o sono interrompido.

— Não há problema, meu amigo. A culpa foi toda de Amália — O presidente tocou no ombro do general. — Prometo que vou procurar saber sobre o caso de Mamede.

Lott se dirigiu à saída. Sentiu um frio horrível lhe tomar o corpo. Caminhou até o carro, ainda mais pálido do que estivera no funeral.

— Senhor, está tudo bem? — O motorista o encarou com assombro.

Lott nada respondeu, apenas sentou-se no banco de trás e ficou olhando pela janela por um longo tempo.

Manhã do dia 08 de novembro de 1955

Brasiliana batia com as unhas na mesa, uma de cada vez, num ritmo sonoro impaciente.

— Não entendo por que me quer aqui hoje. Você não é o tipo de pessoa que sente saudades.

— Estarei muito concentrado e nervoso. A minha posse como presidente hoje é um grande teste — Luz moveu-se para a janela e acendeu um cigarro. — Não é um dia para observação mínima. É necessário reagir, conversar, perder-se por um lado enquanto algo importante ocorre noutro.

— Os bons conseguem observar sempre que conversam — Brasiliana falou com ironia.

— Sou uma pessoa normal. Quero que seja meus olhos e ouvidos hoje, não posso estar em dois lugares ao mesmo tempo.

— E quanto ao general Lott?

— Virá, como todos os outros ministros.

— Ele acredita que Café está doente?

— Penso que sim, Brasiliana — Luz esgueirou-se para apagar o cigarro. — O que soube sobre Lott recentemente?

— Sei que ele tornou a procurar Café cinco dias atrás, após o incidente dos cachorros — ela riu. — Quem diria que um homem que mais parece uma torre teria medo desse tipo de coisa?

— Sim, mas Café estava incomunicável, como ordenei. No entanto, no dia seguinte, o ministro insistiu com o chefe do Estado-Maior das Forças Armadas para punir Mamede.

— Porém, Gervásio Duncan deu uma resposta negativa... — Brasiliana continuou. — Então, o caso volta para o presidente, certo?

— Sim. Com isso, Lott foi, de certa forma, obrigado a mandar uma notificação pedindo a volta do coronel Mamede aos quadros do Exército. O problema real de tudo isso é que o discurso dele incomodou também os oficiais do Exército em Recife.

— Agora vejo porque foi falar com o ministro Lott no dia seguinte — Brasiliana suspirou.

— Dei a desculpa de que precisava receber um relatório geral da situação do Exército, como presidente da Câmara dos Deputados.

— Ele não desconfiou? — Brasiliana sorriu.

— Óbvio que não. Tudo que ocorra dentro da legalidade é normal para ele. Naquela noite, Lott tentou me contar que há três correntes militares.

— É mesmo? — A mulher abriu a boca em um bocejo. Luz fingiu não se incomodar com aquele gesto. — E ele estaria em qual?

— Segundo o próprio, no moderado. Um grupo que "luta pela constituição e tem muita cautela para não ferir as Forças Armadas".

— Nesse grupo há apenas Lott, certo?

Ela mordeu o lábio inferior e Luz ignorou suas palavras.

— O ministro ainda me advertiu que há dois grupos se radicalizando de maneira perigosa em direções opostas. De acordo com ele, há um grupo pequeno, mas atuante, que deseja a intervenção militar.

— Ou seja, nós — Brasiliana gargalhou.

— De qualquer forma, ele acrescentou que há pessoas se mostrando violentas contra esse grupo e também contra os moderados.

— Quem são?

— Suspeito que estava falando do Movimento Militar Constitucionalista.

Apenas naquele momento, Brasiliana parou de rir. O MMC havia sido criado por membros do próprio Exército para garantir as eleições e, depois, a posse dos eleitos no ano seguinte. A primeira etapa eles tinham conseguido cumprir, embora não sem esforço. O Movimento era liderado pelo coronel José Alberto Bittencourt e outros nacionalistas.

— Por fim, Lott falou do caso de Mamede e a necessidade do enquadramento do coronel para a "manutenção da unidade militar". Eu lhe disse que isso era assunto do presidente.

— Ah, Luz! — Brasiliana fez uma careta. — Com Café saindo da presidência, o ministro da Guerra virá falar com você sobre o incidente do velório.

— Uma pena que não o escutarei hoje.

— Pois deveria.

— Como posso? — ele grunhiu. — Estarei ocupado.

— Mande-o aguardar até a reunião acabar. Escute o que ele tem a dizer.

— E então?

— Não faça nada — sugeriu ela. — O general deve ser uma carta fora do baralho, todos sabemos, mas é preciso saber o momento certo de descartá-lo. Caso contrário, pode voltar-se contra você. Não há como ignorar que o homem tem grandes influências entre os seus, e muitos ainda não estão felizes com a gente.

— Não consigo entender, por que afinal Café foi escolher Lott para o ministério da guerra? É o único no governo que nos oferece um obstáculo.

— Depois da morte de Getúlio e do pedido de demissão do antigo ministro, o Café não poderia colocar outro homem polêmico no ministério mais importante do Exército. Foi uma forma de trazer paz às Forças Armadas, já que Lott, no geral, sempre foi distante da política. É provável que Café o achasse inofensivo...

— Como sabe disso? — Luz arregalou os olhos.

— Pois é o que eu pensaria também.

— Preciso dele longe do meu governo.

— É o que estamos tentando fazer, meu caro, desde que pedi que realizassem aquele tumulto no funeral... — ela cruzou as pernas.

— Parece-me um plano tão frágil quanto uma torre de cartas.

— Só quem conhece o inimigo sabe o que é capaz de desmontá-lo, Luz. Bastaria entender um pouco mais sobre Lott para saber por que meu plano funciona apenas com ele.

Estava prestes a pedir que ela ficasse de olho em Carlos Lacerda quando uma empregada apareceu perguntando se já poderia deixar os convidados entrarem. Em poucos minutos, todos os ministros do governo ocupavam uma das salas. Alguns estavam inseguros sobre seus cargos, já que não eram tão próximos de Carlos Luz; outros, certos de que seriam mantidos. Lott estava incomodado com a presença de uma pessoa em específico ali: Carlos Lacerda. O jornalista era a prova viva de qual lado Luz apoiava.

Na verdade, o mais novo presidente convocara todos apenas para formalizar sua posse enquanto Café Filho "não estivesse em condições de retornar ao cargo". Assim, começou a reunião avisando que manteria todos em suas respectivas pastas. Com isso, sentiu um misto de alívio e surpresa de uma parte das pessoas. Terminado o discurso, logo após todos serem dispensados, o dono do *Tribuna da Imprensa* caminhou até ele:

— Parabéns, meu caro. Saiba que pode contar comigo para o que precisar.

— Obrigado — respondeu, vendo Lott aproximar-se.

— Senhores! — O general cumprimentou.

— Ministro Lott, é bom poder encontrá-lo cara a cara! — Lacerda inclinou a mão para um aceno e, por alguns segundos, Luz temeu que Lott não o retribuísse. — Que tal uma entrevista um dia desses ao meu jornal?

— Creio que não seja um momento adequado para entrevistas, sr. Lacerda — respondeu contrariado o ministro. — Presidente, gostaria de lhe falar em audiência particular.

Luz assentiu. Embora o general tivesse usado a palavra presidente, parecia pouco feliz em empregá-la.

— Apenas espere que eu me despeça de alguns ministros.

Lott concordou. Assim que ele se afastou, Lacerda dirigiu-se para Luz de novo:

— Então, quando vai tirá-lo?

— Aqui não é lugar para discutirmos isso — respondeu o presidente.

— A situação dele já se alonga muito — Lacerda explicou olhando daquele modo estranho que encarava a todos.

— Não posso demiti-lo sem motivo. Imagine todos que viriam até mim.

— Crie um motivo, então — Lacerda se esgueirou para mais perto.

— Estamos tentando fazer melhor; é ele quem irá se demitir.

— Estamos... Quem são as pessoas envolvidas nesse "nós"? — perguntou e viu Luz encarar Brasiliana, que surgia no seu campo de visão no mesmo instante. — Oh, espero que não esteja se referindo à secretária. Ela é bem esperta para uma secretária, não é mesmo?

— Não me refiro a ela. Mas é muito esperta, sim, preciso de alguém como ela ao meu lado — disse o presidente, defendendo-a.

— Eu colocaria uma tola aos meus serviços.

— Uma tola pode arruinar tudo.

— Tem razão — Lacerda riu. — Mas uma mulher esperta pode arruinar duas vezes mais, tenha certeza disso.

— Penélope não me parece tola o suficiente — Luz investiu, falando da funcionária do jornalista.

— De fato, acredito que se daria muito bem com Brasiliana. As duas são bem parecidas. Imagine quantas formas de nos matar elas não poderiam pensar juntas?

— Isso é patético — Luz afirmou colocando os olhos na mulher, que conversava com outros ministros. Estava sorrindo e encostando seus dedos nos ombros de um deles.

— Hoje teremos uma reunião do Clube da Lanterna. Precisamos falar com todos sobre a sua posse — Lacerda cochichou, impedindo que o presidente se esquivasse.

— Não posso ir. Precisa de alguém para me representar?

— Com certeza.

— Brasiliana fará isso.

— Você só pode estar louco por essa mulher — Lacerda fez uma careta.

Conseguindo sair de perto dele, Luz quase ficou feliz ao acenar para Lott. Caminharam juntos até o escritório, onde o general começou a falar sem dar possibilidades para o interlocutor respirar. Expôs, mais uma vez, a necessidade do enquadramento do coronel Mamede:

— A situação já é muito explorada pela imprensa. Torna-se insustentável e ameaça a disciplina do Exército.

— Charuto? — Luz acendeu o seu e ofereceu o outro a Lott, que recusou.

— O coronel Mamede age como uma criança mimada, agarrada às saias da avó. Com isso, sofre de danos irreparáveis o elo básico do Exército, que é a disciplina, presidente — Lott insistiu, já vermelho e sem fôlego.

Luz deu algumas tragadas no charuto, torceu a boca e franziu as sobrancelhas.

— Entendo.

— Sabia que poderia contar com sua compreensão — Lott falou, antecipando-se.

— No entanto, não pretendo tomar nenhuma decisão no momento.

— Senhor presidente, o caso é sério — O ministro passou um dedo pela gola da blusa, como se tentasse soltá-la mais do pescoço.

— Por isso mesmo desejo consultar outros chefes militares. Avisarei assim que tiver uma resposta com os comandos do Estado-Maior das Forças Armadas e a Escola Superior de Guerra — Luz apagou o resto do charuto. — O que acha?

— Não sei por qual razão devemos adiar mais este caso. Porém, se o senhor se sente mais confortável consultando as Escolas, não posso me opor.

— Creio que o caso, acima de tudo, diz respeito ao interesse deles. Mamede não é um ministro ou deputado, mas um coronel — Luz arqueou a boca, parecia sensato em seu apontamento.

— Entendo sua posição — Lott aquietou-se pensativo na cadeira. Segundos antes, parecia que um bicho lhe picava em todos os lugares.

— Importa-se de voltarmos? Preciso falar com os outros ministros.

Luz pediu com um meio sorriso, o máximo de simpatia que era capaz de demonstrar, e Lott abaixou a cabeça em consentimento, cumprimentou-o e deixou a sala. Assim que fechou a porta, o mais novo presidente suspirou baixinho. Pensava que, mais uma vez, teria de contar com a ajuda de Brasiliana.

Manhã de 08 de novembro de 1955

Isaías mal conseguiu dormir naquela noite. Logo desembarcaria no porto do Rio de Janeiro, após dezenove horas de viagem, esperando alguém que o procurasse à pedido de "S.". Já havia levantado diversas hipóteses sobre quem poderia ser "S.". Antes de entrar no navio, essa era sua principal preocupação. Agora, no entanto, tudo o que lhe vinha à cabeça era Cecília.

Poderia evitar sua morte uma segunda vez? E se a evitasse, seria por quanto tempo? A princípio, não queria estreitar laços com o futuro dela. Sabia dos riscos, mas mesmo assim havia esmiuçado os símbolos e agora não poderia mais seguir em frente, como se nada tivesse acontecido. Saber era uma maldição e ir embora era uma sentença sem esperanças. Mas se era o destino dela morrer, por que o havia encontrado?

Após terminar de se arrumar para conhecer "S." naquela manhã, ele saiu à procura de Cecília sem saber ao certo o que dizer ou como encontrá-la em duas horas. Ela também havia passado a noite em claro pensando na carta e em quem, afinal, estaria solicitando a ajuda de seu amigo. Se "S." fosse das Forças Armadas, Isaías poderia auxiliar o golpe que pretendiam aplicar em jk. Queria perguntar a ele, arrancar-lhe a resposta pela garganta ou ter o seu dom, para adivinhar sem que ele precisasse responder.

Saber era uma responsabilidade, uma maldição. Como poderia deixá-lo ir sem questioná-lo de que fazia algo errado? Isaías não poderia agir contra a democracia. Se o fizesse, então havia mesmo mudado, se transformado num homem sem escrúpulos. Caminhou até o quarto número oito apenas para descobrir que ele não estava lá. Encontraram-se ao acaso, em um corredor qualquer, indo para direções opostas. Cecília estagnou sem saber o que dizer. Isaías viu aquela nuvem confusa e notou que ela escondia algo.

— Para quem você trabalha aqui no Rio?

A pergunta feita como um trovão o tirou do eixo. Por um momento, esqueceu-se da nuvem e procurou entender por que ela desejava aquela resposta.

— Eu não sei, talvez comece a trabalhar para uma pessoa. Não a conheço ainda — respondeu atordoado.

— E se não quiser aceitar ou for um serviço sem escrúpulos?

— Basta dizer que não posso. Por que está preocupada com isso?

— Tenho medo do tipo de gente para quem você anda trabalhando — Cecília sentiu a pressão nos ombros diminuir.

— Não precisa temer por mim. Na verdade, começo a pensar que a carta foi um motivo para vir até você e resolver questões antigas, deixadas de lado com o tempo.

Ele voltou a lembrar da nuvem. Deveria tentar impedir a previsão, andar por perto e entender o que poderia causar aquele futuro.

— O medo de não magoar as pessoas pode ter me trazido até aqui. Mas, e você, Cecília? O que a trouxe a mim?

Ele sabia a resposta no momento em que acabou de falar, mas esperou que ela respondesse.

— Um sentimento de dívida — Cecília cruzou os braços —, por ter salvado minha vida.

— E agora teme que eu jogue minha vida fora ao trabalhar para as pessoas erradas?

— Sim — ela puxou uma mecha de cabelo que lhe caía no rosto para trás da orelha. — Esse dom, nas mãos erradas, pode fazer muito mal.

— Você leu a minha carta — Isaías balbuciou ao conseguir decifrar alguns dos símbolos que agora jorravam.

— Você demorou — Cecília estava desconfortável.

— Eu não tinha como adivinhar sem a nossa conversa. E você não pode invadir meu quarto assim.

— Estava preocupada pelo modo como saiu ontem, parecia que tinha algo errado.

O vidente pareceu refletir por um momento e, contrariando as expectativas, falou:

— Eu lhe conto quem está requisitando meus serviços depois de falar com a pessoa.

— Não estou pedindo para que faça isso — disse ela, sem saber como reagir. Tentava entender as consequências daquela conversa.

— Mas deseja saber, não é? Está preocupada comigo porque acha que tem uma dívida. Se eu lhe contar quem solicitou meu serviço e te disser se aceitei ou não, sua preocupação acaba e você sente que essa dívida foi liquidada.

Não era essa a questão, e Isaías sabia disso, mas precisava ficar por perto para ajudá-la. A pergunta de Cecília sobre quem o havia contratado, na verdade, tratava-se de alguma outra coisa, algo que ainda não conseguia entender.

— Você estará trabalhando aqui nos próximos dias? — questionou ele.

— Ainda não sei. Talvez esteja no Cruzador Barroso, mas serei informada logo sobre as viagens dos barcos. Os planos estão sempre mudando por aqui.

— Hoje estará de folga? — perguntou ele, com base no que via na nuvem, e ela confirmou. Depois, pediu o endereço de sua casa, o que fez Cecília contrair os lábios, como se não quisesse dizer. No entanto, ela acabou por passar o endereço.

— Mas, por favor, não fique me procurando a todo momento — pediu ela — Até breve, Isaías.

— Fico feliz que este não seja o nosso adeus — respondeu ele, notando no sorriso dela uma explosão de números que o inquietava.

★ ★ ★

Levado por uma mulher para fora do navio e deixado no meio do tumulto no cais, num lugar que nunca esteve antes e com tanto barulho que seus ouvidos chegavam a doer, Isaías olhou para a multidão procurando símbolos e cores de quem estivesse tentando encontrar um deficiente visual e apoiou a mala no chão, sentando-se em cima dela, fatigado da viagem. Após alguns minutos, um homem veio lhe falar.

— As descrições conferem — O rapaz analisou o rosto de Isaías. — Talvez esteja esperando alguém que o chamou assinando como "S."

— Exato. Sou Isaías Monteiro, vidente — disse ele, estendendo a mão para o homem, aliviado por ter sido encontrado.

— Geraldo Ribeiro, motorista — O homem sorriu de maneira simpática. Era de altura média, mulato e carregava olhos espertos. — Mas pode me chamar de Platão, é como todos me conhecem.

— Platão? — Isaías sorriu. — Quem lhe deu este apelido?

— Meu chefe.

— Bem, neste caso, se eu for te chamar de Platão, peço, por gentileza, que se dirija a mim apenas como Isaías.

— Tudo bem.

O homem sorriu pedindo para acompanhá-lo. Isaías se inclinou para pegar a bengala que havia colocado ao lado da mala. Olhava para os símbolos e cores do motorista intrigado com a resposta sobre quem lhe dera seu apelido. Em seguida, pediu o apoio do braço de Platão para que pudesse ser conduzido no porto recheado de caixas e pedaços de madeira. Entrou no carro, olhando na direção do mar. Teria que esquecer Cecília por um momento e pensar em "S.".

— Então, Platão, por que Juscelino Kubitschek lhe deu esse apelido? — Isaías questionou, testando a reação do motorista por puro tédio.

— "S." havia me alertado disso, Isaías. Disse que o senhor era dos bons — Platão olhou através do pequeno espelho retrovisor.

— "S." não é Kubitschek... — Isaías pigarreou ao reavaliar os números. — É uma mulher...

— Estou impressionado com seu poder... — Platão começou a rir.

— Presumo, então, que "S." deve ser a esposa de Juscelino. Não lembro o nome dela — Isaías olhou através da janela. Os símbolos do céu pareciam cada vez mais caóticos.

— É normal não se lembrar de dona Sarah — Platão achava graça da situação. — Ela prefere mesmo não ser lembrada.

— Vejo que a admira.

— Você entenderá meus motivos nos primeiros cinco minutos de conversa com ela. O que também é um conselho, Isaías.

O vidente calou-se. Seus primeiros momentos de conversa com alguém eram diferentes de qualquer outro. Após um tempo dirigindo pelas ruas da cidade, Platão anunciou que haviam chegado e acompanhou o vidente até a entrada da casa.

— Platão — Isaías falou no caminho —, JK sabe que a sra. Kubitschek me chamou aqui?

— Isso eu não sei.

Dentro da casa, uma empregada recepcionou Isaías e pediu que se acomodasse num grande sofá. Em pouco tempo, Kubitschek desceu as escadas.

— Senhor... — Fez uma leve inclinação com a cabeça. — O senhor deve ser Isaías, o tal vidente cego. É um prazer. Sarah, minha mulher, falou muito de você e de seus dons. Parece que você ajudou um primo dela a resolver qualquer coisa que agora sequer me lembro.

— Também não me recordo, sr. Kubitschek. São muitos os casos — Isaías fixava o olhar nos símbolos e cores de JK, que estava resistente e contrariado de recebê-lo.

— Uma pena, já que está aqui apenas por causa dela, sabe? — Juscelino sentou-se. — Ela acha que pode me ajudar.

— E o senhor, o que acha? — Isaías esperou, mais uma vez, a resposta. JK já sabia o que iria dizer, porém fez uma longa pausa de propósito.

— Acho que existem jeitos mais fáceis de ganhar uma batalha — Sorriu.

— Mais fáceis? — Isaías questionou sem compreender. Às vezes as palavras tinham um dom magnífico de entrar em um território não esperado, mesmo dentro das previsões.

— É certo que ficar tentando acertar o futuro não deve ser tarefa fácil — Juscelino estava pronto para acender um charuto. Ofereceu a Isaías, que o recusou. — Você é um homem estranho, vidente.

— Muito obrigado, presidente.

Juscelino deu duas tragadas e continuou:

— Diga-me, tem algum ideal pelo qual luta?

— Nenhum, senhor — Isaías respondeu sem se esforçar para parecer simpático.

— Algum partido que apoia ou um pensamento que defende?

— Não.

— Deveria ter. Não vejo sentido nas vidas que se economizam, que se recusam a consumir-se na chama de um ideal.

— Sinto muito — Isaías respondeu sem ânimo.

— Deveria sentir por você.

O vidente nada comentou, então eles ficaram um tempo quietos. Ao longe, escondidas nas escadas, estavam duas meninas de mais ou menos doze anos. Eram Márcia e Maria Estela, filhas de Kubitschek, que ouviam curiosamente a conversa. Isaías piscou para uma delas, que levou um susto enorme e arrastou a irmã de volta para os cômodos de cima.

— Que espécie de bengala é essa? — Juscelino apontou para o aparato onde Isaías apoiava o queixo sobre as duas mãos.

— Eu mesmo fiz com a ajuda de alguns índios do interior de São Paulo.

— O senhor enxerga alguma coisa, seu Isaías? — Juscelino dobrou uma das pernas, formando um quatro.

— Não como as outras pessoas, senhor presidente.

— Isso é muito irritante. Pelo menos enquanto eu não o odiar, me chame apenas de Juscelino ou Kubitschek — falou ele, cortando o assunto. Com isso, mais um silêncio pairou. Juscelino terminou seu charuto e o jogou no meio de um pequeno suporte de prata. — Então... Não deveria estar tentando me impressionar ou coisa do tipo?

— Com todo o respeito, não pedi para estar aqui. Portanto, ainda estou avaliando se vale a pena o trabalho.

— É muita presunção. Ao menos sabe por que o chamei?

— A sra. Kubitschek me chamou porque acha que eu posso ajudá-lo. Parece que há inúmeros planos para impedi-lo de assumir a presidência.

Olhou para a nuvem de futuro de Juscelino, mas, para a sua surpresa, estava tão complicada quanto à da cidade e a de Cecília. Por um momento, o vidente pensou que tinha algo errado acontecendo com seus dons, já que tudo estava deveras nebuloso. Então, ouviram a porta se abrir. Pelos números que via em JK, percebeu que Sarah chegava. Ela atravessou a sala com rapidez e sorriu para Isaías após cumprimentar o marido.

— Sr. Monteiro, é um prazer conhecê-lo!

— Digo o mesmo, sra. Kubitschek.

— Vejo que a conversa precisa de um impulso — Sarah analisou o rosto entediado do marido.

— O vidente não deseja cooperar. Contratou a pessoa errada, querida.

— Eu não me engano com as pessoas, querido — Sarah respondeu com rapidez, voltando a encarar o vidente. — Por que não deseja aceitar o trabalho, sr. Monteiro?

— Não disse que não aceito — respondeu Isaías, sentindo-se pressionado. As cores da mulher eram penetrantes. — Apenas me parece que o seu marido está um pouco resistente em relação aos meus métodos.

— Qual é o seu preço, sr. Monteiro? — Sarah perguntou entediada.

— Ele está com medo de não dar conta do recado. — Juscelino respondeu com um sorriso irônico.

— Não se trata de preço ou de medo, mas é muito difícil trabalhar com alguém que não deseja meu serviço.

— E é difícil trabalhar com alguém que sequer se esforça para mostrar o que sabe — retrucou Juscelino, pegando um jornal que estava em cima da mesa. Isaías sabia que ele já o havia lido e estava, na verdade, querendo encerrar o assunto.

— Então não temos acordo feito, senhor presidente. O senhor pode procurar outra pessoa para lhe ajudar.

Isaías respondeu furioso. Sua prioridade não era mais atender o casal Kubitschek, mas encontrar Cecília em terra firme. Apenas dessa forma poderia ajudá-la e evitar a catástrofe que ele enxergava no futuro dela.

— Sr. Monteiro, por favor, sei dos teus dons. Aceite a proposta — pediu Sarah. Em seguida, sussurrou: — Eu convenço meu marido.

— Eu preciso pensar e consultar outra pessoa.

— Pensei que trabalhasse sozinho — Sarah questionou.

— Eu também — respondeu Isaías com nítida confusão.

— Está bem. Fale com essa pessoa e volte para nos informar sua resposta — pediu Sarah.

— Melhor, sr. Monteiro, se a resposta for negativa, não se dê ao trabalho. Se positiva, eu ainda espero que me convença. Sou eu quem o está contratando — Juscelino olhou por cima do jornal.

— Pode ir agora, sr. Monteiro. Peça para que Platão o leve — falou Sarah, certa de que a resposta seria positiva. — Até breve.

Isaías saiu transtornado da casa. Assim que avistou o motorista, não hesitou em pedir:

— Olá, Platão, pode me levar a um endereço, por favor? A sra. Kubitschek disse que eu poderia contar com seus serviços.

— Ao seu dispor, vidente — Platão sorriu e abriu a porta do carro. Isaías evitou olhar para a nuvem de futuro dele.

1911

Uma vez lhe disseram que era estranho. Perguntou se aquilo era bom ou ruim e, como não responderam, permaneceu em dúvida. O pai era industrial e nunca tinha tempo para conversar com o filho, o que talvez tenha sido uma sorte, porque poderia ter respondido que o rapaz era mesmo muito esquisito e que essa característica estava longe de ser boa. A mãe, por ser professora, insistia que ele estudasse sempre, mesmo que tivesse de se apoiar no Exército para ser alguém na vida. Por isso, conseguiu ingressar no Colégio Militar, no Bairro da Tijuca, em 1905. Tinha ótimos conhecimentos em aritmética e matemática, as disciplinas mais valorizadas da instituição, de modo que saiu da escola já no cargo de tenente-coronel.

— Será que zombam de mim porque sempre estou de farda? — perguntou à mãe. — Talvez seria melhor voltar a usar as velhas roupas agora que acabei o Colégio...

— É assim que um tenente-coronel deve se vestir, não há nada de anormal — dona Maria respondeu, sem cerimônias, mexendo a panela.

— Senhora, nós dois sabemos que não é por isso...

— Apenas aproveite a boa roupa que o Exército te ofereceu, querido. Logo você entrará para a Escola Naval ou de Guerra, não posso deixar mais que meu filho se cubra com trapos.

Henrique então fez os exames. Conseguiu uma nota alta e o chamaram para conversar, primeiro, na Escola Naval. Animado, vestiu sua farda recém-lavada para a ocasião e se dirigiu ao local, pensando o que o futuro reservava para ele. Se imaginou no mar, coordenando navios de guerra e discutindo quais estratégias a equipe deveria usar para combater inimigos vorazes que pudessem ameaçar o país.

Entrou pela porta com o sorriso do tamanho de uma proa e pediram para que se sentasse, olhando-o de canto. Depois, chamaram seu nome com o de um rapaz e ele estranhou que o outro vestia um terno de linho, feito sob medida. Estava também acompanhado de um homem imponente, com sapatos engraxados que brilhavam mesmo diante da luz fraca das janelas opacas. Apenas Henrique e o garoto entraram na sala do oficial da Marinha, que os analisou por completo antes de irromper em uma enorme gargalhada.

— Quem é você, rapaz? — perguntou a Henrique.

— Sou Henrique Batista Duffles Teixeira Lott, senhor. É um prazer enorme!

— Uma pena ter um nome tão grande e trabalhoso se de nada vale.

— Desculpe-me? — O rapaz ficou vermelho.

— Não tem vergonha de aparecer aqui fardado e com as botinas do Exército? Veja o rapaz ao seu lado, um verdadeiro cavalheiro.

Henrique olhou para o rapaz, que sorria.

— Sabe o nome dele? Luciano Riviera, o seu pai é o ilustre general Machado Riviera. Seu pai o trouxe aqui?

— Não, senhor. Meu pai não pôde me trazer, está trabalhando.

— Agora entendo por que tem os pés sujos de lama e terra. Veio andando — o oficial debochou, divertindo-se com a situação. — Escute, aqui não é a Escola de Guerra. Não aceitamos qualquer um só porque tem o desejo grandioso de um dia ser alguém na vida, então repita comigo — o oficial sorriu. — Eu, Henrique inútil Lott...

O tenente ficou em silêncio por alguns segundos, abismado com a situação.

— Algum problema? Perdeu a fala?

— Não, senhor — Henrique respirou fundo antes de continuar. — Eu, Henrique inútil Lott — falou com raiva.

— Saio de bom grado da Escola Naval, renunciando à nota obtida no exame.

Sentindo vontade de chorar, continuou com a voz embargada:

— Saio de bom grado da Escola Naval, renunciando à nota obtida no exame.

Henrique bateu continência e correu. As lágrimas caiam sem parar, fazendo naufragar a proa que antes navegava em seu rosto.

Ainda em 1911, conseguiu ingressar na Escola de Guerra dentro do curso de Artilharia e Engenharia. Em pouco tempo, passou a ser chamado de tenente Lott. Era forte e esperto. Além disso, embora seu superior tentasse parecer neutro, percebia que era seu "menino dos olhos". Um dia, durante algumas atividades cotidianas, percebeu uma movimentação diferente no quartel. Foi verificar o que acontecia no pátio principal e avistou Luciano Riviera.

— O que ele está fazendo aqui? — perguntou para um amigo ao seu lado, Odílio Denys.

— Achei que soubesse. Ele foi expulso da Escola Naval, mas parece que é temporário — falou Denys, levantando o pescoço.

— Como alguém é expulso temporariamente?

— Lott, você sabe bem de quem ele é filho. No fim das contas, o Riviera vai voltar para lá, só estão tentando achar uma boa desculpa para isso.

— Mas o que ele pode ter feito a ponto de algo assim acontecer?

— Dizem que um homem morreu em circunstâncias estranhas.

Observava o rapaz de cabeça erguida. Era claro que este ainda se lembrava dele também, pois logo o avistou e caminhou em sua direção:

— Uma pena que tenha resistido aqui dentro. Achei que passaria o resto dos dias na sarjeta — Luciano riu.

Diante da fala, Lott ficou quieto para não arranjar confusão. Ainda naquela semana, fora importunado diversas vezes. Colocaram baratas em seu baú de roupas, carrapatos na cama e laxante na sua água. Ressentia ter de andar atento em um lugar que antes era tão seguro para ele. Ao fim de duas semanas já estava paranoico e se assustou quando o general Galvão apareceu sem fazer barulho.

— Escute, hoje você foi escalado para fazer a patrulha noturna. — Galvão o avisou.

— Sim, senhor — Lott animou-se. Na patrulha noturna ao menos ficaria sozinho e em paz.

Tentou passar o resto das atividades do dia se convencendo de que a noite seria mais tranquila sem a presença de Riviera. Quando, enfim, começou o entardecer, pôde subir nas torres do quartel e acender, com o único fósforo que tinha, um pequeno lampião. Desfrutou as primeiras horas de calmaria e, já na escuridão completa, permitiu-se até mesmo dar algumas cochiladas para aguentar até o amanhecer. A noite estava quente e vários insetos voadores rodeavam a lamparina acesa perto dele, fazendo-o se irritar e apagar a luz antes que fosse devorado pelos cupins voadores. Após um longo período de silêncio durante a madrugada, em que sequer as árvores se mexiam, ouviu um pequeno barulho no portão de madeira. Olhou para baixo e conseguiu distinguir um vulto.

— Quem está aí? — perguntou, já pegando em sua arma.

A pessoa lá embaixo não respondeu, apenas continuava tentando entrar.

— Pare já, caso contrário vou atirar!

Falou e começou a bater no sino. No entanto, o badalo da campânula caiu, tornando-o inútil. Sem saber o que fazer, voltou a olhar para o vulto, que se moveu trôpego e começou a murmurar palavras que Lott não conseguia distinguir. O homem estava bêbado. Após alguns segundos, em meio a gritos, percebeu que o mesmo dizia palavrões.

— Estou avisando… — Lott tentou acender a lamparina mais uma vez, mas já não tinha mais nada para fazer fogo.

Lá embaixo, o homem insistia em tentar invadir. Mais uma vez, Lott segurou a arma que estava em sua bainha e exigiu que se afastasse. Seu rosto suava frio e as mãos tremiam muito. O homem continuava ignorando os avisos, e bateu com força o corpo contra a porta, certo de que poderia abri-la com os próprios braços. Lott levantou a arma e mirou. Não teria tempo de chamar reforços e não sabia o que aquele louco poderia fazer caso entrasse no quartel. Se obtivesse sucesso, a penitência para ele próprio seria severa. Tentou mirar nas pernas ou nos pés, mesmo com a pouca luz da lua crescente.

— Vá embora! — pediu e, de novo, o homem se debateu contra a porta, proferindo palavrões.

Então Lott puxou o gatilho, fazendo com que o rapaz caísse no mesmo minuto. Seus gritos de revolta foram, aos poucos, sendo substituídos por gritos de dor. Antes que Lott pudesse descer e verificar a condição de quem havia acertado, alguns homens apareceram atraídos pelos barulhos, enquanto pôde ouvir também a voz do superior pedindo ajuda.

— Senhor… — Lott começou a falar, quando alcançou a entrada, mas parou diante do invasor que sangrava.

— O que você fez? — questionou Galvão, indignado, tentando impedir o sangue de jorrar da barriga de Luciano Riviera.

★ ★ ★

— Isso é loucura — Denys tentava convencê-lo.

— E o que posso fazer? — indagou Lott, olhando para as paredes.

— Ir a julgamento — suspirou o amigo.

— Ir a julgamento, ficar preso durante anos e acabar com meu futuro na Escola de Guerra não é uma opção.

— Aguardar em uma solitária por um ano também não é. Lott, as pessoas enlouquecem de ficar lá dentro por apenas uma semana. Como você espera aguentar um ano?

— Denys, um ano não é nada em relação ao tempo que eu teria na cadeia sob um julgamento. Além do mais, o general Galvão garantiu que minha família sequer saberia disso, que receberá o dinheiro habitual, como se tivesse sido enviado por mim — Lott suava frio diante das próprias palavras.

— Meu amigo, o pai de Luciano só concordou com a solitária porque sabe que é um meio de punição equiparado ou pior do que a morte. Escolha o julgamento, afinal não é culpa sua, o sujeito tentava invadir o quartel durante sua guarda, não respondeu aos inúmeros pedidos de identificação. Além disso, Galvão deu a arma a alguém inexperiente, numa primeira guarda.

— Isso não é sobre ser culpa minha ou de Galvão, Denys, é sobre quem foi atingido.

— Estava protegendo seus companheiros, atirou por uma boa causa — Denys abaixou a cabeça.

— E, por esse ato, um homem que não oferecia perigos morreu. É a solitária ou a morte para mim. Acha que o general Riviera vai descansar sem se vingar de algum jeito pela morte do filho? Se eu escolher o julgamento, haverá duas opções: pode ser que eles me deem uma punição severa e me façam passar anos sem poder ajudar meus pais; ou que me deem uma punição branda, e Riviera faça meu corpo aparecer em algum canto da cidade numa noite qualquer.

— Lott, me recuso a crer que a solitária seja a única opção. Eu passei dois dias lá e quis me matar. Recuso-me a acreditar, deve haver outro modo de lidar com a situação.

— Se existe, não terei tempo para descobrir. Amanhã devo dar minha resposta — disse ele, e sorriu para o amigo. — Prometo que não vou enlouquecer.

— Não faça juramentos que não sabe se pode cumprir.

No dia seguinte, após poucas horas de sono, terminou de se vestir para dizer sua resposta. Denys apareceu para lhe dar um abraço fraterno e o acompanhou no momento em que Lott caminhava para se encontrar com Galvão. Quando parou de andar por corredores escuros e avistou o local marcado, sentiu o coração disparar.

— General...

Lott engoliu em seco. O ar parecia cada vez mais escasso e a respiração se tornava ainda mais forte.

— Tenente — Galvão fez uma pausa, parecia abatido também —, já tem uma resposta?

— Aceito ir para a solitária, general.

— Imaginei que escolheria isso — falou Galvão, com um tom de tristeza. — Acompanhe-me.

Saíram no pátio, ao ar livre, apenas para voltar à escuridão do outro lado do quartel. No entanto, Lott não se sentiu melhor ali. Os corredores eram úmidos e abafados, com pouca luz entrando por estreitas janelas. Ao seu lado, notou que gotas de suor escorriam da careca brilhante do general. Viraram juntos mais um corredor, então ele soube que havia chegado à sua cela, porque ali o esperava o aposentado Riviera, que possuía os mesmos trejeitos do falecido Luciano.

— Boa sorte, rapaz.

Galvão disse baixinho por cima do ombro. Em poucos passos, Lott estava frente a frente com o general reformado, pai do oficial executado por ele.

— Eu espero... — Riviera se dirigiu a ele — que você saia daí tão morto quanto um tronco de madeira oco devorado pelos cupins.

Temeroso, Lott não respondeu e sentiu um cuspe atingir-lhe o rosto. Limpou a saliva com as mãos e entrou no cubículo apertado. O local contava com uma pequena e desconfortável cama, além de uma pia e um buraco no chão. Tudo era muito sujo, coberto de mofo. A cela tinha, no máximo, três metros por dois. Bem no alto, uma pequena nesga na parede permitia definir se era dia ou noite. Ao seu lado estavam alguns escritos que não conseguia ler, mas teria tempo suficiente para identificar.

— Boa estadia.

Riviera sorriu e a porta logo se fechou. As primeiras horas pareciam ter passado sem nenhum percalço. Estava tão cansado, devido à preocupação na noite anterior, que dormiu durante boa parte do dia, até que acordou atordoado com o som de um cachorro latindo. Era provável que o tinham colocado para vigiar sua cela, pois, embora fosse impossível fugir dali sozinho, tinha alguns amigos que poderiam querer ajudá-lo. Dentro de pouco tempo, começou a ficar angustiado perguntando-se se já era noite. Olhou pela nesga e concluiu que era o entardecer.

Procurou uma pedra que pudesse usar para marcar os dias na parede. Achou uma lasca e escreveu o primeiro número em romano. Estava certo de que isso lhe traria alguma segurança na adaptação, no entanto, após alguns dias, já não conseguia mais distinguir o quanto havia dormido e quando. O latido do cachorro também parecia uma constante buzina. Era como se o cão latisse dentro da cela.

Com o tempo, começou a falar sozinho e a cantar para combater a monotonia. Também tentava se exercitar sempre, assim manteria o corpo menos atrofiado. Imaginou que estava se saindo bem até o dia em que socou a parede. Depois disso, a enxurrada veio: a irritação crescia a cada minuto que passava lá dentro e o humor oscilava. Pensava em quanto tempo havia se passado. Talvez seis meses? Já não sabia dizer.

A cela estava cada vez mais suja e ele cada vez mais perturbado. O único elemento que permanecia inalterável era o cachorro. Em momentos de loucura, Lott fazia um barulho ou gritava só para fazer o cão ladrar ainda mais que o normal. Depois, arrependia-se.

Um dia, acordou no chão, sem entender por quê. Nesse momento, ficou preocupado de verdade sobre sua sanidade mental e passou a desenvolver um calendário de atividades toscas. Sempre que acordava, se alongava e simulava o movimento da corrida sem sair do lugar. Depois, ia até o pequeno buraco na parede e ficava olhando o céu até o pescoço pedir que parasse. Mais uma série de alongamentos era, então, feita.

A comida era passada apenas uma vez por dia, por uma fenda estreita na porta, que só podia ser aberta pelo lado de fora e à qual ele já havia forçado milhares de vezes. Comia devagar, ignorando o estômago que se revirava. Tentava dormir mais um pouco, mas quase nunca conseguia. Depois, rabiscava algo na parede, tentando fazer um desenho mínimo com a pedra lascada. Quase sempre algum dedo se cortava na empreitada e ele ficava observando o sangue sair até que parasse. Nesse período, o cão adquirira o terrível hábito de chorar. Talvez estivesse preso, atrelado ao homem que não podia ver. Ambos lutando contra o tédio, choramingando em seus cárceres.

Certa vez, desenhou alguns círculos, de modo a fazer um jogo no chão. A cada dia deveria inventar regras diferentes para o tabuleiro. Sempre jogava de pé, com as pernas. Com o tempo, demorava mais para criar as novas regras e sentia as horas passarem mais rápido. Outras vezes, pegava o lençol imundo de sua cama e o amarrava diversas vezes, até o dedo doer, para depois desfazer os nós, sem pressa. Qualquer objeto era usado para distraí-lo. Uma vez, após recusar as refeições por dois dias seguidos, percebeu que o cão havia parado de fazer barulho. Por um momento ficou aterrorizado, pensando que o animal havia morrido e que isso poderia ser um prelúdio do que lhe sucederia. Fez diversos barulhos, mas nada recebeu em troca. Na hora da refeição, junto com o prato, empurraram para dentro da cela um caderno e um lápis. Lott começou a gritar.

— Quem está aí? Me tire daqui! Me tire daqui!

Continuou, mesmo sabendo que a pessoa já havia ido embora há tempos, e gritou até cair no choro. Dormiu por um longo período e acordou, mais uma vez, no chão. Pegou no caderno e o encarou com um misto de raiva e felicidade. Folheou as páginas e achou num canto uma mensagem: "Resista bravamente. De seu amigo, D."

— Denys deve estar louco de colocar a inicial assim.

Lott pegou o lápis e rabiscou a inicial até que fosse impossível enxergá-la. Então, o cão voltou a ladrar e chorar. Durante sua estada ali, perdeu a conta de quantas vezes leu aquela mesma mensagem pequena deixada por seu amigo. A partir de então, tinha uma nova fonte de distração, mas a escrita também "deveria ser usada com comedimento" — algo que disse para si apenas durante algum tempo. Em poucos dias já estava escrevendo na última página do caderno e, depois que o preencheu, viu-se socando a parede junto aos ganidos do animal.

O último tiro da Guanabara 67

Sob uma nova perspectiva, ganhou um livro para ler. Leu tanto que chegou a decorar cada palavra. No entanto, a página que mais revisitava era aquela em que Denys havia escrito, afinal, era a única ligação com o mundo exterior. Depois que lia, ficava olhando o teto e a pequena janela que dava para o céu. Chorava por muito tempo. Logo aquilo também virou um ritual para não sentir as horas passarem.

Certo dia, ouviu a tranca se abrir. A luz entrou com tanta intensidade no cubículo que Lott ficou tonto, com a visão turva e preta. Aos poucos conseguiu distinguir o general Galvão, mas ainda não enxergava tudo de maneira normal, então esfregou os olhos duas vezes. Via diversas formas estranhas.

— Que estado lamentável... — Foi a primeira coisa que Galvão conseguiu dizer.

— Eu consegui? — perguntou Lott, confuso e temeroso. A porta se abrindo era uma cachoeira de esperança. Porém, se ela voltasse a se fechar, não saberia quanto mais aguentaria.

— Você deu sorte, tenente. O ilustre general Riviera morreu ontem, no dia em que completou seu quinto mês aqui. Você está livre.

Início da tarde de 08 de novembro de 1955

Alguém bateu palmas na frente de sua casa, de modo que abriu uma fresta da janela da sala. De fora, percebendo a movimentação na casa, uma voz pediu:

— Posso entrar, Cecília? Sou eu.

Ela concordou e, em seguida, viu Isaías tatear o pequeno portão na frente do jardim em busca do trinco. Por um momento, viu nele o mesmo aspecto frágil de quando ele era apenas um garoto. Ela segurou sua mão, como tantas vezes fizera na infância, e o guiou pelo caminho certo. O portão se abriu com tanta facilidade que Isaías refletiu sobre a inutilidade de ter um trinco que serve apenas para dificultar o acesso de cegos.

— Entre, por favor.

Cecília pediu e ele obedeceu, conduzindo o pedaço de madeira. Viu-a sentar-se formando um quatro com as pernas e verificou com as mãos se também caberia no sofá. Cecília emudeceu, pensava que Isaías poderia ter aceitado a oferta, isto é, que já estava trabalhando para alguém e, portanto, que lhe convinha ficar quieta.

— Disse que lhe contaria quando descobrisse quem era "S.".

Cecília não demonstrou reação, mas Isaías notou que estava nervosa.

O último tiro da Guanabara 69

— Sarah Kubitschek — disse ele, apoiando-se no encosto do sofá.

— Não pode ser... Por que a esposa de Juscelino Kubitschek iria mencionar os militares?

— Parece que, há anos, trabalhei para um general que é primo dela. Sarah me contratou para ajudar o marido. Inclusive, ambos falaram comigo.

— Pessoalmente? — perguntou Cecília, surpresa, e Isaías viu que ela estava aliviada pelo fato de que "S." não era um militar.

— E o que você respondeu?

— Ele é um homem peculiar, esperava que eu o impressionasse, mas não quero impressioná-lo e não pretendo aceitar.

— Isaías — Cecília quase gritou —, você tem que aceitar!

— Ele não quer os meus serviços, é a esposa quem insiste.

— Em que país você vive? Convença-o! — Cecília ficou vermelha e Isaías viu suas cores e símbolos indicando aflição. Tudo havia ficado claro: ela não queria saber quem o havia contratado por causa da amizade que tinham ou devido a algum sentimento de dívida. Estava, na verdade, preocupada com a política.

— Na verdade, não entendo — Isaías arriscou. — Talvez, se pudesse me explicar melhor, eu saberia por que deveria ajudar Juscelino.

Cecília dissertou por um longo período sobre como o suicídio de Vargas havia virado o jogo para os conservadores, liberais, udenistas e alguns militares, que desejavam assumir o poder. Após a comoção em torno da morte e sem o apoio popular, esses grupos sugeriram, então, uma candidatura única, que viria de uma aliança entre UDN, PSD e que seria apoiada pelas Forças Armadas. Café Filho queria isso também para as eleições do ano em que estavam, mas a ideia não vingou e a população votou em massa em Kubitschek e Goulart. Jango atraíra muitos votos para Juscelino, mas ambos incomodavam a oposição por desejarem as eleições e por serem, de certa forma, ligados a Vargas. Goulart, por exemplo, era do PTB (partido fundado pelo presidente suicida) e havia sido ministro do trabalho no último governo. Fora demitido, entre outras razões, por causa de seu projeto de aumento do salário mínimo em 100%. Portanto, era uma espécie de discípulo das lutas trabalhistas. Já Juscelino, ao se candidatar com Jango, assumiu o Programa Trabalhista do PTB, que continha várias reivindicações de setores populares. Além disso, o partido defendia a reforma política, agrária e eleitoral. Justamente por esses motivos diziam que JK daria continuidade às ideias de Getúlio.

— Isso tudo é complexo... — Isaías interrompeu sua explicação.

— Por isso precisa entender com o que está lidando.

Disposta a explicar quantas vezes fosse preciso, Cecília o encarou e continuou falando das tentativas que já tinham realizado para evitar que JK e Jango assumissem os cargos. A UDN tinha alegado que não houve maioria absoluta na votação, pois vários votos foram de "comunistas", que, segundo eles, não poderiam ser representados no poder. Em meio a tudo isso, havia surgido o Movimento Militar Constitucionalista, o MMC, que lutava para garantir a posse dos eleitos.

— Não restou muito para a UDN... Insistem cada dia com mais transparência em um golpe militar e ninguém sabe quais são os seus próximos passos. É por isso que Juscelino precisa de ajuda.

— Como pode ter tanta certeza de que JK lutará pela democracia? — perguntou Isaías, e depois apoiou a mão no queixo, pensando.

— Não tenho como afirmar, mas me baseio nas ações dele. Quando Getúlio morreu, Juscelino lutou para garantir que Café Filho assumisse a presidência, já que, como vice, era dele por direito. JK também se opôs ao adiamento das eleições legislativas, em outubro do ano passado, algo que era defendido até mesmo

O último tiro da Guanabara 71

pelo seu partido, o PSD, que temia a vitória ampla do PTB. Além do mais, não convém se unir à UDN, pois perderá tudo se o fizer — concluiu Cecília.

— Confesso que acho estranho ouvir o que está contando. Grande parte das pessoas com quem eu tinha contato amavam Vargas.

— Muita gente amava e vai continuar amando Vargas — Cecília parou de andar em zigue-zague. — Não há como negar que era inteligente, sabia agir e fez coisas boas. Porém, ninguém poderá ter o direito de impedir outra pessoa de ir e vir, de dizer o que pensa, muito menos matar e espancar quem não concorda com você sob o pretexto de serem comunistas. E não há como negar que Vargas fez tudo isso, limando qualquer inimigo político ou pessoa que não estivesse ao seu lado. Por isso defendo a democracia.

— Como sabe de todas essas coisas que me contou? — Isaías olhava para o céu.

— Sou interessada pelo que acontece em meu país. Gosto de política. E se há alguma coisa, por menor que seja, que eu possa fazer para lutar pelo que acredito, farei. E hoje você é uma ferramenta para todos nós. A maior parte das pessoas não sabe o que aconteceu no passado, isso faz com que entrem nas mesmas armadilhas sempre — Cecília fez uma pausa. — Está me ouvindo, Isaías?

O vidente fez que sim, ainda olhando pela janela.

— Acho que começo a entender o céu do Rio de Janeiro.

Início da noite de 08 de novembro de 1955

Jango estava esparramado na poltrona com os olhos fixos em Juscelino, que encarava uma série de papéis. Então, JK finalmente largou a papelada em cima da mesa.

— Por Deus, doutor, está tão ansioso que parece até que vou lhe pedir em casamento — Kubitschek deu uma risada, enquanto Sarah se sentava no braço da cadeira e ele abraçava a cintura dela.

— Pare de brincadeiras, acha que as informações são reais? — Jango estreitou os olhos para os papéis.

— Elas não fazem muito sentido. O que Lott espera indo a uma reunião com todos os principais articuladores que desejam me tirar do poder? Achei que ele estava do nosso lado.

O vice soltou um intenso suspiro:

— Se ao menos pudéssemos contar com a ajuda do vidente neste caso...

— Chega disso! — Juscelino voltou a fazer uma careta enfezada. — Se nem os nossos melhores espiões do MMC são capazes de nos ajudar, imagina um vidente. Esqueça-o. Além do mais, Sarah ficou a tarde toda presa em casa e até agora ele não apareceu, age como um charlatão. Nunca mais quero ouvir falar dele.

— Sr. Kubitschek... — falou com a voz baixa uma empregada que, pouco antes, havia entrado na sala. — O sr. Isaías Monteiro acaba de chegar. Peço que aguarde?

— Não é possível — Juscelino olhou para sua esposa.

— Deixe-o entrar agora mesmo, Marga — respondeu Sarah.

Logo após a ordem, o cego apareceu batendo sua bengala com alvoroço no piso de madeira.

— Senhores! — Isaías deu seu melhor sorriso. — É um prazer, futuro vice — falou com João Goulart, que apenas lhe ofereceu um aceno antipático, talvez revoltado pelo fato de o vidente não ter agido como esperava.

— O que faz aqui? Achei que não estivesse disposto — indagou Juscelino.

— Peço perdão por meu comportamento de hoje mais cedo. Vim dizer que aceito o desafio — disse Isaías, engolindo em seco.

— Isso não serve de nada.

Juscelino voltou a olhar para os papéis, mas o vidente forçou-se a não ir embora.

— Juscelino... — Sarah se contorceu, altiva, no braço da cadeira.

— Eu entendo seu marido, sra. Kubitschek — Isaías esboçou um novo sorriso. — Nosso futuro presidente precisa saber que pode confiar em meus dons. Caso contrário, posso piorar ainda mais a situação para ele.

Lançando um sorriso singelo, jk quase não parecia odiá-lo.

— Senhor, sobre seu passado... Formou-se em medicina e largou a profissão para tornar-se político. O senhor é católico, mas acredita também no espiritismo. Já sua fruta predileta... Não tente me enganar, é jabuticaba. Possuía quatro pés dessa fruta no quintal quando era criança. Agora, um lazer... A dança. A matéria que mais gostava na escola... História, e odiava Matemática. Não se preocupe, não contarei a ninguém. Algum outro pequeno segredo? — Isaías demorou mais nessa análise, e jk nada disse. — Uma vez teve um problema no dedo, o dedo mínimo, do pé direito. Luxou-o depois de escorregar e cair na casa de um tio. É por isso que sempre prefere sapatos sem cadarços, fáceis de tirar, coisa que o senhor faz de forma discreta até mesmo durante eventos.

Ele parou por um momento, todos estavam atônitos.

— É impressionante e, ao mesmo tempo, cansativo. Fale algo muito interessante sobre Sarah e o dr. Jango, por exemplo — pediu Juscelino.

— Sarah... — assentiu Isaías, e começou a olhar para ela. "Vamos Sarah, me mostre algo empolgante". Ela procurava nas memórias. Então, ele sorriu. — Sobre a sra. Kubitschek, Juscelino diz na sua frente que às vezes tem a impressão de ter se casado com um tigre. Sarah desejava ter muitos filhos, mas foram onze tentativas até nascer Márcia.

Juscelino nada disse, apenas pediu que falasse sobre Jango. Sarah encarava o vidente com curiosidade.

— João Goulart, você estudou na mesma classe que Getúlio. Quando tinha dezesseis anos, seu pai obteve uma certidão de nascimento adulterada no cartório para que pudesse se inscrever no curso de direito.

— De fato — Jango suspirou aliviado por Isaías não ter contado o que mais transparecia no momento: a sífilis que havia contraído em um prostíbulo e que afetou seu joelho esquerdo.

— Basta — JK pediu.

— Foi o suficiente para convencê-los?

Sarah e Jango olharam para Juscelino.

— O suficiente, sim, mas vamos ver na prática — respondeu JK. — Começamos amanhã, mas fique sabendo que será vigiado, sr. Monteiro. Qualquer indício de deslealdade, romperemos.

— É uma ameaça? — perguntou Isaías, sentindo o sangue pulsar.

— Uma advertência!

★ ★ ★

Isaías saiu atordoado. Olhou para o céu, que lhe parecia estranho há um tempo e mais ainda desde que chegara. Observou suas cores e símbolos, elaborando equações mentais. No céu que podia ver, notava uma nuvem imensa, densa e escura. De certa forma, Cecília o ajudou a deixar as informações mais claras para que pudesse entender o que tudo aquilo significava. Via diversos padrões subindo das pessoas da cidade: elas tinham medo do futuro e, talvez, mais do que isso, havia a crença de que os políticos fariam tudo conforme quisessem — do mesmo modo como fizeram antes.

Isaías também sentiu o medo de não poder fazer nada com algo tão grande. Sequer sabia se poderia impedir a morte de alguém, quanto mais impedir uma cidade inteira de nadar na direção do mesmo abismo.

Sua prioridade, no entanto, era Cecília. Prometeu a ela que tentaria auxiliar na política, pois não havia opção. As situações recentes tinham se amarrado de uma forma que não poderia cuidar só de uma sem dar atenção à outra. Se não o fizesse, Cecília se afastaria e, então, correria riscos ainda maiores, algo que Isaías não estava disposto a permitir. Tão logo ele dobrou a esquina da casa de Juscelino, uma mão o puxou pelo braço e ele se deixou conduzir.

— O que disseram? Aceitaram?

— Sim — Isaías fez uma pausa —, mas não vou conseguir fazer isso sozinho, Ceci. Vou precisar de você.

O vidente a encarou e percebeu que ela vacilava entre um sentimento de dever e medo. No íntimo, estava sendo um enorme esforço se manter próxima dele, só o fazia para poder ajudá-lo a agir de forma correta com JK. Isaías olhou para a nuvem de futuro dela tentando antecipar a resposta, mas encontrou-a tão densa quanto a da cidade. Na verdade, ambas tinham diversos elementos em comum, o que absorveu Isaías por um instante.

— Só se você prometer que não vai ficar tentando olhar meu futuro sempre que precisar de uma resposta — disse ela, encarando-o com seriedade.

— Certo, desculpe — Isaías desviou os olhos. — Preciso da sua ajuda de novo. Juscelino me confiou uma missão: amanhã devo ir ao Cruzador Barroso. Parece que um aliado fundamental para JK estará presente, reunindo-se com seus opositores. Preciso descobrir o porquê deste encontro tão discreto.

Cecília acenou com a cabeça. Andava de braços dados com ele, desviando de qualquer buraco que houvesse na rua.

— E como pretende fazer isso?

— Pensei que deveria realizar uma exibição com o público e abordá-los em algum momento — sugeriu Isaías.

— É uma boa ideia. Mas faça direito e consiga um bom dinheiro — ela falou em tom sério —, porque assim poderei justificar sua presença no navio. Quem é a pessoa que Juscelino julga essencial? — Cecília sorriu tensa.

— Não sei se conhece, trata-se do general Lott — Isaías terminou de falar, virou o rosto para ela e logo percebeu seu erro. — Certo, você o conhece dos jornais... O que sabe sobre ele?

— Quem mais estará lá? — Ela o interrompeu para impedi-lo de ler seus pensamentos.

— Juscelino disse que me explicaria tudo amanhã. Mas afirmou que Luz irá. Parece que o Cruzador tem um restaurante famoso, por isso Lott se encontrará com o presidente lá.

— Sim, é uma maneira de fazer o navio lucrar enquanto está parado — acrescentou Cecília.

— Segundo disseram, é um navio de guerra. — Isaías olhou para a moça, em dúvida. — É normal ser escalada para trabalhar nesse tipo de navio?

— Sim. Precisam dos serviços básicos que nós fazemos.

Cecília mentiu, e Isaías ficou sem compreender por que tinha feito isso. Na verdade, foi ela quem pediu para ser escalada.

— Diga, quem é Lott?

— Uma incógnita — Cecília suspirou. — No entanto, Juscelino tem motivos para desejar o ministro da Guerra ao seu lado. Lott possui um grande poder de influência dentro do Exército, o que, num período como este, pode significar derrota ou vitória. Se Lott estiver pensando em mudar de lado, jk deverá fazer o possível para trazê-lo de volta.

Ela franziu os lábios e conduziu Isaías até um banco no qual ele pudesse se sentar.

— O general é um homem de origem humilde, leal em relação às leis e intolerante a qualquer indisciplina. Todos nós sabemos que está do lado de jk, pois defende a democracia, ou pelo menos achamos que sim.

— Isso é bom.

Cecília fez com a cabeça um sinal de talvez e explicou:

— Por duas vezes, o ministro se comportou de maneira incongruente. Primeiro em 1954, quando Lott assinou um documento, o Manifesto dos Generais, que ajudou a depor Vargas, embora ainda restasse a ele um ano de mandato, o que todos viram como um ato contra a democracia, mas fizeram vistas grossas porque achavam que Getúlio havia sido o culpado pelo atentado na rua Tonelero. O segundo foi quando a udn sugeriu uma candidatura única. Em dezembro do ano anterior, os grupos que concordavam com isso, incluindo chefes das três Forças Armadas e outros oficiais, elaboraram um documento secreto, que foi entregue a Café Filho. Em janeiro, ele o divulgou num discurso que fez no programa A voz do Brasil, mostrando sua posição no jogo político. Entre os nomes que assinaram esse documento, estava o do general Lott. Agora, pergunto: por que um homem que defende tanto a legalidade e a democracia assinou em dezembro do ano passado um documento pedindo que fosse lançado um candidato único para as eleições deste ano?

— Isso é estranho — Isaías contorceu-se. Tudo era muito mais complicado do que imaginava. — Quer dizer então que Juscelino não pode confiar nele?

— Acho que jk deseja que descubra isso. Há muitas outras condutas estranhas que o ministro teve, mas, apesar de tudo, ele foi um dos responsáveis por garantir que as eleições de agora ocorressem, concordando com a legitimidade delas. Você precisa entender como Lott age.

Cecília tocou o braço de Isaías querendo expressar a gravidade daquelas informações. Naquele momento, o vidente sentiu um pingo cair em seu rosto.

— Vai chover. Está abafado e escuto trovões longe daqui.

— Onde está hospedado?

— No Copacabana Palace.

— Sarah realmente queria te impressionar.

— Se tivesse parado para pensar que eu nada poderia ver, não teria perdido tanto dinheiro comigo e pegaria outro hotel nas proximidades da casa de jk — brincou ele.

— Sabe chegar lá?

— Não — Isaías fez uma careta. Havia recusado o serviço de Platão para se encontrar com Cecília sem que ninguém soubesse. — No entanto, não precisa me levar.

— Por favor, pare de ver minhas pretensões.

— Não é preciso ser vidente para enxergá-las neste momento.

— De todo modo, vou te levar até lá. Vamos, são só uns quinze minutos a pé.

Isaías calou-se. Por um lado, estava magoado, pois queria que Cecília desejasse se aproximar e não que estivesse lutando para estar em eterna vigilância. Por outro, não poderia deixar que

O último tiro da Guanabara 79

isso o impedisse de ajudá-la. Andaram a passos largos, tentando escapar da chuva que se anunciava cada vez com mais evidência. Cecília notou que ele estava quieto.

— Desculpe, não falamos de outra coisa desde que nos encontramos. Você deve estar cansado de tanta informação.

— Confesso que sinto minha cabeça pesada.

— Prometo que não tocarei no assunto até chegarmos ao hotel.

— Não se preocupe, você está sendo uma boa professora — afirmou, e então Cecília emitiu diversas cores vibrantes, fazendo Isaías se sentir confuso.

Andaram por mais um tempo falando de assuntos triviais até que Isaías voltasse a visualizar a nuvem de futuro dela e a pensar nos novos símbolos, refazendo as contas. Em seguida, tentou desviar a atenção, mas sua mente foi mais rápida. Uma nova informação surgia e seu coração palpitava em ritmo acelerado. Não havia como enganar a si mesmo fingindo não ter visto: Cecília morreria no dia 11, dali a três dias, no máximo, e estava tão nítido que ele se perguntava se a informação estivera lá desde o começo ou se só agora tinha convergido em uma data. De qualquer maneira, havia pouco tempo, muito menos do que imaginava.

Imerso em pensamentos, percebeu de novo o abraço que ela lhe daria para dizer boa noite em frente ao hotel e mostrar que estava de verdade feliz em revê-lo. Mesmo em pânico, não tentou impedi-la. Escorregou a mão de leve pelos seus cabelos, acariciando-a como se pudesse protegê-la. Cecília, sem entender bem o que sentia, encarou-o, perdida, cheia de dúvidas quanto àquele afeto. Pensando que o vidente estava emocionado pelo encontro, a moça afastou-se com movimentos suaves.

— A chuva está quase caindo. É melhor eu ir.

Fim da noite de 08 de novembro de 1955

— Se puder me dizer logo porque está aqui — Luz abaixou a cabeça e colocou uma das mãos na testa, enquanto a outra segurava um copo meio cheio.

— Se está com dor de cabeça, deveria descansar, não beber — Brasiliana insistia em dar mais voltas antes de chegar ao assunto.

Carlos Luz grunhiu diante da resposta.

— Não posso descansar em dias como estes, você sabe muito bem. Além do mais, o uísque ajuda a aliviar a dor, me faz pensar melhor — disse ele e, em seguida, tomou mais um gole.

— Te faz pensar que te ajuda a pensar melhor — retrucou Brasiliana, sorrindo em resposta à cara de desagrado que Luz fazia.

— Você deve me odiar, não é possível.

O presidente falou em tom melancólico. Isso fez com que a mulher revirasse os olhos e continuasse mirando à sua volta, boquiaberta com o que via no recinto. Era a primeira vez que ela entrava no Palácio do Catete, por isso estava deslumbrada com a beleza da residência, suas diversas esculturas de bronze, as colunas de mármore, além das pinturas, comuns nas paredes e nos tetos.

Luz a recebera na Sala da Liberdade, chamada de Salão Azul (ou Francês, antes da presidência ocupar o palácio). Para chegar lá, Brasiliana subira uma escada com tapete vermelho até o segundo andar. O salão servia de apoio para pequenas reuniões. A casa tinha três andares. O primeiro era composto de uma entrada, local para os empregados, salão de refeições e jardim. Depois que passou a abrigar presidentes, foram adicionadas salas de imprensa, espera, portaria, salão de audiência, secretaria e biblioteca. O segundo piso estava destinado a grandes eventos, além de ter uma capela que havia sido transformada em sala de visitas. Já o terceiro era para o uso da presidência, com dormitórios e áreas reservadas que não foram modificadas.

— Não é irônico que o presidente do Brasil more em um palácio, como se fosse um monarquista?

Luz nada respondeu, e Brasiliana voltou a observar com mais atenção um vaso colorido feito de porcelana, que jazia em cima da pequena mesa de centro à sua frente e que também a separava do presidente. Brasiliana fez menção de segurá-lo, porém Luz pigarreou.

— Não toque, por favor, isso pertenceu a Napoleão Bonaparte.

Mesmo assim, Brasiliana colocou ambas as mãos sobre o vaso, o que fez o presidente fingir que a dor de cabeça lhe atacava de forma mais feroz. Depois, atenta, observou o lustre de cristal, que poderia tocar caso estendesse a mão quando estivesse de pé. Ao seu lado direito, repousava um grande espelho com uma moldura que ela poderia jurar que era feita de ouro. Assim que o espelho acabava, um móvel de madeira começava na parede e, nele, repousava um relógio pequeno com um anjo em cima. Apesar de antigo, o objeto ainda era capaz de marcar as horas. Atrás dele, duas janelas, que mais pareciam portas, estavam abertas, com vista para a rua do Catete. Ambas eram enfeitadas por uma pesada cortina em tom creme que percorria toda a sua extensão. Por fim, ela olhou o teto e reparou nas pinturas e imagens de anjos. Tudo muito dourado.

— Esse lugar parece o paraíso. Não é à toa que Vargas dizia que só morto sairia do Catete. Você dorme no mesmo ambiente em que Getúlio se matou? Ah, e no salão ministerial, onde ocorreu o enterro, você pode ouvir o fantasma dele às vezes? — Brasiliana colocou a mão sobre a boca, tentando abafar o riso.

— O que quer de mim? — Luz perguntou em alto e irritado tom.

— Venho lhe trazer uma boa notícia. Não imagino como você, com esse ânimo todo, pretende dar um golpe. No entanto, está mais perto disso. Vou conseguir os documentos da Escola Superior de Guerra e os do Estado-Maior das Forças Armadas que me pediu.

Luz encarou-a espantado e só então notou que ela segurava uma pasta.

— O que responderam?

— Na verdade, é o que ainda vão responder. A resposta oficial chega só dia dez.

Ele estendeu as mãos pedindo os documentos e Brasiliana entregou a pasta de bom grado, já adiantando a resposta que ele procurava:

— Segundo a Escola e as Forças Armadas, o discurso do general Jurandir Mamede no enterro de Canrobert não teria constituído ato de indisciplina, ou seja, não há motivo para puni-lo.

Luz analisava os papéis com concentração.

— Como conseguiu isso tão rápido? É verdadeiro?

— Você sabe que tenho ótimos contatos com os militares — Brasiliana deu de ombros.

— Brasiliana, isto é o que precisávamos! — Luz levantou-se, ainda com os papéis nas mãos, quase se esquecendo da enxaqueca que enfrentava. — Com isso Lott estará acabado, não haverá o que fazer. Vou chamá-lo agora mesmo!

— Vá com calma, não são os documentos originais. Sem as assinaturas, não valem nada. Além do mais, temos que preparar o terreno para o ministro da Guerra.

— Que terreno? O ministro é tão orgulhoso que com certeza pedirá demissão quando não dermos a ele o que deseja.

— Pode até ser — Brasiliana pegou um dos charutos de Luz e o acendeu. Em seguida, caminhou até a enorme janela. — Mas não podemos afirmar com total certeza.

— O que sugere, então? Não podemos esperar mais.

Ela deu passos largos até o móvel onde repousava o anjo com o relógio e o empurrou para o lado. Sentou em cima do local, como se estivesse na mesa da cozinha de sua casa.

— Cuidado, essa mobília é velha, pode cair.

— É mesmo? — Brasiliana cruzou uma das pernas, o que excitou um pouco o presidente — Parece bem firme para mim, acho que vou ficar. — Ela deu mais algumas tragadas no charuto.

— Conte-me o que está pensando.

Ela olhava o teto, absorvida pela beleza da pintura. Após um suspiro, voltou a abrir a boca.

— Antes de tudo, você deve mostrar seu poder, quem está ao seu lado e as chances que tem de ganhar — disse ela, depois de ter apoiado o charuto no cinzeiro para gesticular com ambas as mãos. — O ministro deve se sentir sozinho, sem muitas chances de vitória. Dê a entender que sua força é muito maior do que a realidade, então deixe-o com sua imaginação e vá embora. Quando tiver os documentos assinados, marque com ele outro encontro, mas dessa vez a sós, para falar sobre o assunto. Só então mostre a resposta.

— Acredita que isso vai funcionar? — Luz levantou uma das sobrancelhas.

— É melhor do que abordá-lo do nada com uma resposta que apenas o deixará enfezado e que acabará não alcançando os resultados esperados. No outro caso, Lott se sentirá com poucas forças e o documento vem como uma prova de que está tudo acabado para ele. Assim, ciente de que ninguém o está apoiando, o general, como bom ministro da Guerra, perceberá que é a hora de bater em retirada.

— Faz sentido.

— Por isso marquei um café da manhã com ele e seus outros amigos no Cruzador Barroso.

— No Cruzador? — Luz se sentiu confuso por um momento. — Com que autorização e por que lá?

— Com a autorização que você me dá. Presidente, você tem um navio de guerra sob seu comando, isso também já é bom para demonstrar seu poder a Lott. Quem sabe deixar implícito que, por meio do navio, algumas de suas tropas poderiam chegar a São Paulo...

— Brasiliana, o navio é o plano B — Luz levantou-se e caminhou até ela.

— Mas o ministro não precisa saber disso. Imagine o desapontamento ao saber que ele perdeu um de seus pequenos brinquedos de guerra? — Ela fez um biquinho, imitando uma criança chateada.

— Penso em lhe dar uma recompensa — disse ele, e sorriu com malícia. — Gostaria de ganhar uma?

— Gostaria muito — Brasiliana saiu de onde estava e puxou sua bolsa, da qual retirou um pequeno envelope.

— O que é isso? — perguntou Luz, desconfiado.

— Certas exigências minhas e de alguns amigos para que possa receber o documento assinado no dia dez.

★ ★ ★

Com os pensamentos perdidos, demorou a notar que o céu estava escuro e as ruas, desertas. Avistou um homem que andava logo atrás dela de modo estranho e, no mesmo instante, um alarme soou dentro de seu peito. Avivou mais os passos e sentiu que ele mantinha sempre a mesma distância, o que a aliviou sobre o aspecto violento que aquela figura poderia assumir, mas fez crescer seu sentimento de que estava ali para observá-la. Cecília suspeitou que aquele sujeito poderia estar atrás dela há muito tempo sem que ela o tivesse percebido, então resolveu começar a correr. Aos poucos, ele foi ficando para trás, sumindo de vista.

Chegando ao local de destino, ela olhou para os dois lados da rua e, sem avistar o homem, bateu na porta. Já era tarde da noite e todo o comércio estava fechado. A espera parecia eterna, até que uma mulher finalmente a recebeu. Cecília entrou, veloz como uma rajada de vento, fechou a porta e segurou na mão da amiga, puxando-a para longe das janelas.

— Cecília, o que está acontecendo? — indagou a mulher, olhando assustada para trás, como se um monstro estivesse prestes a surgir na porta branca.

— Genoveva, creio que me seguiam — Cecília suava, observando a entrada, também com medo de que alguém aparecesse.

— Como assim? E veio para cá? Deus! Se descobrem sobre você e acham que estou ligada àquele grupo…

— Não descobrirão nada, Genoveva, fique tranquila. Despistei o homem.

Apesar do pedido, a mulher mais velha parecia ainda nervosa: abanava a mão diante do rosto vermelho e sentia as pernas fraquejarem.

— Tem de parar com isso, Ceci. Prometeu que não iria mais usar minha padaria para se esconder. Além do mais, lá em cima é minha casa. Caso resolvam vir até aqui, não sei o que faço.

— Já disse que despistei o homem — Cecília moveu-se até uma cadeira e desabou, com o coração ainda disparado. — E eu não vim me esconder, só tinha a intenção de visitá-la, antes de perceber que estavam me seguindo. Vim convidá-la para ir ao encontro desta noite.

— Eu não vou, não entendo nada de política nem de feminismo. Não entenderia, na verdade, metade das palavras que vão falar lá. E, além disso, podem me ver com você — disse Genoveva, fingindo que estava ocupada alisando uma toalha sobre a mesa. Escondia as mãos trêmulas. — Já não basta o que dizem pelo fato de que não tenho marido e cuido disto sozinha. Aliás, acho que, depois de ter sido seguida, você mesma deveria faltar à reunião de hoje.

Cecília suspirou.

— Nem penso nisso. Mas também vim lhe contar uma coisa.

— Se for sobre política, Cecília, eu juro...

— É sobre um homem — disse ela, interrompendo Genoveva e desviando o olhar.

— Um homem? Achei que esse dia nunca fosse chegar. Conte-me, quem é ele? Ele é bonito?

— Genoveva, não é o que está pensando... Não sei o que sinto por ele e nem se poderia sentir algo; é um homem muito complicado.

— Todos os homens são complicados, querida.

Ela bateu levemente com o dedo indicador na ponta do nariz de Cecília, fazendo a moça sorrir com o gesto.

— Esse é muito mais.

— Qual é o problema com ele?

Cecília contorceu-se e olhou para a amiga. Não poderia contar que Isaías era um vidente, Genoveva não acreditaria. Então disse que o homem era um espião, o que não deixava de ser verdade. Genoveva ficou vermelha:

— Sabia, estava na cara que iria atrair esse tipo de gente! Menina, será que não consegue ficar longe de problema?

★ ★ ★

— Ora, isso é ridículo.

Penélope começou a vasculhar dentro de sua bolsa retangular. Para tatear melhor, retirou das mãos o único par de luvas que tinha e que combinava com o vestido branco de mangas curtas. Usava também um salto médio cor-de-rosa e uma blusa do mesmo tom.

— Não é possível, eu trabalho com Lacerda. Ele me pediu para vir hoje!

— Lamento, senhorita, sem o cartão de sócio não há entrada permitida.

— Cartão de sócio para o Clube da Lanterna... — Penélope esperneou. — Será que não percebe também o quanto isso soa infantil?

O homem nada respondeu. Algumas pessoas passavam na frente da jornalista e apresentavam o cartão de sociedade, quando Penélope, por fim, encontrou seu cartão. O homem o segurou e analisou as informações. Era um simples papel sulfite cortado onde se lia "Clube da Lanterna", em letras garrafais, com o símbolo de uma lâmpada acesa ao lado. Abaixo, em uma linha pontilhada, estava o nome "PENÉLOPE BARROS", com os dizeres: "SÓCIO Nº 27 DO CLUBE DA LANTERNA".

— Pode entrar respondeu o homem.

Ela ainda tentava se localizar no tumulto quando Lacerda apareceu dando-lhe um puxão de orelha.

— Achei que não viria mais! Onde estava?

— Impediram minha entrada por não estar com o maldito cartão da sociedade.

— E como veio parar aqui? — perguntou Lacerda, olhando-a ultrajado com a possibilidade de que a tivessem deixado entrar sem o comprovante, mas Penélope respondeu, de mau humor, que o havia encontrado. Então ele continuou: — Ótimo. Esta reunião é para discutirmos as edições de amanhã. Muitos acreditam que Lott sairá do Ministério em breve.

Carlos Lacerda deu seu melhor sorriso, o que pareceu asqueroso por algum tempo.

— Luz virá? — indagou ela, curiosa, caminhando até uma das cadeiras ao redor de uma grande mesa.

— Não, no entanto uma pessoa muito ligada a ele estará presente.

— Quem?

— Alguém que preferia que não conhecesse. Por favor, anote tudo hoje.

Ela acenou positivamente com a cabeça e retirou da bolsa um bloco de notas. Todos foram tomando seus lugares, e Penélope notou que uma moça alta chegava atraindo os olhares. Era morena e tinha olhos de jabuticaba, usava um vestido tomara que caia preto e um lenço branco em volta do pescoço. Das mãos, a mulher retirou luvas brancas muito mais novas que as suas. Seu cabelo estava escovado e caía em ondas ao redor do rosto, o que fez Penélope colocar as mãos no seu, buscando ajeitá-lo. Ao contrário da madame, ela tinha um corte de cabelo curto e básico, jogado para o lado, sem nenhum penteado. Só desviou a atenção da recém-chegada porque Lacerda pigarreou e levantou-se para proclamar mais uma de suas terríveis falas em público.

— Caros, nos reunimos aqui diante desta nova perspectiva: hoje, Carlos Luz assumiu o poder e diante disto devemos reforçar nossas alianças, usar ainda mais nossos jornais e reforçar nossos ideais. Muitos acharam que havíamos desistido de moralizar a democracia, mas nossos corações se mantêm na causa e eu digo que este Clube é a prova viva disso. Devemos lutar contra esses conspiradores!

Todos aplaudiram entusiasmados. Penélope notou que a moça cochichava com um general à esquerda dela. Observou-os por um momento, imaginando quem seriam.

— Sei o que muitos de vocês pensam; hoje, em um momento tão importante, Carlos Luz não se encontra conosco. Mas ainda à tarde falei com ele e esteve o dia todo ocupado com a questão do general Lott, que insiste em punir o coronel Mamede. Por isso, como seu representante, está aqui a srta. Brasiliana Silva — Lacerda apontou para a mulher e continuou: — Meus bons amigos, é certo que o dia do regime de transição se aproxima. Em nome do nosso mais novo presidente, Brasiliana traz notícias.

Ele parou de falar e a mulher levantou-se. Penélope, sabendo agora quem era a moça, reparou nela com curiosidade ainda maior. Pensava qual seria o motivo para Lacerda não desejar que a conhecesse.

— Boa noite — Brasiliana falou em tom firme e voz aveludada —, o presidente enviou-me para dar um aviso importante: a Escola Superior de Guerra e o Estado-Maior das Forças Armadas planejam responder ao general Lott dentro de um ou dois dias. O presidente pediu o parecer deles para poder dar uma resposta definitiva sobre o caso. Agradecemos a todos aqueles que estão ajudando a influenciar a decisão da Escola e das Forças Armadas, que ainda se encontram divididas, mas que são cruciais para nós. Fontes internas disseram que Lott receberá uma resposta negativa...

— Isso! — Lacerda voltou a levantar-se, cortando a fala de Brasiliana. Apesar da grosseria, ela não pareceu se importar e voltou a se sentar deixando de ser o centro das atenções. Perto dali, Penélope continuava anotando tudo. — É certo que o grande dia aproxima-se. Mesmo com Café afastado, devemos mostrar que Luz está ao nosso lado. Volto a repetir, Juscelino Kubitschek e João Goulart não podem tomar posse...

— Não devem tomar posse e não tomarão posse... — Penélope falou em coro com Lacerda, mas o fez numa voz tão baixa que ninguém notou. Conhecia parte de suas frases de cor, já que escrevia a maioria delas. Entediada, olhou de novo para Brasiliana, que voltava a conversar de maneira discreta com o homem ao lado.

— Lembrem-se de que apenas um regime de transição consertará os estragos que a política fez na vida do povo, pois permitirá que o país entre em um regime democrático autêntico. A classe operária foi corrompida moralmente pela legislação trabalhista. Quem votou em Kubitschek e Goulart o fez com a emoção e não com a razão. Devemos desconsiderar seus votos por causa disso, pois foi assim que Hitler ganhou as eleições e foi assim que vimos ditadores chegarem ao poder através do voto popular, porque aproveitaram a emoção e mobilizaram o povo impedindo-o de raciocinar. Temos que impedir um golpe por via eleitoral! O PSD e PTB trarão um governo de falsidade.

Mais aplausos.

— Assim, para o noticiário de amanhã, Luz deve estampar as capas. Brasiliana nos garantirá que o presidente estará com a agenda livre para entrevistas pela tarde — Lacerda virou o corpo na direção dela, que apenas o observou. — Café deve ser lembrado pelo bom governo que fez. No *Tribuna* — Lacerda olhou para Penélope, que apertou com mais firmeza sua caneta —, mostraremos que os problemas continuam os mesmos e que Luz não assumiu para assegurar os cargos de Kubitschek e Jango. Insistiremos em evitar a posse daqueles que deveriam ter sido eleitos por maioria absoluta e não foram! Queremos a consciência eleitoral para uma lei que é retrógrada, queremos o parlamentarismo e o fim destes comunistas ditadores! Em nosso jornal, reforçaremos: o governo que agora nasce só se manterá com a força dos militares. Deixaremos bem claro também que a questão sobre

O último tiro da Guanabara 91

Mamede ainda não foi resolvida, mas que há indícios de que ele não será punido.

Assim que Lacerda parou de falar, os presentes começaram um murmúrio alto que percorria todo o local. Penélope terminava de anotar tudo quando o jornalista regozijou-se por um breve momento e virou-se para ela:

— Acha que falei bem?

— Acho que você deve, de vez em quando, dar mais voz ao orador oficial do Clube — respondeu Penélope, sem entusiasmo.

— Por que você sempre tem uma crítica a fazer? Todos sabem que Alcides Carneiro não fala tão bem quanto eu.

Estava prestes a virar-se para ir embora, de forma a demonstrar seu ultraje a Penélope, quando ela pegou em seu braço.

— Lacerda, quem é aquele homem que estava sentado ao lado esquerdo de Brasiliana? — indagou Penélope, apontando com o olhar.

— É Golbery do Couto — respondeu Lacerda, estreitando os olhos. — Um general e adjunto do Departamento de Altos Estudos da Escola Superior de Guerra. Por que a pergunta?

— Estiveram conversando bastante em seu discurso — Penélope voltou a procurá-los no local. — Achei curioso.

— Que disparate, deveriam estar prestando atenção — Lacerda os encarou com rancor.

— Não é estranho alguém que Luz confia tanto estar falando com uma pessoa como Golbery, um simples adjunto?

— Agora que perguntou, de fato não me parece natural. Devem se conhecer de algum lugar.

Ele deu de ombros e virou-se bruscamente para cumprimentar os editores de *Os Maquis*, órgão oficial de informações da UDN, e o presidente efetivo do Clube da Lanterna, o jornalista Fidélis Amaral Neto. Penélope permaneceu olhando para Brasiliana e Golbery, que continuavam falando. Saiu, então, de perto da mesa para ir ao banheiro e desviou o caminho para uma coluna larga de gesso. Assim, foi chegando perto de Brasiliana e do general, até que pudesse ouvir o que estavam falando, de modo que ficou rente à pilastra.

— É ótimo que Luz tenha concordado com as condições. Se tudo der certo, teremos um dos ministérios mais importantes do país.

— Agora precisamos torcer para que o plano funcione e Lott peça para sair — Brasiliana retocava o pó no rosto olhando para um espelho dentro do objeto dourado em suas mãos.

— Ele fará isso.

— E se não o fizer? — disse Brasiliana, e parou de se maquiar.

— Com Lott é impossível vencer, mesmo sem ele já é difícil. Caso as tropas se mobilizem, então tudo dará errado e devemos mudar de lado.

— Acho que, neste caso, a opção é matar JK— afirmou ela, friamente.

— É algo a se pensar, mas em último caso — Golbery ajustou a gola da camisa. — Mantenha-me informado de tudo.

Penélope estava atenta e quase sentiu o coração vir na boca quando um homem falou com entusiasmo seu nome. No mesmo instante, Brasiliana e Golbery pararam de conversar.

— Brigadeiro! — Penélope quase sussurrou para o ministro da Aeronáutica.

— É ótimo ver rostos belos e conhecidos por aqui.

— Sim — concordou ela, sem grande entusiasmo.

— Então, muitas matérias?

— Claro...

Penélope respondeu pensando em uma desculpa para sair logo dali. No entanto, uma voz interrompeu seus planos:

— Ministro Eduardo Gomes, que bom revê-lo! — Brasiliana o cumprimentou. Em seguida, olhou para Penélope. — E você

O último tiro da Guanabara 93

deve ser Penélope, sobre quem Lacerda tanto comenta. É um prazer conhecê-la — Brasiliana estendeu uma mão mole e escorregadia, a qual a jornalista apertou.

— O prazer é meu — disse Penélope, engolindo em seco.

— É ótimo estar tão bem acompanhado — disse o ministro, esbanjando um enorme sorriso.

— Brigadeiro Gomes, sinto dizer isso, mas se importa se eu puder ter um momento a sós com Penélope para tratar da publicação de amanhã? O assunto é particular.

— Não, em absoluto. Nos vemos em breve, garotas, sabem onde me encontrar.

Ele fez um ar sedutor e saiu caminhando devagar, talvez esperando ouvir um pouco da conversa. No entanto, Brasiliana esperou que estivesse longe o suficiente e, em seguida, virou-se com um sorriso.

— É estranho conhecê-la nestas circunstâncias, ainda mais sendo paquerada por um homem que teve os órgãos genitais atingidos por uma bala em 1922 e, mais que isso, fez dela um porta-chaves.

— O quê? — Penélope quase engasgou com essa declaração.

— O que ouviu de minha conversa com Golbery? — Brasiliana perguntou sem rodeios e com uma voz mais grossa, mas Penélope fingiu que não tinha entendido. — Não se faça de tonta. Diga o que ouviu — Ela a puxou pelo braço até outro lugar mais vazio e começou a rir sem motivo. Aos outros, no entanto, pareciam ambas estarem em uma conversa entusiasmada. Assim que parou, voltou a falar: — Escute, eu sei que estava me espionando. Você é jornalista, é o seu papel. Agora, se não quiser se encrencar mais ainda, diga.

— Só sei que está atuando ao lado de Golbery... — Penélope confessou em voz baixa.

— E o que mais? — Brasiliana continuava segurando seu braço.

— Que se tudo der errado, Juscelino é um homem... — Não completou a sentença.

— E vai ficar quieta sobre isso, não é garota? — perguntou Brasiliana, enquanto fuzilava Penélope com os olhos. — Não vai falar com Lacerda sobre essa conversa, certo? — Brasiliana a encarou. — Entenda, são medidas drásticas, todos saberiam que a morte de... seria feita pela oposição, por isso poderiam se voltar contra nós, como fizeram quando Getúlio morreu. Mas Lacerda é louco, pode achar a ideia boa e agir sem planos ou estratégias, pode até mesmo colocar nos jornais... só Deus sabe o que é capaz de fazer. Prometa que não vai falar, sei que é esperta e conhece seu chefe.

— Não direi nada, desde que me fale qual é sua relação com Golbery.

— Prefiro não responder — Brasiliana levantou uma das sobrancelhas. — Isto não é um jogo.

— Não é um jogo, é uma troca. Luz sabe de sua parceria com ele? — Penélope escorregava pelas beiradas.

— O que deseja? — Brasiliana esforçava-se para não deixar a raiva transparecer.

— Luz sabe? — Penélope enfatizou e, então, a moça das luvas perfeitas se sentiu pressionada.

— Agora, sim. Antes, apenas sabia que eu tinha relações estreitas com os militares. Na verdade, sou uma ponte entre ambos.

— Qual é seu interesse nisso? — Penélope subiu em seu pequeno pedestal de jornalista.

— Dinheiro e família. Mais o primeiro, na verdade.

— Te pagam para ser uma ponte? — A jornalista, incrédula, quase abriu a boca.

— Pagam porque sou esperta e sei fazer o que ninguém mais sabe: conversar. Está surpresa? Que bom, pois é minha vez de perguntar — Brasiliana voltou a se aproximar e Penélope sentiu

O último tiro da Guanabara 95

seu perfume doce, que a enjoou. — Lacerda realmente está ao lado de Luz?

— Acho que ele se questiona o mesmo da parte contrária — Penélope sorriu com uma feição de espanto. — Mas, sim, ele está, até que se prove o contrário.

— Agora uma pergunta que vai parecer uma brincadeira, mas é muito séria: ele acredita nas tolices que diz? — perguntou Brasiliana, com o semblante rígido.

— Acho normal perguntar isso... — Penélope olhou em volta e avistou seu chefe conversando com alguns militares. — Eu demorei muito tempo para entender, mas ele acredita. Acho que conta tantas vezes a mesma mentira que acaba por esquecer a realidade.

Quando Lacerda virou-se e as viu conversando, pediu licença aos homens e começou a andar na direção de Penélope. Brasiliana percebeu o movimento e se adiantou, falando apenas para a jornalista:

— Prazer em conhecê-la, querida. Lamento que seja dentro destas circunstâncias. Porém, quem sabe, não nos tornamos boas amigas?

Penélope sorriu, enquanto Lacerda se aproximava com um ar paranoico, misturando insegurança, raiva e energia numa mesma sopa:

— Ótimo! Vejo que já se conheceram!

★ ★ ★

Adormeceu em cima da mesa, apoiado em um monte de papéis com cálculos em braile. No sonho, Isaías chorava ao ver a mãe na cama estendendo uma das mãos para chamá-lo. Aproximou-se observando os símbolos e cores que subiam para a nuvem.

— Não me olhe assim — pediu ela —, não quero saber de nada.

— Se pudéssemos evitar... — Isaías beijou-a na testa.

— Não tentará evitar, me deixará ir embora e não contará o que vê — Julia o repreendeu. — Prometa.

Não cumprira o acordo; em nenhum momento ele desistiu de tentar salvá-la. Acordou assustado e suando, mas voltou a dormir logo em seguida, com o objetivo de esquecer todas aquelas imagens e de procurar uma solução para o caso de Cecília apenas quando amanhecesse.

★ ★ ★

— Visitando-me a esta hora da noite? — Café Filho estava com uma aparência péssima, de tal modo que Luz quase poderia jurar que ele estava mesmo doente. — E vejo que não trouxe aquela mulher desta vez.

O mais novo presidente concordou e olhou para os diversos papéis que repousavam em cima da mesa.

— O que é isso?

— O que você deveria estar fazendo — Café apontou para o telefone ao lado. — Estou entrando em contato com outros estados, em especial São Paulo. Eles têm de saber como andam as coisas por aqui e têm de ouvir isso de nós, não da imprensa. Para ficarem do nosso lado, devemos convencê-los de que estamos cada vez mais perto de alcançarmos os objetivos, porque eles podem mudar de lado.

— Tem toda a razão — Luz corou diante da sabedoria daquele que, queria crer, era burro. — Andei ocupado com questões da posse hoje, obrigado por ter cuidado disso.

— É preciso ter mais de um aliado.

Café retirou os óculos, ao que se pôde perceber seus olhos cheios de sono. Luz, não podendo conter a curiosidade, perguntou sobre a situação com Jânio Quadros, governador de São Paulo.

O último tiro da Guanabara 97

— Ele nos dará assistência — Café respondeu ainda de mau humor. — Vai ajudar a colocar as tropas na rua.

— Isso é ótimo! — O presidente suspirou aliviado.

— Se é ótimo para você, também é ótimo para mim.

Café falou com ironia e Luz não encontrou outra saída senão voltar ao assunto.

— Você tem razão de desconfiar de Brasiliana — explicou, depois ficou esperando a reação de Café, que parou de olhar sua enorme lista de políticos e voltou sua atenção a ele.

— Por quê?

— É ligada aos militares, faz a ponte entre nós e eles.

— Entre você e eles — Café corrigiu-o perplexo.

— Pediram que ela agisse ao meu lado, em segredo. Brasiliana sempre consulta os militares primeiro e depois fala comigo, tentando unir as duas partes.

— Por que nunca soube disso? — O ex-presidente falava ultrajado. — Foram os militares que garantiram a minha posse! — Levantou-se e olhou para Luz de cima a baixo.

— Deve ser porque todos nós temos planos futuros para você — Luz não sabia por onde percorrer com aquele assunto, mas tinha de contar. Cedo ou tarde, Café saberia.

— Planos futuros? Estão nos manipulando através desta mulher! É um meio de fazer com que nossas atitudes favoreçam a eles sempre.

— Eu sei disso, mas não conseguiríamos sem eles.

Café ficou quieto diante da notícia. Sentou-se de novo e juntou as duas mãos como se fosse rezar. No entanto, apenas apoiou o queixo e olhou para a noite refrescante através da janela do hospital.

— Eu exijo saber o que está sendo feito, caso contrário vou declarar uma súbita melhora em meu estado de saúde.

Ele não vacilava diante das palavras. Por conta disso, Luz começou a suar frio. Apesar do vento da noite que entrava pela janela, o quarto parecia um pequeno forno.

— Sei que isso vai lhe parecer terrível, mas Brasiliana tem um plano. E, acredite, se ele não fosse bom, não me submeteria.

Café começou a balançar a cabeça negativamente, então Luz explicou-lhe sobre a carta assinada pelas Forças Armadas e pela Escola de Guerra; falou sobre como iriam deixar Lott em uma posição desconfortável, para que pudessem dar sua demissão depois.

— Sabemos que o Exército está dividido. No entanto, se Lott pedir para sair, como poderão brigar por ele?

— É uma boa ideia — Café pensava e, por um momento, Luz iluminou o semblante. — É uma pena que tem o mesmo defeito de todos os bons planos: a prática se mostra sempre diferente da teoria. É bom que dê certo e Lott saia, pois, quando tudo estiver nos eixos, eu quero voltar a governar.

— Com certeza, eu prometo. Só há mais um problema…

— E qual é? — Café suspirou.

— Brasiliana é quem tem a carta que mostraremos a Lott, mas ela fez exigências… Deseja ser sua secretária pessoal, receber um salário equivalente ao de um governador e reclama o Ministério da Fazenda a Golbery do Couto e Silva, seu primo.

Vermelho, Café pegou a taça cheia de vinho e bebeu metade de seu conteúdo, o que não contribuiu para que voltasse à cor normal.

— Ela só pode estar louca! E você concordou?

— O que mais poderia fazer? — Luz deu de ombros, envergonhado. — Não imaginava que ela teria tanto poder assim. Para mim era só mais uma simples mediadora. Inteligente, é claro, mas uma mulher…

— Que sabe o que faz. Caso ela não entregue o que prometeu, pode descartá-la de imediato! Como você pode prometer um ministério desses em troca de uma carta? Poderíamos arranjá-la de outro modo.

— Mas não temos tempo. Quanto mais os dias passam, menos chances temos. Escute, eu quero realizar o golpe no dia 11, em três dias, não mais que isso. Você continuará colaborando?

★ ★ ★

Cecília não se arrependeu de ir à reunião naquela noite, cuidou para que ninguém a seguisse e concentrou em si a coragem que nunca sabia de onde tirava. Chegou atrasada e foi recebida com preocupação pelas colegas do navio. Convencera a maioria a estar naquele ponto de encontro em dias específicos, e a minoria que não aceitou participar do grupo foi convencida a não contar nada sobre os encontros. O local ficava perto do Porto, um galpão de uma fábrica de tecidos. Quem o abria era Joana, que sempre o fazia com a ajuda de uma amiga chamada Eduarda. Ninguém sabia como havia conseguido as chaves. Suspeitavam de que Joana fosse de família rica e Eduarda fosse alguma prima, que permanecia quieta durante as reuniões. Porém, ninguém nunca perguntou nada.

O objetivo era simples: no começo queriam refletir apenas sobre o papel da mulher na sociedade, contar seus problemas e discutir leituras. Acabavam falando de política também. Por fim, o grupo virou um pouco de tudo, metendo o nariz onde muitas vezes não era chamado, vasculhando eventos de forma anônima e discutindo o que seria melhor para o país e para as mulheres. Com o tempo, outras pessoas foram chegando. Amigas de colegas do navio, mães, tias, primas. Nos últimos encontros, no entanto, reservavam a primeira meia hora para a discussão de algum livro e, depois, focavam o resto do tempo nos bastidores da atuação de políticos em relação a JK e Jango.

Cecília, naquela noite, reunira apenas as mulheres do navio para contar que tinham uma nova parceria. Vieram sete, entre as quais Joana, Maria e Firmina, que não faltavam em nenhum dos encontros. Muitas não puderam ir, por causa do aviso de última hora, mas as que estavam presentes se mostravam animadas. Lá dentro, podiam ser elas mesmas, como Joana, que se inclinava para deitar nos braços de Firmina. Já Maria podia insultar o pai, um militar, e fumar como uma chaminé apenas porque podia desfrutar de alguns minutos de liberdade. Patrícia, a mais velha de todas, pregava de todas as formas contra a possibilidade de uma nova ditadura, visto que tinha sido torturada durante o Estado Novo de Vargas.

Cecília estava ansiosa para contar sobre Isaías, mas, pelas regras, nada poderia dizer antes da leitura. Firmina tirou da bolsa *O segundo sexo*, livro da Simone de Beauvoir. A obra foi passando de mão em mão a cada página. Cecília aguardou com os pensamentos turvos, tentando se concentrar nas palavras. Quando chegou sua vez de ler o trecho final, lhe passaram o livro e ela respirou fundo. Ao fim da página, parou a leitura. Maria afirmou que lhe lembrava muito Patrícia Rehder Galvão, a Pagu. Joana riu da informação e, em seguida, questionou:

— Veja se tem aí um trecho sobre lésbicas.

Cecília sorriu e folheou o livro.

— Há um capítulo inteiro! — afirmou sobressaltada. Pouco tinham lido sobre esse tema, apesar de Joana e Firmina estarem no grupo.

— Essa mulher deve ser revolucionária — Firmina carregava um brilho no olhar.

— Pessoal, preciso falar com vocês — pediu Cecília, dando fim ao assunto. — É muito importante, vou precisar da ajuda de todas amanhã.

— Para o quê? — Maria tornou curiosa, o livro havia parado em suas mãos.

— Só posso contar que conheci um espião. Está monitorando Carlos Luz por ordens de JK — Cecília adiantou-se às perguntas.

— Nada mais posso dizer, mas é bem possível que peça nosso apoio amanhã. Por isso, convoquei essa reunião. Alguém que trabalha para ele estará no navio fazendo um truque de mágicas e previsões de futuro. É essencial que consiga trabalhar em paz, pois lá também estará Carlos Luz e o general Lott. Então, ouvidos atentos! Escutem o que puderem e repassem as informações por bilhetes. Precisamos deixar nosso chefe longe do local também.

Firmina pediu a palavra. Tinha os cabelos fartos e volumosos, a pele negra brilhava e era cheia de vida, cuidava da cozinha, onde não era muito vista pelos hóspedes preconceituosos. Disse que podia fazer algumas comidas especiais, fingindo que queria testar um novo menu para Manuel. Todas concordaram, voltando a se entusiasmar com a perspectiva de ajudar Kubitschek, quando Cecília jogou em todas elas um balde d'água fria:

— Também gostaria de pedir que saíssem com cuidado ao terminarmos esta reunião, hoje mesmo notei que alguém me seguia. Não podemos descartar a hipótese de estarmos sendo vigiadas.

Manhã de 09 de novembro de 1955

Eram cinco da manhã quando Genoveva terminou de assar seus pães e os colocou numa cesta para vendê-los. Ao abrir a porta, foi surpreendida por um homem de mais ou menos trinta anos, de barba bem-feita, com casaco e chapéu. Diante da figura, ela procurou algum objeto que pudesse usar em sua defesa, mas não foi rápida o suficiente. O homem apontou-lhe uma arma.

— Quem é você? — Genoveva começou a andar para trás com os olhos fixos à sua frente.

— Não pretendo machucá-la, se colaborar comigo.

Genoveva sentiu os braços fraquejarem e as pernas tremerem, mas tentava manter-se firme para o caso de precisar correr. O homem, impaciente, pediu que ela trancasse a porta e para que eles ficassem longe das janelas. Em seguida, entraram na cozinha. Ainda sob ordens, ela sentou-se em uma cadeira no momento em que ele pegava um cigarro e um isqueiro do bolso.

— O que quer de mim? — Genoveva, tremendo, voltava a insistir, enquanto o homem puxava outra cadeira e sentava como se montasse em um cavalo.

— Pouco me importa você, preciso de informações sobre Cecília Gomes — disse ele, e logo depois acendeu o cigarro. — Há quanto tempo a conhece?

— Cecília? Veio pedir encomendas, apenas isso — Genoveva, ofegante, notou que o homem voltava a apontar a arma. Agora não havia dúvidas de que Cecília havia sido seguida.

— Senhorita... sei que as mulheres são mentirosas por natureza, mas é melhor dizer a verdade desta vez. Então, eu vou lhe dar mais uma chance: há quanto tempo conhece a srta. Gomes?

— Há alguns anos — Genoveva sentia o coração apertar. — É uma boa menina!

— Se colaborar direito, nada acontecerá. Eu quero apenas algumas informações, senhorita — O homem, que continuava enchendo o ambiente de fumaça, repousou a arma, segurando-a em cima da coxa. — Qual sua relação com ela?

— Escute, não tenho nada com o grupo dela! Não tenho nada... — Genoveva mexia nas mãos enrolando-as uma na outra.

O homem a encarou, com certo ar de surpresa. Jogou o cigarro no chão e pisou com o sapato muito bem engraxado.

— Que grupo?

— Eu não entendo muito bem, senhor, juro que não entendo.

— Diga o que sabe — ordenou ele, voltando a apontar a arma.

— É um grupo de mulheres, falam sobre feminismo e política. São inofensivas, senhor...

— O que falam sobre política?

— Oh, Deus, não sei bem! Falam de Kubitschek e do nosso presidente. Eu não penso nada, só cuido da minha padaria e dou abrigo a uma amiga. — Genoveva chorava por ter de entregá-la assim.

— Quem são as outras mulheres?

— Não sei bem... Acho que colegas de trabalho. Nunca fui às reuniões... Juro por minha vida que nunca estive lá, senhor! — disse ela, de cabeça baixa. Quando voltou a erguer a cabeça, os olhos estavam vermelhos.

— Onde Cecília trabalha?

Genoveva olhava para o chão, com os braços apertados contra o peito e a cabeça dando voltas.

— Responda com o que ela trabalha! — gritou ele.

— Em navios, como camareira — respondeu ela, com a voz trêmula e baixa.

— Em que navio está agora? — O homem colocou uma das mãos sobre o próprio rosto e a escorregou impaciente. — Colabore comigo, senhorita, e diga o nome do navio — falou em tom arrastado.

— Pelo que lembro, estará no Cruzador Barroso — respondeu Genoveva, e imediatamente começou a chorar, até que o homem tirou do bolso um lenço limpo. Ela o pegou, assustada, temendo que se não o fizesse ele voltaria a ameaçá-la.

— Ótimo. Quero que vá à próxima reunião — O homem saiu da cadeira e se colocou de pé. As mãos de Genoveva voltaram a tremer. — Logo voltarei aqui e você me contará se tem alguma novidade sobre Cecília, se foi em alguma reunião ou se marcaram outra. Não importa o que estiver fazendo, tem que parar tudo para falar comigo — Genoveva fez que sim com a cabeça. — Se contar qualquer coisa a Cecília ou se parar de colaborar, pode dar adeus à vida que conhece. Entendeu isso, senhorita? Além disso, o silêncio fará bem à sua amiga.

Genoveva apenas o encarou com lágrimas e fúria nos olhos. Ele a cumprimentou e sumiu pela porta.

* * *

Isaías acordou às sete da manhã para receber o café da manhã. Junto havia um embrulho, que ele logo abriu e tateou, percebendo que se tratava de um tecido fino bem passado: a costura escondida e o corte do terno eram de um padrão muito superior àqueles que costumava usar. Comeu o que trouxeram e se vestiu, apressado, apalpando o nó da gravata enquanto saía para o saguão. Platão estava perto da porta e parecia um adolescente perdido numa loja de lingerie feminina; não se movia e olhava tudo com extrema curiosidade, temendo que estivessem reparando nele. Assim que se encontraram, no entanto, seu deslumbramento pelo saguão do Copacabana Palace diminuiu e tratou de alertar o vidente de que Sarah se encontrava no carro.

— Senhora! — Isaías cumprimentou-a ao entrar, analisando seus símbolos e cores.

— Deixe-me ajustar um pouco essa gravata.

Isaías tentou ficar imóvel dentro do carro que já começava a se movimentar entre buracos e curvas. Todas as cores de Sarah eram frias. As de Juscelino eram quentes, o que se traduzia na personalidade de ambos e fazia o cego se perguntar como poderiam ter se apaixonado.

— Hoje é um dia importante, creio que não preciso ressaltar o quanto será testado.

— Sei de minhas responsabilidades — respondeu o vidente, aliviado por poder se afastar quando ela terminou o nó.

— Você conseguiu a ajuda que acreditava poder obter? — Sarah olhou pelos vidros do carro e o vidente respondeu positivamente. — Tente não chamar a atenção. Nem mesmo a imprensa sabe dessa reunião, por isso estão rondando a casa de Carlos Luz como abutres. Além do mais, não é seu objetivo ser expulso do navio.

Isaías pensou em Cecília e torceu para que ela pudesse interceder, viu também que Sarah estava pouco animada. Apesar disso, ela seguia em sua tentativa de esboçar com ele alguns pontos primordiais.

— Descobrimos quem são as pessoas que se reunirão com Lott e Luz hoje. Trata-se dos ministros da Marinha, Amorim do Vale, e da Aeronáutica, Eduardo Gomes; o general Álvaro Fiúza, chefe do Estado-Maior do Exército; o almirante Salalino Coelho, chefe do Estado-Maior da Armada; o brigadeiro Gervásio Duncan, chefe do Estado-Maior da Aeronáutica; e o general Juarez Távora, chefe do gabinete militar. Acha que é capaz de decorar esses nomes?

— Acho que sim — titubeou ele. Tinha certeza de que aquela tarefa seria muito mais fácil para Cecília, que com certeza já ouvira falar de todos.

— Se conseguir convencer Lott a conversar com você, será ótimo — Sarah voltou a encará-lo com suas cores frias. — Temos motivos para crer que todos dessa lista sejam aliados de Luz. São pessoas influentes e poderosas. Por isso, caso acredite que corre algum perigo, não hesite em pedir ajuda. Se precisar, pode ligar neste telefone — Sarah colocou um papel em seu bolso — Boa sorte.

★ ★ ★

— Está formidável! — Manuel bateu na barriga com satisfação.

Firmina sorriu diante do elogio e se apressou em continuar até o forno:

— Isso porque você ainda não experimentou a sobremesa.

— Se todas daqui tivessem sua dedicação — Manuel vasculhou a mesa intrigado, depois de já ter experimentado um pouco dos cinco pratos. — Mas tenho de voltar ao trabalho. Nem preciso dizer que estão todos aprovados, não é mesmo?

— Não! — Firmina quase gritou, fazendo Manuel encará-la com espanto. — Por favor, espere a torta. Mais uns dez minutos, no máximo, e deve ficar pronta!

A mulher de pele negra e cabelos volumosos presos encarava-o de um modo que Manuel não podia recusar.

— Mas tem certeza de que já não está pronta? Cheira tão bem! — Ele apoiou o cotovelo em cima da mesa.

— Logo estará perfeita — disse Firmina. Era uma sorte Manuel conhecer tão pouco de cozinha a ponto de não reconhecer sequer quando um forno estava ou não acesso.

★ ★ ★

Perto do restaurante, Cecília olhava pelos corredores e voltava sua atenção a Isaías, notando que Carlos Luz de vez em quando parava de falar e tomava o vinho observando o vidente. O cego agia de forma espetacular e envolvia todos em seus acertos. Descobria o nome do cachorro, da mãe e da sogra; contava dos sonhos de uma mulher viúva; dava esperanças a um enfermo; dizia a uma senhora que a briga da noite anterior não significava nada; explicava que era cego e mentia que a mãe o abandonara ainda bebê. Depois, ofertava o chapéu, então diversas notas caíam dentro dele. E continuava: cantava a canção preferida de uma mãe e seu filho; contava como um irmão havia morrido; onde alguém havia esquecido as chaves do carro; e se uma moça estava mesmo apaixonada. Com isso, ia aproximando-se cada vez mais da mesa almejada e reservada, distante de todas as outras.

— Não entendo porque preciso esperar uma resposta sobre o caso do general Mamede para amanhã se posso obtê-la hoje, com o senhor presidente — Lott estava com a coluna ereta encostada na cadeira, como se fosse um boneco.

— Ministro — Luz olhou para Joana, que os servia cautelosa e demoradamente, como se quisesse apressá-la —, como prometido, entrei em contato com os responsáveis, e eles afirmaram que me darão uma resposta amanhã.

— Como quiser, senhor presidente — Lott tomou um gole de água e secou a boca com o guardanapo que estava em seu colo. Olhou, então, na direção de Isaías e uma mulher magra e velha que o aplaudia. — Achei que teríamos um encontro mais reservado.

— De fato — Luz encarou o vidente com curiosidade e desprezo —, senhorita, por favor, faça aquele homem ir embora. Aqui não é um local apropriado para shows.

— Sinto muito, senhor presidente — Joana corou. — Apenas meu superior pode fazê-lo...

— Neste caso chame quem for necessário, não quero este homem aqui. Está nos atrapalhando — Luz respondeu, seco como o vinho que bebia.

Joana assentiu e saiu de perto, caminhou até Cecília. Então, sussurrou em seu ouvido:

— Ele precisa abordá-los logo. Não pense que eu não sei... É o mesmo homem cego que desejava evitar quando estávamos no outro navio! Quem é ele?

Cecília apertou seu pulso, fazendo-a virar-se para o corredor. Ao longe, Manuel aparecia, talvez atraído pelo barulho no salão.

— O que fazemos agora? — questionou Joana, desesperada.

— Aborde-o, para convencê-lo a deixar o vidente agir — pediu Cecília. — Vou tentar chamar a atenção de Isaías.

Joana concordou e começou a caminhar na direção de Manuel, enquanto Cecília parou diante do cego, tentando adverti-lo de que precisava ir logo até a mesa de Carlos Luz. Assim que Isaías avistou-a, entendeu o recado.

— Joana, que barulho é esse? — perguntou Manuel, olhando por cima dos ombros dela.

— Não é nada, sr. Manuel. Um vidente brincando nas mesas... — explicou, já ficando toda corada.

— O quê? — perguntou Manuel, irado. — Como permite isso, Joana! Temos que fazê-lo ir embora agora mesmo, aqui não é lugar para oportunistas. Se o contratante da nossa equipe souber que deixamos isso ocorrer! — Manuel tentou contornar a moça, mas Joana se colocou de novo na frente dele.

O último tiro da Guanabara 109

— Mas sr. Manuel, todos gostam dele. Se retirá-lo agora causará antipatia, veja quanto dinheiro conseguiu — Joana apontou para o chapéu cheio de Isaías.

Diante daquela fala, Manuel vacilou, então Joana suspirou aliviada. No entanto, seu chefe notou que o cego abordava uma mesa em particular.

— Essa não! O que eu vou fazer? — Manuel se escondeu por alguns segundos. — Está abordando o presidente! Deus, achei que ele só chegaria mais tarde. Alguém anotou errado o horário no cronograma!

— Sr. Manuel, acalme-se, vai ficar tudo bem — disse Joana.

Alarmada, olhou para Cecília e suspirou ao ver que ela vinha em sua direção.

— Devo chamar a polícia!

— Sr. Manuel, não faça isso! — Cecília adiantou-se ao ouvir a frase.

— Cecília, menina, o que faremos! O presidente nos pediu privacidade.

— Se chamar a polícia causará um escândalo, senhor. No dia seguinte, isso tudo estará nos jornais; e a gente, na rua — investiu a moça.

— Tem razão, menina, mas o presidente não pode dar queixa. Ou, então, estaremos todos no olho da rua mesmo!

Cecília também ficou nervosa, por isso resolveu procurar por Isaías. Entretanto, foi com imensa alegria que avistou o semblante do ministro Lott se abrir.

— Por favor, estamos em uma conversa, senhor, não vê? — Carlos Luz respondeu com uma voz aborrecida.

— Na verdade, senhor, não vi, pois não enxergo — isso fez com que o presidente se retraísse tempo suficiente para que o cego reparasse em todos na mesa. — Apesar disso, eu vejo muito. Vejo que aqui está o presidente, um homem de Três Corações

— falou Isaías, mencionando a cidade natal de Luz, em Minas Gerais —, jornalista, advogado e também deputado. Seria ele um homem mandado?

Lott esforçou-se para conter um sorriso, que cobriu com um guardanapo. Com isso, chamou a atenção do vidente, que ficou absorto, com uma expressão abismada. De repente, foi tirado dos pensamentos quando o presidente pediu-lhe de novo que se retirasse.

— Desculpe, senhor presidente, estava apenas brincando — disse ele, depois tornou a olhar para Luz. — Deixe apenas lhe dar uma visão.

— Não quero visão, quero comer em paz — resmungou Luz, insatisfeito.

— Vejo que seus planos darão certo e que será um ótimo governante, por muito tempo — proclamou Isaías, atingindo em cheio o que Luz almejava saber e desejava perguntar no instante em que avistara o vidente.

— Tolices — disse Luz, sorrindo, mas todos da mesa estavam envolvidos nas próximas palavras daquele homem.

— Eu vejo… só falta um pequeno detalhe — Isaías continuou a encarar os símbolos e cores que saíam de Luz e subiam para sua nuvem —, só mais uma ação e tudo estará concretizado. Então, o que teme, senhor presidente?

O vidente parou de falar, esperando a resposta, e pôde sentir que os outros ministros se movimentavam na cadeira, incomodados. O medo é isso: diga a uma pessoa que ela não pode pensar em um elefante rosa voando e ali estará o animal em ação. Diante do medo, tudo ficou claro, então Isaías pôde calcular: "demissão, navio, água, mar, reforços, sucesso". A partir da visão, ficou mais uma vez perplexo. Luz tinha mesmo chances de ganhar aquela disputa. Ele, inclusive, mandaria o navio em que estavam para buscar reforços.

O último tiro da Guanabara III

— Não temo nada — O presidente se dirigiu aos outros homens. — Agora, já que nos interrompeu, me diga o que pode falar de útil para esses bons amigos? — Esticou a mão, espalmada, para os integrantes que estavam sentados ao redor da mesa.

Isaías voltou-se para os presentes e percebeu que o objetivo da reunião era deixar Lott irritado e nervoso, já que o ministro tinha ido até lá esperando ter uma resposta quanto à data na qual ficaria sabendo sobre a resolução do caso Mamede. Queriam fazer com que se sentisse em uma posição desconfortável, fraco e sozinho em sua luta. Precisavam do general longe do ministério, o que fez o vidente suspirar aliviado, já que JK ainda contava com Lott e, temeroso, imaginava até onde a crise política poderia chegar, caso o ministro da Guerra saísse do governo.

O vidente se concentrou mais uma vez nas informações dos homens da mesa, o que não foi tarefa fácil porque tinha que observar muitos dentro de pouco tempo. Na maior parte das vezes, o futuro era tão vasto quanto o horizonte, mas, por isso mesmo, sempre chegava a algum lugar.

— Não há o que falar deles? — insistiu Luz, com um sorriso no rosto.

— Ao que me parece, todos são grandes amigos seus, ou quase todos — Isaías arriscou e notou os números de alarme ressoando da pele dos que ali estavam. Tentou decorar cada nuvem e os seus principais elementos — Mas vejo que... — virou-se para Lott— estarão juntos nos próximos dias. — Cada palavra que dizia era, na verdade, uma pista para o ministro.

— Com licença, senhores — Manuel apareceu ao lado do vidente. Logo atrás, Cecília observava, aflita.

— Meus caros, esta deve ser a hora de partir. Foi um prazer conhecê-los — Isaías inclinou a cabeça e voltou a colocar os óculos escuros. — Até breve.

Manuel, surpreso com a arrancada e a agilidade do cego, ficou sem reação. Apenas perguntou ao grupo se estava tudo bem, afirmando que retiraria o homem do navio imediatamente.

— Em absoluto, senhor. Por favor, nos traga o café — interrompeu Luz, mostrando bom humor após as previsões.

Joana começou a inclinar a própria mão, fazendo a louça escorregar direto para o chão. O som estridente desviou os olhares de todos em sua direção, incluindo o ministro da Guerra. No entanto, Cecília ficou com a atenção na mesa e, em segundos, depositou os dedos finos no bolso do paletó do general. Ele virou-se assustado, então ela fez um sinal de silêncio. Lott arqueou as sobrancelhas e ficou vermelho, mas nada disse. Em seguida, Cecília continuou retirando os pratos, torcendo para que ninguém tivesse visto aquela cena.

Manuel já estava distante da mesa quando respirou fundo. Vermelho, transpirava muito, formando enormes rodelas de suor embaixo das axilas. Quando se virou para procurar o vidente, não o avistou mais. Isaías corria pelos corredores de braços dados com Cecília. Atrás, Joana olhava a cena com uma curiosidade imensurável. Assim que Cecília estava longe o suficiente do salão, com satisfação pessoal escondeu Isaías em uma sala pouco visitada, avisando a ele que havia conseguido entregar o bilhete. O vidente arquejava.

— Qual é o problema? — Cecília segurou em sua mão para tentar fazer com que se acalmasse. — Fizeram alguma ameaça?

Isaías balançou a cabeça e passou a olhar aquele entrelaçamento de dedos, perdido entre sentimentos e temores. Fixou-se de novo na nuvem de Cecília, que estava cada vez mais negra. Depois disso, apertou os lábios em lamento.

— Eu não pude vê-lo.

— Não pôde ver quem?

O último tiro da Guanabara 113

— O ministro Lott... Não consigo ver nada sobre ele — o vidente continuava estupefato. — É espantoso, não havia sequer a informação de que estava impedindo os pensamentos. Ele é uma folha em branco!

— Será que Lott é a prova de que qualquer pessoa poderá filtrar essas informações de você? — questionou Cecília, com um brilho nos olhos.

— Eu não sei — Isaías abaixou-se até tocar no chapéu que estava no chão e o estendeu a ela. — Tome, é o dinheiro que arrecadei hoje. Divida com Manuel, assim ele não me barrará, se me vir aqui de novo.

— Isaías, é muito dinheiro! — Cecília avaliou a quantia. — Deveria ficar com uma parte.

— Reparta com as outras mulheres que nos ajudaram, se julgar necessário. Como fez para que colaborassem hoje?

De certa forma, a arte de adivinhar era a arte de aprender a perguntar. Percebeu que tinha elaborado a frase de maneira correta quando certos símbolos, que antes estavam apagados, foram aparecendo e preenchendo os espaços vazios. Algumas cores surgiam. Então, por instinto, ele começou a conseguir interligá-las. No entanto, Cecília foi mais rápida.

— Devo lhe contar algo... Mas deve se virar. Não quero que saiba antes que eu possa dizer.

Diante do pedido, não podia negar e continuar tentando entender. Pôs-se de lado, com o corpo inclinado para trás. Cecília sorriu. Em seguida, contou sobre o grupo de mulheres que se reuniam, como haviam se rebelado contra os jornais na morte de Vargas e como fizeram algumas atuações a favor de JK e Jango. Falou ainda sobre o encontro da noite anterior, quando pediu a ajuda de todas.

— É por isso que quis ajudá-lo desde o começo. Esse é o motivo de ter ficado tão nervosa com a possibilidade de "S." ser um militar — Cecília puxou com mãos delicadas seus ombros e Isaías virou-se para ela. — Significaria que estaria ao lado daqueles que luto para não ganharem essa disputa.

— Entendo. O mais interessante é que tenha escondido isso. Como conseguiu? — perguntou Isaías, encarando-a, abismado. Não parecia magoado.

— Também não sei, mas não é o tipo de coisa que conto para qualquer pessoa. Se alguém souber desse grupo, não sei o que pode nos acontecer. Precisava ter certeza de que lado estava e que ajudaria Juscelino.

— Isso é muito interessante. Talvez, com o tempo, consiga esconder de mim o que desejar.

Isaías estava maravilhado com a possibilidade e notava que Cecília também sorria, embora sem saber ainda o que pensar. Ela ainda tinha as mãos apoiadas em seus ombros, por isso sentiu um imenso frio na barriga. Então, ele viu uma informação que o deixou completamente sério, quase tão aterrorizado como quando percebeu seu futuro. Tomado de coragem, tentou se expressar:

— Devo lhe dizer, Cecília, que a senhorita se tornou uma mulher maravilhosa.

Ele apoiou as duas mãos na cintura e sentiu o tecido grosseiro de seu uniforme contra a palma da mão. Em seguida, ouviu com mais nitidez a respiração forte dela. Aos poucos, seu medo ficou mais intenso, assim como o perfume de rosas que lhe embriagava e enchia os sentidos. Ia avançando devagar, com medo de alterar o que tivesse visto. Uma intenção poderia mudar com uma velocidade assustadora. No entanto, uma vez revelada, uma intenção sempre mascara um desejo, e os desejos vêm dos lugares mais escondidos, internos e inóspitos.

Assustado, sentiu os lábios dela tocarem os seus, em um movimento rápido que não foi capaz de prever. Uma onda elétrica percorreu toda a sua pele. Então, ele apertou o corpo de Cecília contra si e afagou os cabelos dela, que se soltaram com o movimento. Cecília reagiu, calorosa. O beijo durou algum tempo até se encerrar de repente, com ela saindo de perto da mesma forma como o havia encontrado: num impulso. Olhando para a janela na porta, a moça avistou o rosto intrigado de Joana. Em seguida, ajustou o uniforme e o cabelo. Isaías permaneceu na sua frente, sem reação.

— Preciso retornar ao trabalho. Vou ver se Lott já foi embora e tentarei encontrar Manuel — disse ela, e em seguida pegou o dinheiro e saiu para o corredor. — Espere aqui até que alguém venha buscá-lo.

Isaías concordou. Olhava para os lados, evitando entender o que os números dela diziam. Só tinha dois dias para evitar a morte de Cecília.

— O que é isso? Cecília, olhe para mim — Joana arrastou o braço ao redor da amiga e começou a observá-la, notando as lágrimas caírem. — Tudo bem, acalme-se. Foi só um beijo, não vá me dizer que foi o seu primeiro?

Joana riu, fazendo Cecília também sorrir, ainda que entre as lágrimas que percorriam o rosto dela.

— Desse jeito você sequer me dá a possibilidade de ficar brava. Prometa que não vai contar a ninguém — Cecília voltava a recuperar a energia de sempre.

— Se puder me explicar — pediu a amiga. — Antes, o cego era uma pessoa a quem não deseja encontrar, nem que fosse o último homem na face da terra. Agora, é a pessoa com quem posso flagrá-la aos beijos.

— Joana, é algo muito difícil de explicar — Cecília olhava para os lados.

— Tente.

— Isaías é o que mostrou ser hoje, um vidente — respondeu Cecília, nervosa. — O que você viu hoje mais cedo não foi uma farsa. É uma longa história, não há tempo para isso agora — Cecília avistou Lott e apontou para ele. — Ali! Ele leu o bilhete. Chame Isaías, rápido.

★ ★ ★

— General Lott...

Isaías o chamou, reconhecendo-o após ver a aura esverdeada do general e notar a ausência dos símbolos e cores. Esperava-o na entrada de uma sala de reuniões vazia, para onde Maria o havia levado.

— O que esse bilhete significa, senhor? — Lott o encarava com assombro.

— É o que diz. Sei quais planos Luz está arquitetando e como pretende fazer com que Juscelino jamais assuma — Isaías falou mais baixo, aproximando-se do ministro.

— Quem é você? — indagou Lott, olhando para os lados, temendo que aquilo talvez fosse uma armadilha.

— Alguém que deseja ajudar.

— Com todo respeito, nos últimos tempos estou recusando auxílio até de quem conheço, quanto mais de quem não conheço.

O general franziu o cenho e Isaías suspirou diante daquele papel em branco. Como podia convencê-lo de que era um vidente, se estava mais cego do que nunca? Tentou manter a calma. Pela primeira vez conseguira o que desejava e poderia portar-se como uma pessoa comum.

— Sou um amigo de JK, disse que era vidente para me aproximar. Precisava falar com o senhor, ministro.

— Por pouco tempo, tenho muito o que fazer — concordou Lott, ainda ressabiado, olhando para os lados.

O último tiro da Guanabara 117

O vidente encarou o general, pedindo que se sentasse. Tentava encontrar o que dizer. No entanto, nenhum símbolo ou cor indicavam como deveria responder. Isaías tateava no escuro, sem conseguir enxergar nada naquele homem diante dele. Então, apresentou-se de modo simples:

— Isaías Monteiro, senhor.

— General Henrique Teixeira Lott — disse o general, apertando a mão de Isaías com firmeza e fazendo com que o vidente tivesse de utilizar a mesma força.

— Ministro, vim lhe pedir um favor: não saia do ministério — Isaías tentou firmar o olhar nele, mas seus olhos perdiam-se.

— Foi o presidente quem pediu para falar comigo?

— Venho sem ordens.

— Se está subordinado a ele, não deveria fazê-lo.

Lott cruzou os braços. Isaías não podia ver, nem prever, que Lott mantinha uma arma apoiada em sua perna. No entanto, sentia a tensão nas palavras do general.

— Sei que hoje se reuniu com o presidente para ouvir quando receberá uma resposta sobre o caso do coronel Mamede, não é mesmo? — Isaías foi navegando pelas palavras com calma, não cedendo à pressão do general, trabalhando com o que descobriu durante o início da manhã. No entanto, ouviu que só saberá amanhã a resposta e ainda sentiu-se colocado contra a parede diante de tantos homens que se mostraram ao lado de Luz.

— Do *presidente* Carlos Luz — corrigiu Lott, então Isaías deu um sorriso amarelo, concordando. — Como sabe que a resposta será amanhã?

— O presidente eleito, Juscelino Kubitschek, tem informantes por todos os lados e hoje o navio estava com os ouvidos bem atentos — Isaías juntou ambas as mãos por cima da mesa.

— Espero que não sejam comunistas, como dizem — disse Lott. Em seguida, ajeitou-se na cadeira, contrariado.

— Do que está falando? — Mais uma vez Isaías se viu perdido, desejando que fosse Cecília a realizar aquela conversa, não ele.

— Eu entendo que o presidente Carlos Luz esteja contrariado, porque muitos comunistas votaram em Kubitschek. Nesse sentido, também não gosto, sr. Monteiro. Inclusive, o Exército ficaria satisfeito se os comunistas nos deixassem agir e saíssem de perto — Lott falava com firmeza e Isaías apenas via as cores perto da pele dele se movimentando ora para um lado, ora para o outro — É o Exército que sabe, de fato, sobre as potências e os pontos frágeis deste país; servimos em todos os lugares e estamos presentes em todos os estados. Quais são os políticos capazes de fazer isso? Somos também os responsáveis pela educação dos mais novos. Cabe a nós manter a ordem.

— Está dizendo que é contra JK? — Isaías se surpreendeu, pois não esperava um discurso como aquele.

— Sou a favor da democracia, mas não dos comunistas — Lott falava com ferocidade.

— Não sou comunista, general — Isaías arqueou as sobrancelhas, sem saber ao certo o que dizer.

— Que bom que não, sr. Monteiro — Lott afrouxou a mão da arma. — Não gostaria de lutar contra você no dia 11, sabendo bem a quem você representa.

— O que haverá no dia 11? — Isaías arregalou os olhos.

— Você não é o único que sabe das coisas por aqui.

Aquilo o surpreendeu, era o mesmo dia em que a nuvem de Cecília apontava a morte dela. De repente, Isaías se sentiu sufocado. Tudo o que precisava e desejava era uma janela para poder tirar aquele breu dos olhos, no qual a única figura presente em seu campo de visão era um espectro quase apagado de um homem com cores muito estranhas e pouco alegres. Parecia que nada naquele quarto tinha vida própria, nem mesmo ele.

— Qual é o problema, sr. Monteiro? — Lott cruzou as pernas.

— Gostaria de saber o que acha do posicionamento da Aeronáutica e da Marinha atuando contra JK.

— Apenas alguns homens da Aeronáutica e da Marinha estão contra o presidente eleito — corrigiu Lott, zangado. — E todos estão sob meu comando. Isso significa que não farão nada.

— A Aeronáutica e Marinha estão arquitetando junto de Luz para tirá-lo do ministério. Por isso, deve resistir — Isaías estava vermelho. — Tem de prometer a JK que não abandonará o posto.

— Escute aqui — disse Lott, levantando-se da cadeira —, se for necessário e se minha honra exigir, eu o abandonarei.

— Será um grande erro, ministro — Isaías o olhava com tristeza. — É exatamente o que Luz planeja.

— Os planos são apenas planos. Não há como condenar um homem que ainda não cometeu o crime. O presidente Carlos Luz, por ora, nada fez. E acredito que não fará.

Isaías ficou com o gosto daquela frase pairando no ar de um jeito estranho e indigesto. Como negar que aquilo era a mais absoluta verdade? Sabia que os ventos mudavam muito as nuvens de futuro e que as decisões eram como grandes ventiladores. No entanto, tinha que trabalhar sempre com o mais provável.

— Porém, se o presidente consolidar o plano, não pode deixá-lo agir. Achei que fosse a favor da legalidade e da democracia — Isaías tentava abordá-lo por outros lados.

— Sou! Mas não cabe a mim interferir na política.

— Mas o senhor é ministro da Guerra — disse Isaías, sem conseguir conter um riso irônico. — Isso, por si só, já interfere na política.

— Sr. Monteiro, escute bem, eu não sei quem você é, se está em nome do dr. Kubitschek ou o que deseja, mas o Ministério da Guerra não me agrada. Sou um militar. Portanto, cumpro funções militares. Não entendo nada de política, não fui treinado para isso. Dada a situação do país e por funções anteriores, resolvi aceitar o cargo. Ninguém deverá me dizer o que devo ou não fazer. Veja, estou realizando um favor e farei o que for preciso. Devo ir agora, tem algo no senhor que me transmite desconfiança.

Isaías apontou para a porta.

— Quando o presidente o demitir, não diga que não avisei.

O general nada disse. Apenas o cumprimentou acenando com a cabeça, abriu a porta e foi embora. Assim que ele saiu, Isaías avistou diversas cores dentro de um círculo. Ele correu até a janela respirando o ar e olhando para o céu. Sentindo-se pequeno, só conseguia olhar a beleza do caos, fingindo acreditar que, de certa forma, estariam seguros sob o teto falso de sua vidência, tão verdadeira quanto qualquer outro limite imposto em sua vida. No fundo, era isto: alguém limitado.

Almoço do dia 09 de novembro de 1955

O cego pediu que Platão esperasse no mesmo lugar, então saiu segurando sua bengala e uma pasta. Andou pela orla procurando padrões. Avistou algumas pessoas comprando jornais em uma banca e foi até ela, pediu ao vendedor qualquer um que estivesse estampando na capa a situação política atual. O homem riu.

— Você quer dizer todos? Este é *O Globo* de hoje.

— Obrigado.

Isaías perguntou ao jornaleiro quanto era e começou a tatear o dinheiro dentro da carteira. Apalpou as moedas procurando três de um cruzeiro. Sentiu o número ao lado da data, em cima de dois ramos de café e da palavra "Cruzeiro". Assim que deu o valor correto ao vendedor, percebeu que este estava boquiaberto com sua "habilidade". Quase lhe respondeu que qualquer um poderia aprender a sentir os detalhes das notas, porém não disse nada e saiu com o jornal na mão, em busca de uma cafeteria. Entrou no local e sentou-se na bancada, ao lado de um grupo de mulheres.

— Com licença… — falou após pedir um café. As moças pararam a conversa e o fitaram, algumas com curiosidade, outras com tédio. — Desculpe interrompê-las. Sou cego e gostaria de saber o que diz a primeira manchete do jornal de hoje. Mais tarde um amigo lerá comigo, mas estou curioso.

Uma moça muito nova o encarava, encantada e ao mesmo tempo com dó, o que fez Isaías sentir raiva. Controlando sua angústia, voltava a dizer a si o quanto era inútil se rebelar contra certas atitudes que não podia controlar nos outros. A moça pegou o jornal e leu com uma voz aveludada:

— "Não estou demissionário, diz o ministro da Guerra".

— Era sobre isso que desejava saber. Este caso do ministro é mesmo complicado. Acham que JK assumirá?

Questionou e olhou os padrões que surgiam daquelas peles. A resposta da mocinha traduziu o que via.

— Quem pode saber, não é mesmo?

— Obrigado, senhorita — Isaías pegou de volta o jornal que ela lhe estendia. — Bom dia para vocês — disse ele, antes de sair e caminhar em direção à praia. Assim que sentiu os pés afundarem na faixa de areia, retirou os sapatos engraxados e as meias no primeiro canto onde encontrou sombra, ao lado de um coqueiro. Abriu sua pasta para sentir com os dedos as contas que fizera no papel. Com Lott agindo como mostrou que agiria, e JK tendo tão poucas chances de sucesso, deveriam tentar mudar o pensamento do povo, fazer com que acreditassem que Kubitschek seria mesmo o presidente do Brasil em 1956.

Com um estilete, começou a anotar o que havia observado. Fazia furos iguais aos pontos do braille na folha de papel e pensava que talvez seria bom se Juscelino se pronunciasse dizendo que iria agir a qualquer custo. No entanto, qual seria a reação de Carlos Luz nesse caso? Precisava ver o presidente naquele dia para que pudesse saber como proceder. Antes, no entanto, era preciso colocar o pensamento em ordem. Lembrou-se do que o ministro havia dito e procurou a data nas contas. Em seguida, olhou para o céu, anotou mais padrões e fez um bico com os lábios.

— Como ele pode saber isso? — perguntou a si mesmo.

O último tiro da Guanabara 123

Era verdade que tudo se desencadearia, politicamente, no dia 11 de novembro, dali a dois dias. A confirmação deixou-o confuso em vários aspectos, sobretudo porque o ministro deveria ter mais informações do que ele imaginava. E se Lott sabia que Luz resolveria a questão no dia 11, por que agia como se nada estivesse acontecendo? Aquele homem era uma figura de muitas incongruências. No entanto, a informação da data agora o fazia pensar também sobre Cecília.

Eram dois eventos em um mesmo dia, e isso o espantou. Ele estava metido em um por causa do outro. Tudo seria muito mais fácil se o futuro não fosse tão nebuloso ou não ficasse mudando a cada segundo. Pensava em contar para Cecília, pedir que não fosse mais para o navio. No entanto, correria o risco de contar, mas fazer com que todo o futuro mudasse de repente, para que ela morresse em qualquer outra circunstância e lugar...

Suspirando, pôs-se a andar até o carro.

— Sr. Isaías — disse Platão, olhando-o espantado, ao notar que o vidente estava suado e com areia nos cabelos —, o senhor demorou.

— Platão, pode me levar até Carlos Luz?

— No Catete? — perguntou Platão, arregalando os olhos. E o vidente confirmou. — Mas sr. Isaías, JK disse que precisava vê-lo depois que saísse do navio.

— Desculpe, Platão, mas faz parte do trabalho, e é algo imprescindível. Além do mais, se não me levar, irei de qualquer jeito. Juscelino não lhe dirá nada, falarei que apenas obedeceu às minhas ordens — respondeu aos pensamentos do motorista.

★ ★ ★

— Precisamos de mais verba, anote isto.

O homem voltava a apertar as letras na máquina de escrever, que fazia um som forte a cada botão prensado.

— Tenho que pensar se é o caso de fazer um boletim informativo para os próximos dias.

O coronel Bittencourt terminou de falar e colocou a mão no queixo, sentado em uma cadeira dentro da Inspetoria Geral do Exército, na Páscoa do Colégio Militar. Lá eram redigidos os relatórios do Movimento Militar Constitucionalista, o MMC, articulado por oficiais do Exército em reação aos militares vinculados à UDN.

— Viu *O Globo* de hoje? Acha que o general Lott deixará o ministério? — O homem que digitava na máquina olhava para o general com uma expressão preocupada.

— Aquele homem é uma incógnita, cadete Ferreira.

— Não deveríamos apoiá-lo — O rapaz olhou para baixo.

— Enquanto o ministro estiver defendendo a legalidade e a Constituição, nosso dever é apoiá-lo.

Bittencourt respondeu envolto em tédio. Muitos não entendiam por que o Movimento apoiava Lott, tendo em vista o fato de que ele era contra qualquer organização paralela aos oficiais, mesmo as que defendiam a legalidade das eleições. No entanto, o MMC não poderia ser tão caprichoso e nem era o momento de desperdiçar aliados ou criar mais grupos naquela luta.

— Não sei por que este homem tem que dificultar — O cadete equilibrou a cabeça sobre uma mão. — Fica difícil convencer os oficiais a apoiá-lo, se age desta forma.

Prestes a dizer que o cadete tinha razão, o general se controlou. Não deveria ser ele a passar mais dúvidas para seus subordinados. Respirou aliviado ao notar que conteve a língua a tempo, pois naquele exato momento Jango entrou sem permissão na sala e o cumprimentou daquele jeito enfadonho.

— Senhor futuro vice-presidente — respondeu Bittencourt, batendo continência.

— Como estão as ações por aqui? — João Goulart puxou uma cadeira e ele voltou a se sentar.

— Estava agora mesmo redigindo um pedido a Amaral Peixoto — Bittencourt lançou um olhar inquisitivo.

— Isso não é novidade, está sempre pedindo algo — Jango vacilou entre as palavras, parecendo querer cutucar e depois fugir.

— Talvez possa me ajudar neste caso, já que comprovaremos o quanto os nossos métodos de espionagem são qualificados. Precisamos de verbas exatamente para esses casos e para nossas ligações telefônicas, que passam informações sobre as Forças Armadas e o Movimento no Palácio do Catete, como o senhor bem sabe.

Bittencourt sorriu e Jango se movimentou na cadeira, desconfortável.

— Descobriram alguma coisa sobre o caso que pedi?

— Sim, conseguimos descobrir quem é Cecília Gomes. Uma moça muito interessante, se o senhor quer saber.

— Ótimo. Desejo falar com o agente responsável pelo caso — ordenou Jango.

— O agente responsável está nesta sala.

Olhando para o cadete Ferreira, que permanecia mudo, Jango tornou a encarar o semblante sério do general, entendendo o recado.

— O que deseja?

— Precisamos de mais recursos. Não sabe o que gastamos para descobrir com tamanha pressa e agilidade sobre essa garota. Queremos uma troca.

— Achei que a defesa da legalidade fosse sua principal motivação, general — Jango fechou mais o semblante.

— E é, mas há de convir que temos altos custos. Além disso, quem é Cecília Gomes para investirmos tanto numa investigação sobre ela?

— Alguém que me preocupa, general. Achei que uma das tarefas do MMC era mapear as ações do inimigo. Além do mais, no plano de ação formulado em agosto deste ano estava escrito: "assumir, desde agora, atitudes ofensivas e ostensivas". Foi o que fiz.

— Muitas coisas que estão no plano ainda não foram cumpridas. Posso citar inúmeras delas que apresentam falhas miseráveis, como a "linha de imprensa". Diga, o que está sendo feito com a imprensa, senhor? A UDN está dominando-a, é isto que está sendo feito.

— Temos ao nosso lado, o diário comunista *Imprensa Popular*, o *Correio da Manhã*, o *Diário Carioca*, *O Jornal*, o *Última Hora* e o *Folha da Manhã*, parece ruim para você?

— No entanto, jornais como o *Tribuna da Imprensa*, *O Globo*, o *Diário de Notícias* e *O Estado de S. Paulo* apoiam medidas extralegais... — investiu Bittencourt. — Eles falam de nós a quase todo momento. Na minha opinião, nossos aliados não estão sendo agressivos o bastante e vocês também não estão se pronunciando o suficiente.

— Faz parte da estratégia — respondeu Jango, contrariado.

— A estratégia não está surtindo efeito.

— Esqueça isso pelo menos por agora, general. É claro que conversarei com Peixoto sobre todas essas questões, inclusive a verba. Tenho certeza de que o PSD vai liberar mais dinheiro por todos os serviços prestados. Agora, se puder me contar o que descobriu sobre a moça...

Sem saber como portar-se, Ferreira levantou-se e contou tudo o que sabia sobre Cecília, depois finalizou dizendo que havia fortes suspeitas de que um homem com quem ela matinha contatos era um espião.

— Sim, meu espião — Jango estava concentrado. — Por favor, mantenha os olhos atentos nos dois e informe qualquer novidade. Agradeço também se puder fazer um relatório sobre o que descobriu, cadete.

Ferreira acenou com a cabeça e Bittencourt interferiu, falando com espanto:

— Não sabia que agora tinha espiões particulares.

— Kubitschek julgou necessário — Jango levantou-se e arrumou a roupa, preparando-se para sair.

— Nossos serviços não os agradam mais? — perguntou o general, desarmando-se com preocupação.

— Longe disso, meu caro. Mas não é todo dia que encontramos um vidente — respondeu Goulart, e sorriu com uma ponta de satisfação.

★ ★ ★

Penélope pensava na conversa que tivera com Brasiliana. Aquilo lhe abriu uma nova possibilidade que nunca havia pensado: ser uma ponte. Brasiliana era esperta, mas não o suficiente, porque de quase nada adianta uma ponte que interliga pontos da mesma cidade. É bom para os envolvidos, mas a ponte torna-se pequena e, com o tempo, dispensável. No entanto, de uma coisa estava certa, com toda aquela história era fato que a moça tinha certeza de que JK e Jango não teriam a menor chance contra Carlos Luz. Já ela, não estava tão certa assim. Quanto mais conhecia os agentes envolvidos naquele golpe, menos certeza tinha.

Entediada, apoiou-se em uma mureta ao lado do Palácio do Catete. Ao seu redor, alguns outros colegas jornalistas esperavam a saída do presidente para dar seu depoimento diário, algo que, nos últimos dias, havia se tornado comum por parte de todos os veículos.

No começo, Penélope achava que suas atitudes eram certas e estava empenhada em garantir uma vida melhor para o futuro. Admirava Lacerda antes de ser tratada como um lixo por ele. Nos últimos tempos pensava mais sobre as implicações de tudo aquilo. Afinal, o destino dá muitas voltas, e é um esforço tremendo se manter equilibrado no alto da roda. Ou seja, Luz poderia muito bem cair e ela perder tudo. Porém, se quisesse ser uma ponte, teria que agir com cautela, no momento certo. Uma ponte entre dois continentes chama muita atenção.

— Boa tarde, senhorita.

Uma voz soou ao seu lado, e Penélope demorou a perceber que estavam falando com ela. Virou o pescoço depois de alguns segundos de distração e respondeu sem olhar direto para a figura que a cumprimentara. Percebeu um movimento perto do Palácio do Catete e de modo instintivo esticou o pescoço, preparando-se para dispensar o rapaz.

— Sabe por que há tantos jornalistas aqui neste momento? — insistiu o homem.

— O presidente dará uma entrevista daqui a pouco — Penélope finalmente virou-se para observá-lo. — É jornalista? — perguntou ela, em tom incrédulo.

— Sou um curioso. Sabe se a entrevista será dentro do Palácio?

— Se for curta, ele virá até a porta — respondeu ela, entediada.

— Entendo. Vou esperar aqui, estou curioso para ouvir o que ele tem a dizer — disse o homem, e estancou ao lado dela.

— Eu buscaria algo melhor para fazer se fosse você.

Ele sorriu e, em seguida, esticou as mãos.

— Prazer, Isaías Monteiro.

— Penélope Barros.

Cumprimentou-o e tornou a calar-se. Olhou para baixo e avistou uma espécie de bengala, com desenhos talhados em madeira.

— Sobre o que será a entrevista? — Isaías tornou a incomodá-la.

— O de sempre. O presidente vai comentar sobre a situação política, dizer que Lott fica até quando quiser, enfim...

O último tiro da Guanabara 129

Isaías a encarou. Os pensamentos daquela intrigante mulher lhe chamaram a atenção. Tentou interpretar a nuvem dela, mas uma série de números subiam em cascata. Era impossível compreender quando acontecia esse tipo de movimento contrário ao habitual, ou seja, quando alguém tomava uma decisão que alterava muito o futuro.

— Acho que já ouvi falar de você — disse ele, atingindo-a em seu ponto fraco. — Trabalha no *Tribuna da Imprensa*, não é mesmo?

— Sim — sorriu Penélope, pois aquilo nunca havia ocorrido.

— Acompanha o *Tribuna*? — perguntou com entusiasmo.

— Muito — Isaías mentiu. — Mas fico imaginando como é trabalhar com Lacerda...

— É uma experiência marcante — Penélope emitiu uma série de símbolos e cores.

— E está do lado dele para tudo? — Isaías a pressionava.

— Sim... — respondeu Penélope, com desconfiança.

— Se um dia achar que não está mais, entre em contato comigo — Isaías lhe deu um papel, onde se lia um número de telefone. — Tenho muitos contatos em diversos outros jornais e nos interessa muito saber os próximos passos de Lacerda — blefou.

Penélope segurou o cartão e olhou intrigada para Isaías. Ela estava prestes a fazer mais perguntas a ele, quando Isaías lhe pediu licença e virou-se, ao mesmo tempo em que Carlos Luz aparecia na porta do Palácio. Sem tempo para ir atrás daquela estranha figura, ela aproximou-se do presidente e tirou da bolsa seu bloco de notas surrado. Sentiu-se estranha diante da aproximação daquele cego. Seria apenas coincidência ou ele sabia mesmo quem era ela? Por um impulso, tomou o cuidado de guardar muito bem o papel dentro de sua bolsa.

Isaías afastou-se com um sorriso no rosto. Com Penélope, o vidente percebeu uma oportunidade e deixou uma semente plantada que poderia vingar ou não. Em seguida, fugiu para ver melhor o presidente. Olhou para a nuvem de futuro daquele estranho homem e, de imediato, notou que algo havia mudado.

Na nuvem de futuro, estava começando a se formar uma possibilidade escura: Luz não só mandaria o Cruzador Barroso para buscar apoio, como embarcaria no navio para obtê-lo. E ali, tão chamativo quanto um caroço de azeitona no meio do prato, mas pequeno o suficiente para não ser ainda um fardo para o presidente, estava a possibilidade de o navio afundar no dia 11.

Sentia que havia resolvido aquele quebra-cabeça: descobriu onde Cecília estaria, quando e por que morreria. Bastaria que Cecília não fosse trabalhar no navio naquele dia fatídico e ele contasse que aquela era uma possibilidade para Juscelino e Jango. Assim, o navio poderia sofrer represálias. Apesar de simples, a solução ainda não o agradava por inteiro, abater o navio era uma estratégia que poderia arrastar muitas outras vidas inocentes para o abismo.

Desorientado, teve de se concentrar para voltar até o carro de Platão. Isaías encontrava-se prestes a fazer o que sempre julgara errado e, por experiência própria, percebeu naquele momento que nunca trazia os resultados esperados: estava usando a previsão de um possível futuro para torná-lo concreto dentro do presente no qual lhe cabia atuar.

— Descobriu o que precisava, senhor? — perguntou Platão, com cuidado, observando o estado de choque do vidente.

— Preciso passar em mais um lugar antes de falar com Juscelino. Pode me levar de volta ao porto?

— Mas, Isaías, você precisa conversar com jk sobre a reunião de hoje.

O vidente olhou para o céu, sua enorme nuvem escura, e olhou para as pessoas que caminhavam nas ruas, cada uma com suas preocupações, jogando símbolos para a nuvem da cidade.

— Você irá na frente e resumirá o que aconteceu, dirá que logo aparecerei dando maiores satisfações, mas que antes preciso obter alguns detalhes — pediu o vidente ao motorista, com uma voz mais firme. — Peça também, em meu nome, que Jango convoque a imprensa hoje à noite. Diga ser muito necessário. Devem avisar os jornalistas que JK se pronunciará sobre a situação política atual, é preciso falar com o povo, Platão, dizer a eles verdades mentirosas.

Isaías voltou a olhar pela janela do carro e Platão arrancou em direção ao porto. Chegaram em poucos minutos. Mas, para o vidente, pareceram horas. Assim que Isaías desceu, abriu caminho pelo navio. Agora, sentia que o conhecia mais e deslocava-se sem maiores problemas. Era provável que Ceci estivesse na cozinha dos empregados. De longe, avistou-a com suas colegas. Tentou evitar olhar para a nuvem de futuro de suas amigas, já sabendo o que poderiam conter. Aproximou-se.

Cecília o avistou e pediu licença para todos na mesa. Joana observou que ela se afastava e, no mesmo momento, Isaías soube que ela havia visto o beijo. Tentou dissipar a cena da cabeça, mas Cecília chegou com ela, pronta para negar qualquer coisa, até mesmo a ela própria, se fosse necessário.

— Algum problema? Por que voltou? — olhava para os lados, evitando observá-lo.

— Cecília, temos um problema... e você precisa me ouvir.

— Eu ainda estou muito confusa sobre o que aconteceu hoje, muito confusa... — disse ela, sentindo vontade de se esconder, mas não o fez.

— Esqueça isso — pediu Isaías, o que causou confusão na mulher. — Acabo de descobrir que não pode trabalhar neste navio no dia 11.

— Depois de amanhã? — perguntou Cecília, confusa.

— Isso, prometa para mim — Isaías a segurou nos braços, eufórico.

— Não estarei no Cruzador Barroso no dia 11 — respondeu ela, em dúvida.

— O que quer dizer? — Isaías suava frio.

— Soube há pouco que estarei no Cruzador Tamandaré. É outro navio — disse Cecília, enquanto o encarava, assustada. — Mas por qual razão me pede isso?

O cego sentiu uma tontura enorme. Abalou-se com o medo e a pressão dos últimos acontecimentos, junto ao fato de ainda não ter almoçado, então Cecília teve de chacoalhar o ombro dele.

— Isaías! — falou ela, contendo um grito e fazendo com que ele se sentasse numa cadeira próxima. — Está tudo bem? O que está sentindo?

Olhando para cima, procurando respostas, viu que nada do futuro dela havia mudado e que, portanto, sua nuvem continuava tão escura quanto antes.

— Antes de tudo, você precisa almoçar; está com pressão baixa — Cecília buscou um copo d'água, um prato de comida e talheres.

Isaías comeu devagar, achando que aquilo lhe daria mais tempo para refletir: *Se Cecília não vai estar no navio que muito provavelmente afundará, onde estará, então, no dia de sua morte?* Olhou para a nuvem dela e, de forma pausada, começou a contar sobre a conversa que tivera com o ministro. Ela retesou o rosto e sentou-se ao lado dele no corredor vazio. Queria ficar próxima, mas também era uma estratégia para estar fora de seu campo de visão, porque dessa forma o impediria de avaliar seus pensamentos sem que pudesse notar.

— Quem abaterá o navio? — questionou ela.

— Um dos nossos: JK, Jango ou até mesmo Lott, não tenho como saber ainda. Além do mais, é só uma possibilidade, pois a nuvem de futuro não está densa o suficiente para afirmar o que acontecerá com certeza.

— E o que pretende fazer com essa informação?

— Ainda não sei. Se o navio for abatido, não há a menor possibilidade de Carlos Luz ganhar essa disputa.

— Se for mesmo abatido, diversas pessoas podem morrer — Cecília tocou em seu braço. — Pense bem antes de passar essa informação a JK e Jango.

— Contarei hoje. No entanto, ela pode servir como um último recurso.

— Como saber quando usar o último recurso? — Cecília sentiu um arrepio percorrer sua espinha.

— Estive fazendo contas e, caso eu não consiga impedir o golpe até o dia 11, deverão abater o navio. Será a última escolha.

— Não sei se sou capaz de apoiar essas mortes — Cecília estava perplexa.

— Não precisa ter mortes, podemos apenas ameaçar, dar tempo de voltarem atrás — disse Isaías. Depois, virou-se para ela. — Acredite em mim, você não pode ver, mas as nuvens que rondam esta cidade e, muito talvez todo o país, são muito escuras. O que elas trazem não é bom, Cecília. Se não for controlada, toda essa situação vai matar muito mais gente ao longo do tempo.

— Sendo assim — Cecília suspirou percebendo seu semblante triste —, faça o que for necessário, pois terá o meu apoio.

Agradecendo, o vidente pediu a ajuda dela em mais um assunto: distribuir os jornais da coletiva de Juscelino, no dia seguinte, em todos os lugares que conseguirem.

— É preciso que qualquer um possa lê-los, que estejam jogados no chão. Acha que isso seria possível?

Tarde de 09 de novembro de 1955

— Presidente! — O general Golbery do Couto cumprimentou-o fingindo não estar espantado com a imponência do Palácio do Catete.

Atrás dele, Luz avistou Brasiliana e fez a ela um leve aceno com a cabeça. A mulher se pôs a observar as outras figuras presentes, como se todos a conhecessem. Contrariado, o presidente pediu que sentassem ao redor de uma grande mesa de madeira e os apresentou. Forçou-se a não tratar Brasiliana de modo diferente, para não chamar a atenção das pessoas que a viam sempre com ele.

— General Couto e senhorita, convoquei-os aqui hoje, junto com o general Fiúza de Castro, o brigadeiro Eduardo Gomes e o almirante Penna Botto, para falarmos sobre um assunto que nos atinge em particular: o ministro Lott.

— Estou às ordens — Golbery dissimulou simpatia.

— Ótimo, pois antes de tudo precisamos do seu parecer, general. A resposta que exigimos à Escola Superior de Guerra e às Forças Armadas chegará, de fato, amanhã? Entenda que isto é imprescindível aos nossos planos.

— Presidente, conforme prometido, chegará amanhã. Entrego-lhe no começo da tarde.

O último tiro da Guanabara 135

Brasiliana percebeu seu olhar cruzar com Carlos Luz, que não falava direito com ela desde que a mulher impôs suas condições. Era um homem tolo, uma infelicidade que ocupasse um cargo tão importante justo em um período crucial como aquele. Estava lhe fazendo um favor, mas Luz o devolvia com um olhar frio, cheio de ressentimentos. Por outro lado, Golbery agia bem, cumpria sua parte no acordo, era esperto e não à toa havia confidenciado a ela a missão de se aproximar do presidente.

— Já que está certo — Luz desviou a atenção para os outros militares —, convocarei Lott para uma reunião amanhã, já com a carta em mãos. Diante da resposta, é muito provável que o ministro peça demissão do cargo e, neste caso, o general Fiúza de Castro estará pronto para substituí-lo como novo ministro da Guerra.

Luz apontou com os olhos para Fiúza, que sorriu da cadeira em que estava. Em muito se assemelhava a Lott no porte físico; era alto e de semblante sério. Ao seu lado, o brigadeiro Eduardo Gomes bateu uma mão na outra, como se fosse começar uma série de palmas, mas parou. Brasiliana não gostou dele desde que o encontrou conversando com Penélope no Clube da Lanterna.

— O que quer dizer com pronto para substituí-lo?

Luz demorou a responder.

— Desculpe-me — falou em tom irônico, olhando os presentes — esqueci que é necessário explicar melhor às mulheres. Quis dizer que o general Fiúza estará pronto para assumir o ministério, na mesma hora em que Lott deixar o cargo.

— Mas isso pode chamar uma atenção desnecessária, presidente. Demonstrará que já esperavam a saída de Lott antes mesmo de iniciar sua conversa com ele — disse ela, com os olhos arregalados. Como ele podia ser tão estúpido e ainda tratá-la daquela forma?

— Todos já sabem o que esperamos, senhorita.

— Pode deixar a oposição furiosa — insistiu Brasiliana.

— Será feito desta maneira por precaução; Lott não terá muito tempo para pensar, agirá por impulso. Quando perceber seu erro, Fiúza já será ministro — reagiu Luz, com a voz mais imponente, encerrando o assunto.

— Agradeço pela confiança em mim depositada — respondeu Fiúza, mostrando ser um oficial muito bem adestrado.

— Com todo o respeito, senhor presidente, quais são os planos caso Lott se recuse a sair do ministério? — interferiu Golbery, em um momento raro. Preferia ouvir e observar, mais do que falar.

— Devo ressaltar que essas chances são mínimas. É muito mais provável que alguns militares não aceitem o afastamento de Lott. Em ambos os casos, agiremos. Por isso convoquei para hoje também o almirante Penna Botto, responsável por nossa frota naval, e o brigadeiro Eduardo Gomes, nosso ministro da Aeronáutica.

— Se me permite a palavra, presidente — pronunciou-se, por fim, Penna Botto. Ele tinha o cabelo bem escovado para trás, nariz e queixo pronunciados, além de grandes orelhas. — Nossa frota está sendo constantemente suprida com munição e combustível, o que estamos realizando de forma parcimoniosa para não chamar a atenção. Garanto que amanhã tudo estará pronto para qualquer ação, se precisarmos defender nosso porto.

— Quero que às seis horas esteja junto da frota aguardando ordens para possíveis operações navais, autorizadas por mim daqui do Catete.

— Neste caso, ficarei a bordo do Cruzador Barroso — sugeriu Botto.

Luz aprovou o combinado. Já estava prestes a dizer mais alguma coisa quando o brigadeiro Eduardo Gomes não se conteve e, buscando alguma atenção, começou a falar em disparada dos planos em relação a São Paulo. Luz quis freá-lo, tentando manter

Brasiliana afastada daquele assunto, mas não conseguiu, então a mulher logo começou a disparar seus questionamentos, por exemplo, qual era a ajuda que Eduardo Gomes tanto dava como garantida naquele estado.

— O general Tasso Tinoco, comandante da região em São Paulo, é meu primo — respondeu Eduardo Gomes entusiasmado e com convicção. — Ele conterá qualquer ação e ajudará a proteger a cidade contra os opositores. No momento certo, Jânio Quadros também nos mostrará seu apoio, assim como a força pública. Creio que, com isto, São Paulo não oferecerá resistência, além de ser um dos primeiros estados a nos apoiar.

— Por precaução — interrompeu Luz —, você sairá a bordo de um avião a caminho de São Paulo, acompanhado por três aviões bombardeiros. Lá, irá organizar uma resistência na base aérea de Cumbica. Também deixará ordens para prontidão dos que estão ao seu comando.

— Sim, senhor presidente — respondeu o brigadeiro, batendo continência.

— E vocês dois — Luz virou-se para Brasiliana e Golbery —, mantenham-se vigilantes.

★ ★ ★

— Até que enfim, vidente — disse Kubitschek, aliviado, ao receber Isaías. — Posso saber por onde andou?

— Estudando as informações coletadas — Isaías bateu com a bengala no chão para sentir se a poltrona na qual sentara, no dia anterior, continuava no mesmo lugar. Assim que a alcançou, esticou a mão para tatear o assento e acomodou-se, embora JK não tenha lhe dado permissão.

— Apesar disso, teve tempo de mandar um recado através do pobre Platão. Que fique claro, vidente, ele é meu motorista, não seu empregado.

138 Bruna Meneguetti

— Fez o que lhe pedi? — O cego devolveu no mesmo tom.

— A imprensa estará aqui às seis. Espero que saiba mesmo o que está fazendo — Juscelino levantou-se e foi ajeitar a gravata borboleta.

— Sim, mas antes de tudo precisamos conversar sobre o que descobri hoje.

Juscelino o encarou, ansioso, e Isaías contou, de forma sucinta, sua abordagem a Carlos Luz.

— Acha que alguém suspeita de você? — JK sentou e cruzou a perna, de modo a formar um quatro.

O vidente balançou negativamente a cabeça.

— Então, Lott está mesmo do nosso lado — Kubitschek buscou a confirmação de Isaías.

— Sim, mas talvez não o suficiente. explicou Isaías, advertindo JK sobre a conversa que tivera com o ministro e como este teimava em deixar o cargo, caso sua "honra" determinasse que era o certo a ser feito. Diante do relato, JK riu de nervoso.

— E o que previu dele?

— Ainda é uma pessoa obscura para mim — Isaías tentou fingir que aquilo era normal, e Juscelino pareceu acreditar, perguntando o que o cego previa sobre seu futuro governo. — Senhor presidente, desculpe, mas se lhe contar, há grandes chances de alterar o que acontecerá. Deste modo, apenas confie em mim.

Kubitschek aceitou aquela condição. Parecia mil vezes mais maleável depois que o cego havia lhe dado provas reais de que tinha algum tipo de vidência.

— Devo lhe contar também que tudo há de se resolver no dia 11. Muito pode ocorrer amanhã, mas quem sair vitorioso nesse dia, conseguirá seguir até o fim, embora não sem enfrentar dificuldades. Além disso, há mais um ponto.

Por fim, Isaías contou sobre o que viu mais cedo na nuvem de Carlos Luz e sobre a possibilidade de reverterem a situação.

O último tiro da Guanabara **139**

Percebeu uma centelha de esperança e animalidade percorrer os símbolos e cores de jk.

— E o que acha que devo fazer, vidente? — perguntou jk, querendo saber com seriedade a opinião de Isaías.

— Todos nós devemos, a todo o custo, tentar manter Lott no ministério. Precisamos convencer o povo de que você irá assumir. Caso Lott saia, resta-nos reunir as forças que temos e lutar para impedir que Carlos Luz dê o golpe. Mas não é esta exata parte que me preocupa, e sim a saída dele do Rio para buscar reforços. Caso ele consiga, ganhará este jogo, embora eu ainda não saiba o motivo.

— E, caso Luz procure ajuda, deveremos impedir seu navio de sair do Rio. Desse jeito, reverteremos a situação? — perguntou Juscelino, com base no que havia escutado.

— Exato — respondeu Isaías, engolindo em seco.

— Você está plenamente certo disso?

Pensando por um momento, o vidente concluiu que não havia dúvidas. Com Luz e os demais adversários fora da jogada, não tinha como a oposição vencer.

— Sim, mas não há necessidade de um ataque total ao navio Barroso.

jk pensou no que aquilo significava e, sem titubear, falou com firmeza:

— Faremos o que for necessário.

Fim da tarde de 09 de novembro de 1955

Após avistar a torre alta da estação Central do Brasil, com seus enormes relógios apontados para os quatro pontos cardeais, o general Denys soube que estava no caminho certo e apertou o passo até chegar a uma entrada rodeada de granito vermelho e preto, com letras em dourado onde era possível ler: "Ministério do Exército". Um prédio enorme, em formato de pódio.

Depois de passar pela porta de ferro, subiu os oito degraus da pequena escada que dava em um enorme vitral, com treze metros de altura, no hall de entrada do Palácio da Praça da República. Na imagem, estava representado o "Duque de Caxias em Itororó", feito por Alcebíades Miranda Júnior. Além deste, diversos artistas nacionais decoravam o palácio, assim como os mármores provenientes de Minas Gerais, Paraná e Santa Catarina, que povoavam os saguões de todos os andares e pisos da ala principal.

Foi adentrando pelos diversos corredores até chegar na sala onde lhe disseram que deveria estar quem viera visitar. Colocou o ouvido na porta e, não escutando nada, sequer bateu. Entrou falando:

— Veja só onde ele veio parar!

Deu sua gargalhada típica que sempre emendava em uma tosse. Ao avistá-lo, Lott sorriu.

— General Denys, por onde andou? — Lott levantou-se para cumprimentá-lo. — Sente-se, por favor.

— Este prédio é enorme, não? É todo para você? — perguntou Denys, com um sorriso amigável e bebericou a água que Lott despejou em um copo.

— Não — respondeu Lott, avermelhado.

— Ah, ministro, seu problema é que é branco em excesso. Não se pode falar nada e vira um camaleão, mudando de cor.

— General, vejo que passa bem — falou Lott, acostumado ao modo do amigo.

— Ora, por favor... Estamos sozinhos aqui. Desde quando me conhece, 1911? Mas que confusão que está isto daqui, não? Lott, não sei se queria estar na sua pele.

— Cumpro apenas meus deveres, general Denys. Mas a que devo a honra da sua visita? Quero dizer, é ótimo recebê-lo aqui, mas não tenho muito tempo para recepcioná-lo. O ministério exige muito de mim.

— Certo, certo — Denys ajeitou-se e alargou o cinto da calça. — Lott, não é possível que ninguém o tenha alertado. Há um golpe em marcha. O que meu bom amigo imagina estar fazendo que ainda não foi conversar com seus principais apoiadores? Querem colocá-lo para fora deste lugar bonito. O que vai fazer a respeito? — questionou Denys. Quase não tinha mais cabelos, estava com o rosto redondo, gordo e velho, além da boca caída. Apesar de tentar manter-se alegre, estava também cada vez mais mal-humorado.

— Já disse aos outros e repito a você, Denys — Lott simulava uma voz cheia de paciência e calmaria. — Não posso fazer nada, não estou demissionário. Além do mais, há a questão de Mamede. Não compactuarei com isso.

— Se deixar o ministério por causa de um caso tão pequeno, todos vão sofrer, Lott. Não percebe? É tudo o que Luz deseja.

Nos dias atuais, você é uma trava para impedir que ele assuma ou que os comunistas assumam. Já pensou se o MMC decide agir antes de você e acaba ocupando o cargo da presidência? Nunca vi tanta teimosia num homem.

— Sei que tudo correrá bem, Denys. Por ora, não há nada que eu possa fazer. Conhece a minha posição desde o início, não sei por que veio falar comigo.

— Porque, diferente dos outros, eu te conheço. Sou seu amigo. Sei que teme algo e sei que já traçou seus planos. Pensa que esqueci? Caso isso tudo aconteça, Lott, sei que você está preparado. A grande pergunta é: irá agir de acordo com tudo que preparou quando chegar o momento certo? Vamos, diga, onde estão as ordens preventivas, que escreveu em julho deste ano? Não creio que as guarde aqui, deverão estar na sua casa.

O ministro nada respondeu. Denys arfava, havia levantado e estava inclinando seu corpo, mas Lott fingia que não havia escutado, então apenas pediu:

— Denys, por favor, tenho muito trabalho a fazer. Se puder ir agora.

O amigo assentiu e virou-se para sair, mas antes abaixou a voz para dizer:

— Você sabe que pode contar comigo. Vou lhe esperar.

* * *

Jango entrou ofegante na casa de Kubitschek.

— Os jornalistas já estão... — Parou de falar ao ver o vidente.

— Sr. Monteiro, é bom ver que apareceu, estávamos preocupados com sua integridade.

— Minha integridade passa bem — brincou Isaías, mas, ao ver o semblante fechado de Jango, também se limitou a ficar sério.

— Juscelino, o que disser será de extrema importância — Jango insistia. — Nossa estratégia foi, até agora, ficarmos quietos, falarmos dos compromissos que teremos ao assumir o governo, como se não houvesse a menor dúvida sobre o ano que vem.

— Não se preocupe, doutor. Não vamos ferir qualquer estratégia hoje — falou Juscelino. Em seguida, virou-se para o vice, ao observar sua careta refletida no espelho. — Qual é o problema? Você mesmo insistiu que eu recebesse a ajuda de um vidente. Agora que desejo usar seus poderes, você sente as pernas tremerem? — JK sorriu, querendo provocá-lo. — Coragem, homem! Tudo dará certo hoje.

— Temo pelo amanhã, Juscelino — Jango tirou o chapéu e passou as mãos pelo cabelo.

— Doutor, por ora o amanhã está seguro — Isaías se intrometeu. — Mas temos que convencer as pessoas de que Kubitschek e o senhor irão assumir. E é isto o que propus a JK hoje — Isaías levantou-se também, apoiado em sua bengala.

— O vidente está certo. Antes de ocupar o cargo, é preciso ser presidente no imaginário do povo. E, embora tenham votado em nós, dão muito pouca importância e crédito aos próprios votos.

— Neste caso, o que pretendem fazer? — perguntou Goulart, aproximando-se.

— Não há tempo para explicar, é hora de agir — respondeu Juscelino, estalando os dedos. — Jango, como não sabe exatamente o que combinamos, seria bom que aguardasse aqui.

O vice estava prestes a protestar, apesar do medo, mas preferiu não contrariar a ordem do seu futuro superior. Ainda incomodado, Jango procurou um lugar próximo à janela, onde poderia ouvir os murmúrios do que se passava ao mesmo tempo em que ficava encoberto por uma grossa cortina.

Juscelino sorriu para Isaías. Era um homem corajoso, capaz de transmitir confiança. Uma vez apavorado, tentava não mostrar suas sombras. Saiu pela porta da frente, enquanto o vidente se dirigia para os fundos com a ajuda de uma empregada que não soube muito bem como conduzi-lo e, ao invés de dar o braço, tentou pegá-lo pelos ombros, colocando-se atrás dele. Isaías pediu que ela ficasse ao seu lado e segurou o cotovelo dela até a rua lateral da casa. De lá, começou a ouvir vozes e procurou seguir sozinho. Ao avistar um grupo de jornalistas e fotógrafos, foi se posicionando. À sua frente, acima das cabeças, nos degraus da porta de casa, Kubitschek se erguia agradecendo a presença de todos.

— Caros e caras, em tempos como estes, é importante saber o momento certo de falar.

Ele começou e, de súbito, todos silenciaram. O cego avistou seus símbolos e cores muito mais seguros do que quando havia deixado a sala. Era um mestre na arte dos discursos, e aquilo estava ali, impresso na miríade de informações.

— Hoje se faz necessário dizer que tenho plena confiança no ministro Lott, pois sei que ele cumprirá seu dever exercendo o cargo que comanda.

— Assim como o senhor presidente cumprirá o seu!

Isaías gritou em voz alta, interrompendo Juscelino. Com isso, fez com que todos o olhassem sem compreenderem o que estava acontecendo. JK havia parado de falar com os jornalistas em voz alta e sussurrava para um homem que estava ao seu lado, como se estivesse contrariado por ser interrompido.

— Eu vi, Kubitschek! Vi o senhor assumindo o cargo mais alto deste país. Sou um vidente e lhe digo: não há o que temer!

Em uma comoção coletiva, Isaías sentiu o cheiro de lâmpada queimada e percebeu que estavam tirando fotos dele. Um jornalista perguntou-lhe que tipo de vidente era.

— Ora, vejo o futuro. E o que previ sobre JK é tão claro quanto a água — jurou. — Juscelino se tornará presidente, embora Carlos Luz e sua comitiva tentem lhe dar um golpe! Sei que duvidam dos meus poderes, mas posso prever qualquer coisa.

Em seguida, olhou para os degraus e não viu mais Juscelino. Ele havia voltado para dentro de casa e, provavelmente, não sairia mais dali naquela noite. Alguns jornalistas perceberam; outros estavam imersos demais naquela figura estranha e louca que acabara de interromper a coletiva.

— Em qual jornal eu trabalho? — Uma voz feminina soou. Isaías virou-se e percebeu de imediato que era Penélope.

— Ora, esta é fácil, senhorita, é jornalista do *Tribuna da Imprensa*. Preciso de algo mais difícil, um detalhe particular, alguma coisa que não contaria. Ah, sim, aí está. Que coisa engraçada, é tanta a sua idolatria por Lacerda que deu o mesmo nome ao cachorro. Mas parece que ainda na primeira semana de trabalho se arrependeu. Há outro segredo particular que queira me contar?

Com isto, todos começaram a rir. Penélope corou e, ao mesmo tempo, arregalou os olhos. Isaías procurou informações naquele monte de símbolos e cores. Mais alguém agia com Carlos Luz, alguém com quem Penélope andava trocando informações. Aquilo era inusitado, mas não o interessava naquele momento. Para não se distrair diante da moça, apenas concluiu:

— Sei que sustenta a casa sozinha, mas não se preocupe com seu pai. Apesar da doença no pulmão, ele ainda viverá muito.

Diante da moça pasma, voltou-se para um homem:

— Você trabalha no jornal *O Globo*, tem uma mulher e dois filhos, meninos. Apesar de que... — Isaías forçou-se. — Um deles afirma que quer ser bombeiro, mas você tem pavor. Não se preocupe, é mais provável que siga a medicina, anote nesta sua caderneta o que eu digo.

— Qual é teu nome? — O repórter titubeou.

— Sou Isaías Monteiro, vidente, cego, ao seu dispor.

— Sr. Monteiro, o general Lott irá sair do ministério? — ressoou outra voz grave.

Isaías gelou. O que deveria responder?

— Não sairá — respondeu, tentando não transmitir dúvidas.

— É tudo o que pode dizer? — perguntou outra mulher, tentando descredibilizá-lo.

— Lott tem a intenção, mas não sairá. É o que posso dizer. E Juscelino conseguirá passar por essa maré de azar, assumindo a presidência em janeiro ao lado do vice. A população deve confiar em seu voto, pois ele os representará!

No meio de seu discurso, notou que alguns jornalistas foram perdendo a curiosidade e, percebendo que jk não estava mais presente, começaram a ir embora. Penélope apenas se afastou, distante o suficiente para observar sem se tornar um alvo de novas adivinhações.

— Vidente, jk irá mesmo construir Brasília?

— Com certeza.

— E isso é bom ou ruim?

— Caro, sou vidente, não político — riu com bom humor.

Aos poucos, as perguntas sobre política foram diminuindo e sobraram apenas os questionamentos pessoais. No final, Isaías estava exausto. Havia exigido muito de si, estavam testando seus dons e tinha o dever de acertar o que era imediato, pois as publicações no dia seguinte dependiam disso. Quando sobrou apenas um repórter, o vidente o dispensou quase implorando para que o deixasse em paz. Tão logo conseguiu ficar sozinho, já era noite. Avistou Platão caminhando em sua direção, então lhe perguntou as horas, porque embora ainda fosse cedo, sentia-se como se já fosse madrugada.

— Pelo que ouvi lá dentro, gostaram de sua performance — advertiu o motorista, sempre tentando ajudar.

— Obrigado, meu amigo.

— Parece cansado — Platão lhe entregou o braço, que Isaías logo alcançou. — É melhor voltar para o hotel, o chefe com certeza exigirá seus serviços logo de manhã.

Ele tinha razão. Embora Isaías quisesse voltar a ver Cecília, não conseguiria lidar com ela naquele estado. Precisava, ao menos, de um banho. Concordou em voltar, fazendo Platão reagir com alívio e alegria. Então, voltou a olhar para o céu do Rio de Janeiro. Parecia um pouco mais calmo, porém, ao invés de sossegá-lo, aquilo o atormentou. Depois da calmaria, sempre vinha a tormenta.

— Espero que Juscelino não precise de mim assim tão cedo, tenho um compromisso — comentou Isaías, distraído.

— É bem capaz de JK te chamar para ir ao porto de novo. Hoje, antes de chegar, conversava com Sarah a respeito dos navios.

— O que têm os navios? — Isaías foi tomado de surpresa, como se tivesse acabado de ser iscado e trazido para a superfície. Ficou, então, analisando os símbolos e cores de Platão.

— Parece que Cruzadores e navios da Marinha estão se preparando com carregamentos — o motorista deu de ombros, não sabia muito mais do que aquilo. — Seja o que for, chamou a atenção de Juscelino.

— Cruzadores… — sibilou Isaías. — Há mais de um Cruzador, então?

— Não tenho a menor ideia. O vidente aqui é o senhor — Platão fez uma curva que revirou o estômago de Isaías.

— Platão, preciso que me leve a um lugar.

O motorista o encarou com surpresa.

— Mas, senhor, há pouco desejava ir para o hotel.

— É urgente — O cego rastejou as palavras.

Noite de 09 de novembro de 1955

Chovia muito quando Brasiliana entrou tremendo no Cruzador Barroso, apesar do guarda-chuva que usou no trajeto do carro até o navio. Ao seu lado, Golbery olhava o próprio estado e repuxava os cabelos brancos para trás, tentando dar um ar mais jovial aos seus quarenta e quatro anos. Por mais que tentasse, no entanto, vestia-se como todos os homens de sua classe: um bom terno, boa gravata e um chapéu. Propositalmente, para não chamar muito a atenção, Brasiliana estava com um vestido preto, luvas e salto alto.

Eram comuns as festas nos navios. Os próprios oficiais as ofereciam de modo a parecerem sempre muito glamorosas, com boa música e muita comida. Brasiliana estava em alerta, não queria ser notada. No entanto, assim que entraram uma jovem os reconheceu, vindo cumprimentá-los com o irmão mais velho. Tinha a empolgação conhecida de todas as garotas que iam ao baile pela primeira vez e não parava de falar. Acabara de debutar e, por isso, já havia sido apresentada "formalmente" à sociedade. Antes disso, não podia frequentar locais como aquele, o que, segundo ela, era um infortúnio, já que fazia aniversário apenas no segundo semestre do ano.

Entediada, Brasiliana arrumou a conversa de modo que desse a entender a necessidade da moça ir logo dançar, pois era por essa hora que os "jovens mais afortunados chegavam". Feliz pela informação, a menina impetuosa puxou o irmão, que mais parecia um boneco em suas mãos.

— Obrigada por ter vindo comigo, primo — disse Brasiliana, e passou o braço, como uma serpente, ao longo do cotovelo de Golbery. — Imagine se a jovem Mafalda me vê aqui e resolve contar para todo mundo que cheguei sem companhia? — completou, tentando justificar a presença dele.

Golbery reclamara ao saber que sairia de casa mesmo com aquela chuva, pois dissera que as mulheres deveriam poder ir sozinhas para onde bem entendessem. A verdade é que não acreditava de fato nisto. Os homens, tolos, só percebiam suas regras estúpidas quando elas os incomodavam. Tão logo paravam de afetá-los, voltavam a defendê-las com unhas e dentes.

— Temos reserva na mesa sessenta e quatro — falou a um garçom.

O rapaz arregalou os olhos, antes de pedir para lhe acompanharem. Conforme iam avançando pelas mesas e cadeiras, o baile seguia em seu auge. Jovens dançavam entusiasmados ao som das músicas da big band. O ritmo variava do jazz a músicas brasileiras, como as de Ary Barroso e Dolores Duran. Sentaram-se. De vez em quando, uma ou outra moça aproximava-se de Golbery. Notavam pelas medalhas que era um oficial e saíam rindo quando conseguiam chamar a atenção de seu olhar. Pelas posses, os oficiais sempre chamavam a atenção. Brasiliana olhou no relógio e marcou cinco minutos. Então, tornou a chamar o mesmo garçom.

— Por favor, pode me indicar onde é o toalete?

O homem acenou com a cabeça, olhando para os lados (não era um bom ator), e pediu que o seguisse. A mulher levantou-se e caminhou por entre as mesas; depois, pelos corredores. Viraram tantas vezes que não saberia dizer se era capaz de refazer o caminho e encontrar sozinha a própria mesa. Por fim, desceram as escadas, então ele abriu uma porta. Brasiliana entrou agradecendo. No fundo, de costas, perto da cama, reconheceu um corpo esguio. Os braços estavam desnudos, assim como as costas, que traziam um decote enorme. O vestido vermelho brilhava.

— Achei que havia dito para vir com um traje discreto.

— Ser discreta não combina muito com o tom da minha pele — disse Penélope. Depois, virou-se sorrindo.

— Isso porque ninguém a conhece — Brasiliana a encarou com curiosidade e sentou-se num sofá.

— Tem suas vantagens — Penélope imitou seus movimentos.

Não teria mais que vinte e três anos, Brasiliana pensou consigo. Era quase uma criança perto dela, que já passara dos trinta.

— Você entrou em contato comigo. O que queria me contar sobre Lacerda?

Puxou um cigarro e o ofereceu à jornalista, que aceitou. Penélope jogou duas almofadas para debaixo do braço e pegou o cinzeiro, colocando-o entre as duas.

— Ouvi Lacerda e Luz falarem sobre Jânio Quadros e, o que mais lhe interessa, sobre Golbery.

— O que diziam? — perguntou Brasiliana, mexendo-se.

— Lacerda estava feliz com o fato de que tudo estava pronto em São Paulo e disse que Jânio era um homem respeitável. Já sobre Golbery, sugeriu que se livrassem dele tão logo obtivessem vitória. Afirmou que seu preço era alto demais.

— Alguma ideia do que Luz respondeu? — Brasiliana cerrou os olhos.

— Acho que ele considerou essa possibilidade, mas ficou de pensar sobre isso depois. De qualquer forma, concordaram que não seguiriam mais nenhum dos seus planos, que contariam o mínimo possível a vocês. Luz garante que já tem os contatos diretos suficientes — Penélope a observou e viu que a outra ria.

— Luz não garante sequer o almoço, quanto mais a janta — Brasiliana olhou para o teto, no qual havia um pequeno sinal de infiltração. — É bom saber que não pretendem contar mais conosco e que desejam nos tirar da jogada. Mas o mais provável é que nós os tiremos da jogada antes.

— E hoje um amigo me avisou que o *Correio da Manhã* está preparando uma matéria especial para o dia 11: acharam dois dispositivos que podem ajudar Lott a tirar o coronel Mamede da jogada. Estão apenas averiguando com advogados para publicá-la. É bom que avise Carlos Luz, sequer contei para Lacerda ainda.

— Do que exatamente esses dispositivos falam?

Penélope resumiu o que soube, deixando Brasiliana em choque. Aquilo poderia arruinar tudo e era um indicativo claro de que deveria tentar acelerar o processo da saída dos documentos que Luz lhe pedira por parte da Escola de Guerra e Forças Armadas.

— Agora, não consigo parar de pensar que também tem algumas informações para mim — disse Penélope, sorrindo.

Uma troca, é claro. Brasiliana não hesitava em dar informações a Penélope, pois estava muito claro que ela não as transmitia a Lacerda. No entanto, para quê as utilizava?

— Talvez lhe interesse saber nossos planos para outros estados — Brasiliana contou em detalhes como pretendiam agir também com Jânio Quadros em São Paulo. Em seguida, disse o porquê de Penna Botto ter organizado a festa em que estavam no Barroso. — O intuito dessa noite é mostrar o que temos em mãos para a alta sociedade e, ao mesmo tempo, não levantar suspeitas de que estão se articulando.

— Não parece uma boa ideia — reagiu Penélope.

— Mas deu certo, soube que isso deixou Lott confuso. O ministro usará a noite de hoje como argumento para se convencer de que a Marinha não está atuando por conta própria e de que os defensores da legalidade ainda são a maioria.

Conversaram mais um tempo, então a prima de Golbery pediu que não contasse qualquer coisa a Lacerda ou a outra pessoa. Penélope concordou acrescentando sobre um episódio estranho que havia presenciado com um vidente cego.

— Parece que está ajudando Juscelino Kubitschek.

A outra a encarou aguardando o momento em que a jornalista começaria a rir, mas ela não o fez.

— Tenho bons motivos para acreditar que ele é realmente quem diz ser. Caso esteja interessada, o nome dele é Isaías Monteiro.

Brasiliana achou estranha aquela colocação, mesmo assim balançou a cabeça em agradecimento e, aproveitando o momento excêntrico, decidiu fazer um pedido inusitado, antes de ir embora:

— Penélope, você é jornalista… Seria capaz de escrever cartas de amor?

★ ★ ★

— Receio que vá encontrar dificuldades.

Platão estacionou o carro e, de imediato, Isaías soube que havia uma festa no navio naquela noite e que era certo de que seria quase impossível entrar sem convite.

— Não se preocupe, vou dar um jeito.

Platão assentiu e disse que esperaria até o cego retornar pela mesma plataforma que agora subia até a entrada do navio. Não fosse a cara de cansado e o cabelo despenteado, poderia muito bem dar a impressão de que havia esperado por aquela festa a tarde toda. Ao alcançar o homem que recolhia os convites, aguardou, pensando em como tentar usar seus truques para entrar. No entanto, reconheceu uma das moças que havia dado uma ajuda a ele e à Cecília pela manhã.

— Ei! — disse Isaías, e Joana, reconhecendo-o, aproximou-se.

— Veio encontrar Cecília? Ela não está nesse turno.

— Não, mas preciso entrar para resolver um assunto de extrema importância.

— Sei... — falou Joana, em tom de dúvida. Em seguida, ouviu chamarem seu nome para resolver alguma tarefa. — Acompanhe-me, pois farei com que entre.

Mentindo que Isaías era um amigo do chefe, Joana conseguiu colocá-la no navio, guiando o cego por corredores estranhos. Isaías sabia que ela não fazia aquele favor por caridade.

— Se for mesmo vidente, sabe que quero cobrar uma resposta — explicou Joana. — Por que pediu à Cecília para não embarcar no Cruzador Barroso dia 11?

— Preciso da ajuda dela em outro lugar. Você estará no Tamandaré? — disse Isaías, mentindo enquanto começava a olhar para os lados. Ao menos havia conseguido entrar. Será que o comandante estaria no salão onde acontecia a festa?

— Sim, estarei junto com ela — enfatizou Joana. — Cecília disse que você havia previsto algo, mas não contou do que se tratava. Nunca vi minha amiga agindo assim sem coerência alguma — Joana falava tão perto que Isaías se via obrigado a recuar um pouco o rosto. Sentia até mesmo a respiração quente da mulher, de forma que parecia estar prestes a lhe atacar.

Aproveitando as voltas na conversa e no navio, ele analisou a nuvem de futuro dela também. Apesar de enxergar que Joana estaria na equipe do Tamandaré, não havia nela qualquer risco de morte. A menos que uma força maior estivesse marcada para impedi-la de embarcar no dia 11, de acordo com a nuvem dela o Cruzador Tamandaré não sofreria qualquer dano. Isaías piscou algumas vezes. Não seria capaz de, em tão pouco tempo, analisar qual era a situação exata usando apenas uma nuvem, precisava encontrar outras pessoas que embarcariam naquele mesmo navio da Marinha.

— Não há o que explicar. Escute, preciso ir até a festa. É por Cecília, está bem?

Isaías tentou passar, mas viu nos números de Joana que ela não estava disposta a deixá-lo ir.

— Acontece que eu sequer tenho certeza sobre aquilo que falei a Cecília. Se me deixar ir, poderei confirmar as informações e, então, te contarei. Pode ser desta maneira?

Aquilo a convenceu, de certo modo. O vidente estava prestes a sair dali, quando Joana voltou a lhe falar:

— Só um aviso: se gosta mesmo da minha amiga, saiba que Cecília não é como as outras, mas sim o tipo de mulher que não larga o emprego, que pede para estar até mesmo em navios de guerra, no centro dos problemas. Ela faz questão de ser atuante, de saber o que está acontecendo. Pode lidar com isso?

Isaías concordou com o coração apertado, o que poderia dizer sobre a liberdade de Cecília de poder decidir e caminhar para um determinado destino, ainda que não soubesse o quão terrível ele era? Tão logo contornou Joana, começou a bater sua bengala no chão, fazendo sons constantes e altos. Estava em paz para que pudesse ouvir o som da música. Não conhecia aqueles corredores para onde a amiga de Cecília o havia levado, mas o barulho da festa estava alto o suficiente para que pudesse segui-lo. Apesar de ter errado ao virar alguns corredores, conseguiu achar o caminho e desaguar no salão.

A barriga resmungou ao sentir o cheiro dos canapés que passaram na sua frente. Ele se esticou para pedir alguns ao garçom. Depois de colocar um na boca e mastigá-lo de forma generosa, por pior que fosse seu sabor, analisou o que se passava ao redor, procurando o comandante do navio. Percebeu algumas pessoas que também tentavam encontrar o mesmo homem e começou a monitorá-las, até que uma delas se movimentou, então Isaías fez o mesmo. O local estava cheio de mesas e cadeiras, de forma que

O último tiro da Guanabara 155

era difícil evitar esbarrões. Sentiu na ponta de sua bengala algum móvel e estava desviando dele quando uma mulher tropeçou e bateu com força em seu braço.

— Desculpe! — pediu Isaías, virando-se para socorrê-la.

A mulher recuperou o equilíbrio, apesar do salto enorme que usava. Em seguida, seus símbolos e cores revelaram que ela o reconhecia de algum lugar. Um cego em meio a uma festa daquelas era algo incomum.

— Não há problema — respondeu Brasiliana. Seria o mesmo homem sobre o qual, horas antes, havia escutado Penélope falar?

— Com licença — pediu Isaías, tentando não perder o rastro daquele que seguia. No entanto, as informações que lera saindo da pele dela o deixaram curioso para saber quem era.

— Precisa de algum tipo de ajuda? — questionou ela, e Isaías olhou para a nuvem de futuro da mulher, então reconheceu alguns dos mesmos elementos da nuvem de Carlos Luz e Cecília.

— Não, obrigado — falou ele, e tratou de sair rapidamente. O fato, no entanto, de ter visto na nuvem de futuro dela a possibilidade de o navio naufragar o deixou ainda mais nervoso. Voltou a procurar pelo comandante. Andou a esmo, com os próprios demônios, durante meia hora, quando viu uma das pessoas que o servira de radar avistar o homem. Caminhou até ele e olhou para sua nuvem. Nada. O Cruzador Barroso não sofreria nenhum ataque. No entanto, um navio ainda seria atacado, como mostrou a nuvem de Carlos Luz e a daquela moça com quem acabara de esbarrar, além, é claro, da de Cecília.

Nesse sentido, se descobrisse onde embarcaria um, saberia onde estariam os outros. E sabia onde Cecília estaria no dia 11. Mas por que o local havia mudado? Aquele evento era para ser inicialmente feito no Cruzador Barroso, não no Tamandaré. Tentando recuperar a calma e a sobriedade, o cego aproximou-se ainda mais do homem. Precisava saber todos os detalhes para que não agisse da maneira errada.

— Boa noite, comandante — Esticou a mão e viu que o homem olhou para ele, em dúvida, prestes a evitá-lo. — Não se lembra de mim, eu sei. Não o culpo. Também não me lembro de seu nome. Sou Isaías Monteiro, amigo de Carlos Lacerda.

— Ah, sim — disse o comandante. Então, apertou-lhe a mão também. — Raul Reis Gonçalves de Sousa. Desculpe, é do *Tribuna*?

— Na verdade, um amigo de infância — arriscou Isaías, e o comandante continuou com um sorriso no rosto. — Uma bela festa! Por que escolheram o Barroso para oferecê-la à sociedade?

— Fico feliz que tenha gostado, sr. Monteiro. Bem, o Barroso é a capitânia da esquadra. Se há algum navio que precisamos mostrar, é exatamente este — explicou orgulhoso.

Isaías tentou retribuir o sorriso, apesar da enorme onda de tristeza que lhe invadia. A fala do comandante Souza explicava muito. Em um momento de tensão, como haveria de ser o dia 11, Carlos Luz e sua comitiva certamente embarcariam no navio que, então, fosse o mais importante da Marinha. Por isso, havia previsto que tudo aconteceria no Barroso. No entanto, não sabia por que aquilo havia mudado, nem como o encadeamento dos fatos resultaria no Tamandaré.

— Uma pena que Lacerda não tenha vindo — emendou o comandante, ao ver que o cego nada falava.

— Sim, mas são muitas as tarefas com o jornal — explicou Isaías, arriscando-se e recompondo-se. — Assim como imagino que devem ser muitas as tarefas por aqui. O navio deve lhe exigir muito. Há alguma possibilidade de conhecer seu interior?

Antes de tudo, o homem estranhou aquele pedido. Isaías era cego, queria conhecer o quê? Depois, apenas disse que não poderiam, pois todos iriam desejar fazer o mesmo. No entanto, o vidente percebeu que havia algo a mais que o comandante Sousa

O último tiro da Guanabara 157

não desejava contar. Tentou alcançar o que era, mas precisou de mais estímulo:

— Comandante, imagine, no entanto, que matéria bonita não daria no *Tribuna da Imprensa*? — perguntou e insistiu que se a Marinha quisesse aparecer para toda a sociedade, dar uma festa era apenas o primeiro passo; e sair nos jornais, com certeza, o segundo.

Apesar disso, o homem não se mostrou feliz com a possibilidade, só então Isaías pôde ver o medo dele. Sousa imaginou que uma visita do *Tribuna da Imprensa* faria com que descobrissem os problemas na praça de máquinas do navio. Algo que, até então, para ele, era um problema mínimo, que logo seria resolvido. A verdade é que estava enganado.

— Quem sabe na próxima semana? Como deve saber, a situação está um pouco tensa aqui no Rio de Janeiro e podem nos solicitar a qualquer momento.

— Claro — respondeu Isaías, sorrindo, mas ainda não satisfeito. — O Tamandaré também poderá ser solicitado?

— Sim, sim — respondeu o comandante Souza, já incomodado com toda aquela conversa, então encarou Isaías pela primeira vez duvidando de quem era aquele cego. — Meu caro, sinto que devo ir agora. Como o senhor disse, há muito a ser feito.

Souza voltou a lhe estender a mão e Isaías a apertou com firmeza. Havia resolvido de vez aquele quebra-cabeça. Um problema na praça de máquinas faria o Cruzador Barroso se atrasar no dia 11 e não estar pronto quando Carlos Luz buscasse a ajuda do comandante Penna Botto, da esquadra da Marinha. Então, embarcariam em outro navio, tão grande quanto, de mesmo poder bélico e onde Cecília estaria. No entanto, em nenhum momento a nuvem de Cecília havia mudado, era como se, desde o começo, estivesse destinada a embarcar no navio que naufragaria, fosse ele o Barroso ou o Tamandaré.

Isaías não conseguia parar de pensar que havia contribuído para a previsão se realizar ao contar tudo a JK e Jango. Dizer que deveriam abater o navio, se Carlos Luz realmente conseguisse fugir nele e não resolvessem o problema até lá, foi de certo um grande erro. Não sabia por onde começar ou como consertar os próprios erros. No meio de tudo isto, estava sua amiga e, como se não bastasse, o futuro de um país inteiro.

Manhã do dia 10 de novembro de 1955

Estava na avenida Presidente Vargas, em frente à Central do Brasil, acabando de entregar alguns dos poucos jornais que deram voz a Isaías. Era uma manhã estranha. Embora nunca houvesse demonstrado interesse, de repente Genoveva apareceu para ajudar. Por outro lado, Joana contou como ela e Firmina conseguiram surrupiar, de um caminhão de entregas, alguns dos jornais que agora distribuíam, cujo motorista elas diziam ser um conhecido. Cecília imaginava que estavam mentindo, mas resolveu ignorar. De longe, avistou Isaías e, no mesmo momento, soube que ele não havia dormido bem. Ela também não conseguira descansar tanto na noite passada, mas, ao menos, tinha achado algo nos jornais antigos que guardava.

Cumprimentando o cego, perguntou como ele estava e lhe estendeu o jornal, acrescentando que havia achado detalhes importantes sobre Lott.

— Cecília, antes de tudo, precisamos conversar — falou ele, segurando as folhas sem dar qualquer importância às manchetes. — Importa-se de irmos para um lugar menos movimentado?

Cecília concordou. Caminharam em direção ao Parque Campo de Santana, ali perto. A cada passo, se sentia mais tensa. O humor do vidente estava péssimo, e ela temia que, por algum motivo, não fossem mais capazes de evitar o golpe contra jk. Sentaram em um banco de ferro. Cecília aguardou, prestes a lhe pedir que parasse de olhar para o topo de sua cabeça.

— Não vá trabalhar no Tamandaré amanhã.

Isaías parecia estar em choque. Além do mais, ao notar a nuvem de Cecília ainda mais escura do que antes, quase deu meia volta e foi embora. Passara a noite pensando se deveria contar o que sabia e nas consequências que isso implicaria.

— Por quê? — Cecília observava seus olhos de preocupação.

— Qual é o problema com o Tamandaré?

— Cometi um erro, não é o Barroso que pode afundar no dia 11. É o Tamandaré, este navio em que você estará.

Isaías viu a dúvida surgir da pele dela. Seguiu seus símbolos e cores até a nuvem, esperançoso de que algo se alterasse. Parecia, no entanto, a mesma de antes, do início da manhã.

— Está certo disso?

— Estou certo, sim — Isaías tinha a voz rouca, parecia que alguém lhe apertava a garganta —, o navio bombardeado será aquele no qual Carlos Luz e seus aliados mais próximos irão entrar. Mas amanhã o Barroso não estará pronto a tempo para o embarque no momento em que tudo deverá começar.

— Que tipo de coisa o faz pensar isso? — perguntou Cecília, agoniada, pensando que não conseguiriam impedir o golpe e teriam de recorrer às últimas consequências.

— Muitos detalhes — respondeu Isaías, sombrio.

Agora que sabia, o cego via, de forma mais clara, que Cecília também embarcaria no Tamandaré, que os tiros acertariam o navio e ela não conseguiria escapar. Em choque desde a hora em que descobrira, tentou persistir:

— Você promete que não embarcará?

O último tiro da Guanabara 161

— Vou pedir para voltar ao Barroso — respondeu Cecília, e Isaías olhou a nuvem dela, que continha ainda as mesmas informações de antes.

— Não pode — respondeu ele, angustiado.

A nuvem continuava a mesma, então talvez tudo mudasse de novo e Carlos Luz realmente embarcasse no Barroso; ou talvez alguém fosse fazer algo contra Cecília no Barroso, ainda que a embarcação, no geral, não sofresse nada; ou, quem sabe, o Barroso fosse bombardeado também, mesmo que Luz entrasse no Tamandaré. Isaías não tinha como saber.

— Mas você disse que o Barroso não afundará, e sim o Tamandaré.

— Há riscos para o Barroso também. As coisas não estão claras para mim... — Isaías olhava para cima, estava suando. Não entendia por que nada mudava. — O Barroso ainda sairá do porto, embora mais atrasado do que o Tamandaré. Levará outras pessoas ligadas a Carlos Luz.

— Certo, então o que farei amanhã? — perguntou ela. Em seguida, pegou uma pequena flor ao lado do banco e começou a despetalar com raiva. Tentava ignorar que Isaías escondia algo.

— Quero que não faça nada amanhã, diga ao seu chefe que está doente. Quero que fique em casa e não saia de lá! — pediu o vidente, suando frio. Parecia que seu corpo estava cada vez menor e apertava os órgãos internos.

— Ficar em casa no momento em que algo assim acontece? — Cecília jogou a flor ao mato.

— Por ora, não fazer nada é a melhor opção. Ao menos prometa que não vai embarcar em nenhum navio — Isaías emendava as palavras, torcendo para dizer algo que refletisse de forma positiva na nuvem de Cecília.

— Vai ser um dia tão perigoso assim?

— Sim. Os navios ainda mais, é provável que todos serão alvos dos canhões da Baía de Guanabara. Entende, Cecília? Todos esses nos quais você vem trabalhando nos últimos dias estão ameaçados por estarem a serviço da Marinha. Tenho motivos para pedir que você não embarque.

— Está bem, não vou embarcar — respondeu, Cecília, por fim. Os símbolos saindo de sua pele mostravam sinceridade, mas a nuvem acima de sua cabeça continuava escurecendo cada vez mais. Isaías não entendia.

— Por que está mentindo? — perguntou de forma agressiva.

— Não estou mentindo — respondeu Cecília, brava.

— Está, sim, você vai embarcar.

— Está me assustando, por que não para de me olhar?

— Estou vendo que vai embarcar. Apesar de dizer que não agora, sei que você vai acabar entrando naquele maldito navio!

— Prometo que não vou, não importa o que aconteça. Vou alegar que estou doente amanhã. Posso te acompanhar no que for necessário, mas pare de me olhar assim.

Ela se levantou do banco, mas o vidente estava tão perturbado que não notou. Se Cecília não aceitaria ficar em casa, então estaria perto dela no dia seguinte, a todo momento. Dessa forma, poderia impedir qualquer coisa. Seria capaz de raptá-la e prendê-la por todo o dia seguinte, se isso fosse necessário. Caso nem isso pudesse mudar a nuvem dela, não saberia mais o que fazer.

— Fique comigo amanhã, vamos para outro lugar? — pediu ele.

— Você está agindo como um louco.

Isaías não sabia a resposta para a pergunta principal: por que Cecília caminhava para a morte? Sabia o dia, o local e o que aconteceria. Mas não entendia o que a levava para tudo isso. A princípio, pensou que fosse o medo de água. Mas, depois, observou que isso era apenas o ponto inicial, uma indicação do lugar onde

O último tiro da Guanabara 163

tudo aconteceria. O vidente foi ficando sem forças. Mesmo com a promessa de Cecília de que faria o que ele pedisse, de algum modo ela ainda embarcaria no Tamandaré. Ele via. A nuvem era regida por uma vontade própria e era sempre muito difícil lutar contra o livre arbítrio.

Talvez ela escolhesse embarcar porque não sabia os riscos reais que corria. Assim, na primeira oportunidade, quebraria todas as promessas e iria até o Tamandaré. Talvez Cecília não se arriscasse tanto se soubesse que poderia morrer e, neste caso, sua nuvem poderia mudar. Apesar disso, Isaías não sabia quais seriam as implicações de contar uma informação como essa. Pensou em levá-la para longe dali: outro estado, quem sabe. Olhou para a nuvem; nem mesmo o que ele se propunha a fazer mudava algo naquele futuro.

— O que está acontecendo? — Isaías colocou as mãos na cabeça, falando consigo mesmo de maneira raivosa.

— Pergunto o mesmo.

— Nada que eu faça ou fale vai te impedir de embarcar naquele navio — disse o vidente, olhando-a com assombro.

— Talvez eu tenha que estar lá, Isaías. Coisas do destino — Cecília relutava contra a agonia dele.

Ele sentiu as lágrimas brotarem em seus olhos. A nuvem continuava negra, prestes a desabar. No entanto, apesar dos riscos, ainda tinha sua última opção, então pensou que Cecília deveria saber que morreria, porque talvez conhecendo a verdade poderia se salvar. Respirou fundo, destruído por dentro, buscou forças, porém, a voz saiu rouca.

— Não posso deixar que vá, você está destinada a morrer lá, amanhã.

Isaías tocou em Cecília, pois queria acomodá-la em seus braços e mentir que iria ficar tudo bem. Pensou em voltar atrás, dizer que não era verdade, mas, ao mesmo tempo, não parava de olhar para a nuvem dela. Cecília deu um passo para trás. Havia perdido de súbito a cor, e as mãos começaram a mostrar um leve tremor.

— Do que está falando? — Ela despejou as palavras, a princípio sem entender o que escutara.

— Há um tempo estou tentando impedir isso, sinto muito — disse ele, ainda fixo na nuvem dela, que continuava a mesma. Mas Cecília ainda estava absorvendo a informação drástica que acabara de receber.

— O que quer dizer? Desde quando sabe? — perguntou Cecília, empurrando-o com a ponta dos dedos. — Desde quando sabe?

— Desde que te encontrei no navio, mas não sabia que seria no Tamandaré — Isaías sentia que lhe faltava ar. — Achava que seria no Barroso.

— Sabe, desde que me viu, que vou morrer?

Cecília começou a chorar, enquanto Isaías balbuciava que sim, com os olhos encharcados também.

— E desde então estou tentando evitar, sinto muito.

Cecília ficou parada, em choque. Isaías olhava a nuvem: era a mesma de antes.

— Por que me contou? — perguntou ela, quase num sussurro.

— Estou tentando impedir…

— Por que me contou? — gritou. — Como acha que vou ficar? Como acha que me sinto ao saber que vou morrer amanhã?

— Cecília, eu não vi outra saída, precisava contar. Preciso impedir que embarque, mas qualquer outro motivo seria grande demais e faria com que você entrasse no navio. Tinha que te dar um motivo maior para que não fosse.

Ele olhou para a nuvem dela, desesperado, procurando algo. Percebeu que ela estava ficando mais clara e teve esperanças.

O último tiro da Guanabara **165**

— Você não tem o direito de enxergar isso e vir aqui me contar. O que eu devo fazer? — gritou Cecília, empurrando-o cada vez mais forte. Seu rosto já estava todo molhado de lágrimas.

— Cecília — sussurrou Isaías —, não queria que chegássemos nisso. Este tempo todo eu tentei ajudá-la, aceitei a proposta de JK só para me aproximar de você. Por favor, deixe-me continuar tentando te ajudar. Prometo que vamos impedir — tentou ele, estendendo a mão a ela.

— Não! — gritou Cecília. — Você não tem o direito de ver quando irei morrer! Você nunca deveria ter essa capacidade! Nem o direito de impedir nada.

Isaías olhou para a nuvem dela, só então percebeu que não estava ficando mais clara. Na verdade, estava desaparecendo.

— Cecília, por favor, não diga isso. Eu preciso ver, preciso te ajudar! — falou ele, desesperado, tentando segurar a nuvem com as palavras.

— Eu não quero sua ajuda, não quero que veja mais nada. Você é um monstro!

— Você sabe que a culpa não é minha, só estou tentando te salvar…

Isaías olhou para cima. Não havia mais nada, a nuvem dela havia desaparecido por completo.

— Cecília, por favor, você não pode se afastar de mim.

O vidente olhou para o corpo dela e notou que havia apenas uma fina camada de cor ao redor de sua pele. Desesperou-se, pois todas as informações tinham sumido.

— Se afaste, me deixe em paz — Cecília virou-se.

— Não, Cecília, não posso deixá-la!

Ele tentou segurar suas mãos, mas ela puxou com força os dedos e começou a correr. Cecília chorava e se afastava com uma rapidez que o surpreendeu. Assim que chegou perto da Central do Brasil, Cecília encontrou as amigas, que a ampararam. Isaías, sem poder correr atrás dela, tentava recuperar a calma. Não adiantaria ir atrás de Cecília agora, tinha que esperar para que ela se acalmasse também. Torcia para que aquilo não acelerasse os eventos. De qualquer forma, apesar de tudo que ele fez, a nuvem dela sumiu sem sofrer qualquer alteração. Ou seja, Cecília ainda embarcaria no navio no dia seguinte. O mais aterrorizante, no entanto, era pensar em como conseguiria ajudá-la agora, se estava cego em todos os sentidos.

ALMOÇO DO DIA 10 DE NOVEMBRO DE 1955

— Quem a deixou entrar?

— Sempre tão receptivo — falou Brasiliana, encostando a porta do escritório de Carlos Luz.

— Não pode invadir minha casa dessa forma — completou ele, levantando-se com raiva.

— Quer que eu volte até a porta de entrada, bata e espere que venha me receber?

— Espero, ao menos, que a notícia seja boa — Luz revirou os olhos.

— Carrego comigo as respostas a Lott — Brasiliana colocou em cima da mesa a bolsa que segurava e dela retirou um envelope.

— Achei que chegaria mais tarde — Luz aproximou-se para pegar a carta, mas Brasiliana se esquivou. — O acordo, inclusive, é que Golbery a traria até mim.

— De fato, mas a carta chegou antes do previsto, de modo que Golbery está ocupado — disse Brasiliana, então entregou a carta.

Rompendo o lacre, o presidente começou a avaliar o conteúdo. Brasiliana aproximou-se, curiosa também. Carlos Luz a olhou, suspirando, e começou a resumir o que lia em voz alta.

— Segundo os comandos do Estado-Maior das Forças Armadas e da Escola Superior de Guerra, o discurso do coronel não

168 Bruna Meneguetti

teria sido um ato de indisciplina. O parecer fala sobre as competências da minha autoridade como presidente em relação aos assistentes da Escola Superior de Guerra. O documento diz que o posicionamento de Lott — leu Luz — "passou a assumir, assim, por si só, o caráter de uma punição e representar uma diminuição para a autoridade desta chefia".

— Ou seja, o parecer não só informa que Mamede está fora da jurisdição de Lott, mas também que não há o que punir — disse Brasiliana, sorrindo. Apesar de ela mesma ter maquinado para que o documento fosse entregue ali o quanto antes, não tinha certeza de qual seria seu conteúdo ou o que as forças militares iriam se arriscar a dizer.

— Era o que desejávamos — disse o presidente, com tanta alegria que sorriu, esquecendo, por ora, seu rancor.

— Esse documento mostra que as forças armadas estão confiantes em você. Se não achassem que é capaz de realizar esse golpe, não dariam tantas respostas ao seu favor. O risco de fazer isso é grande, pois eles sabem que há vários dispositivos legais que poderiam ajudar Lott nesse problema.

Luz fechou o semblante diante da fala, Brasiliana nunca soltava uma informação à toa.

— De que dispositivos está falando?

— Uma amiga confiável me contou que o *Correio da Manhã* falará sobre duas espécies de leis que acharam. A matéria sairá nesta sexta-feira. Não lembro muito bem, mas o primeiro dispositivo parece fazer parte de um artigo do regulamento da Escola Superior de Guerra e o outro, do regulamento disciplinar do Exército. Descobriram que Mamede serve à Escola há cinco anos, quando, na verdade, o prazo deve ser de, no máximo, três. Se não é segredo para eles, muito menos deve ser às Forças Armadas e à Escola Superior de Guerra.

— Ou seja, Mamede já deveria estar fora de seu posto?

— Exatamente — Brasiliana franziu os lábios, como se quisesse demonstrar o tamanho da encrenca que era aquilo.

— E o que mais?

— O outro artigo determina que a autoridade que tiver de punir um subordinado pode enquadrar o infrator. No caso, o Mamede. Além do mais, diz que a requisição deve ser atendida em pouco tempo e que cabe ao ministro da guerra aplicar pena às pessoas sujeitas ao regulamento.

— Mas Mamede também está sujeito a esses regulamentos? — perguntou, Luz suando e, por isso, afrouxando o colarinho.

— Sim, todos os militares em atividade estão submetidos ao regulamento do Exército.

— Isso é péssimo. Será que Lott sabe?

— Não tenho ideia — Brasiliana deu de ombros. — Mas com isso saindo nos jornais amanhã, pode ganhar ainda mais repercussões. Até o fim do dia, deverá resolver este problema e garantir que Lott peça demissão.

Carlos Luz suspirou e mexeu o ombro. Pegou o telefone e começou a discar.

— Boa tarde, telefonista. Por favor, quero falar com o general Henrique Teixeira Lott, do Ministério da Guerra.

Brasiliana sorriu ansiosa.

— Ministro, boa tarde. Gostaria de convocá-lo para uma reunião urgente às dezoito horas. Por favor, desmarque qualquer compromisso — Luz olhou para Brasiliana, como se buscasse qualquer apoio. — Hoje resolveremos o caso Mamede — disse ele, e depois de um tempo de silêncio completou: — Sim, por favor, venha até o Catete na hora marcada. Não se atrase. Ok, eu agradeço — falou, com um tom de ojeriza. — Até breve.

Brasiliana se aproximou.

— Só no fim da tarde?

— Além de nossa organização, é importante que saibam da demissão apenas no fim do dia. Só então poderão se organizar em definitivo. Qualquer ato antes disto será considerado prematuro, até mesmo um golpe contra mim — Luz explicou-se.

— Já eu penso o contrário: daremos tempo para que se organizem também. No entanto, não creio que isso nos afetará de maneira tão grande a ponto de me dispor a discutir com você.

— Suas palavras são sempre muito carinhosas, Brasiliana — disse Luz, voltando a encará-la, o que era um avanço muito grande tendo em vista os últimos encontros.

— Espero que episódios como esses te lembrem quem sou. Nós estamos trabalhando em conjunto, por isso sua revolta não faz nenhum sentido, além de prejudicar a todos. Sabe que posso ser uma ótima amiga quando quero e que tenho informações de muitos lugares.

— Reconheço isso — respondeu Luz, reticente.

— Além do mais, espero que não se esqueça do nosso acordo. Podemos tirá-lo da presidência a qualquer instante, Luz. Não vale a pena ser nosso inimigo.

— Não se preocupe, cumprirei o que prometi. Ontem mesmo falei com Fiúza, que deve assumir o ministério amanhã. Ele está elaborando a reestruturação dos principais postos do Exército. Vamos afastar os militares que apoiam Lott e construir o grupo da Sorbonne, só com oficiais da Escola Superior de Guerra. Golbery estará entre eles.

— Isso não foi o que acordamos. Golbery deverá ter o Ministério da Fazenda, não um posto qualquer no Exército — Brasiliana estava irritada, o que Penélope havia lhe dito era verdade.

— Mas há de concordar comigo que não posso colocar uma pessoa sem experiência, sem antecedentes, em um ministério tão importante. Além do mais, estarei no começo de meu governo,

O último tiro da Guanabara 171

sofrendo pressões de todos os lados. Garanto que, com o tempo, acharemos um momento mais oportuno.

Brasiliana cruzou os braços.

— E quanto a mim? Quero garantias.

— Garantias só para você, imagino.

Luz mordeu com mais força os dentes, deixando seu maxilar enrijecer. Brasiliana deu de ombros. Obviamente, não se importava tanto assim com o primo. Carlos Luz entendeu o recado, abriu uma gaveta e, dela, tirou um cheque.

— Trinta mil cruzeiros para mostrar minhas boas intenções — assinou.

— Para começar está bom, mas é pouco para me manter — disse Brasiliana, então pegou o cheque entre os dedos finos e as longas unhas pintadas, conferiu o valor e guardou-o dentro de sua bolsa. — Vamos nos falando.

★ ★ ★

Isaías cogitou a possibilidade de que estivesse acontecendo de seus dons estarem sumindo aos poucos. No entanto, era mais provável que Lott tivesse algo em seu organismo que ocultasse suas informações ao vidente. Já em Cecília, o ato de falar sobre sua morte foi o único fator a desencadear o desaparecimento da nuvem e dos pensamentos. Por certo, ela realizara o feito de modo inconsciente, diante do choque e da carga emocional à qual foi submetida, como uma resposta biológica, visto que, em regra, ninguém deve saber tudo sobre a própria morte. Por todos esses motivos, temia que o sumiço da nuvem dela não fosse algo temporário, mas uma proteção que permitiria, no futuro, que o ciclo da vida se restabelecesse de forma natural.

Mais cedo, quando conversavam, encontrava-se ensandecido porque a nuvem dela não se alterava com nenhuma tentativa dele. Agora ficara, ao menos, agradecido. Caso o futuro de

Cecília tivesse mudado segundos antes de sumir, não teria tempo para analisá-lo. Se de fato não pudesse mais ver sobre a moça, então trabalharia com o que tinha, pois menos de vinte e quatro horas os separavam dos eventos fatídicos. Decidiu convencer JK e Jango a não atacarem o cruzador, e até mesmo ocultar o fato de que, na verdade, Luz estaria no Tamandaré. Quando chegou à residência de Juscelino, soube por Platão que ele e o futuro vice estavam reunidos com o presidente do PSD, na sede do partido.

Isaías havia se esquecido por completo de procurar saber sobre o que os jornais diziam. Na noite passada, tinha feito uma jogada arriscada e, talvez, errada, o que poderia alterar os ânimos de jk de forma negativa. Diante disso, o vidente amargou ainda mais o semblante. O motorista perguntou se ele estava bem, então, Isaías, num impulso, contou tudo o que o aterrorizava, deixando Platão sem palavras. Após um momento e ainda absorvendo as informações, Platão estacionou na avenida Almirante Barroso e entrou junto com o vidente na sede, a fim de orientar Isaías sobre o melhor caminho a percorrer no prédio.

— Espere aqui um minuto. Vou tentar descobrir onde JK se encontra.

O vidente assentiu com a cabeça e Platão foi sumindo de sua vista. Perto dele, estavam dois homens do partido que conversavam. Pelo fato de Isaías não poder vê-los, era como se também achassem que ele não os podia escutar.

— Quem é aquele mulato? — perguntou o primeiro homem.

— Ao que me lembro é Geraldo Ribeiro, motorista do dr. Juscelino — respondeu o segundo.

— Deveria estar lá fora — falou o homem, contrariado. — E quem é o cego que chegou com ele?

— Não faço ideia, Fernando.

— Seja quem for, o PSD não é praça pública para servir de

pausa para o almoço ou para ter um negro como guia de um inválido pelos corredores — disse Fernando, depois começou a rir.

Isaías levantou-se irritado na direção dos homens. Já estava acostumado com as ofensas contra ele, mas ficou com raiva por conta da ofensa ao Platão.

— Geraldo é um homem trabalhador. Nunca mais fale dele desta maneira.

Por um momento, o homem estranhou, não achava que o cego havia escutado. Depois, alterou-se.

— Ora, eu falo da senzala da maneira como me convir.

— Vou repetir: não aceito que fale assim do meu amigo.

— Que bonitinho ver um cego defendendo o escravo.

— Retire o que disse! — Isaías apoiava-se em sua bengala com força.

— Ora, vá cuidar da sua vida e pedir esmolas em outro lugar, seu cego.

— Um negro não é um escravo. Está ouvindo? — falou Isaías, enquanto o homem se virava. Em seguida puxou o rapaz pelo ombro — Olhe para mim, está ouvindo?

— Você vai me pagar! — Fernando virou-se com raiva, cerrando o punho e se preparando para golpeá-lo.

Alguns homens formaram uma roda em torno deles. Isaías olhou os símbolos do rapaz, notando que ele tentaria lhe golpear pela esquerda, assim pôde se desviar para a direita, de modo que o soco acertou o ar. As pessoas dentro da sede do partido começaram a gritar e soltaram um "oh" longo diante daquela esquiva. O homem voltou-se para Isaías ainda mais determinado. Isaías tornou a desviar, depois bateu com a bengala na mão dele.

— Você é patético — disse o vidente, sorrindo.

Fernando estava tão preocupado em salvar sua reputação que não pensava em desistir. Depois de sete tentativas e algumas bengaladas nos ombros, na barriga e nas panturrilhas, começou a pensar que algo de anormal ocorria ali. Em uma última tentativa, cheia de ódio, avançou como um touro. Mas com um desvio sutil do cego, ele caiu depois de se chocar contra uma parede, provocando gargalhadas nos homens que assistiam. Neste momento, a voz potente de Juscelino Kubitschek irrompeu pelo ambiente.

— O que está acontecendo?

Isaías sentiu que alguém o pegava por trás, prendendo suas mãos e segurando sua bengala. Fizeram o mesmo com Fernando, após levantarem-no do chão. Ao lado de JK, vinha Platão e Amaral Peixoto, presidente do partido. Só depois de Juscelino se aproximar mais, reconheceu Isaías. Amaral Peixoto, vendo que JK e ele se conheciam, apontou para os dois que haviam brigado:

— Você e você, para cima, agora. Se ousarem qualquer coisa, sairão daqui para a cadeia.

— Eu os acompanharei até a sala do presidente Peixoto — completou JK.

Os quatro subiram as escadas, enquanto Platão permaneceu imóvel, no térreo. Amaral entrou em uma sala qualquer, que estava livre.

— Tantos problemas para resolver e tenho que apartar briguinha de escola — bufou o presidente do PSD, que tinha bochechas grandes, além das sobrancelhas e dos lábios grossos. Trazia também o cabelo escovado para o lado, com grandes entradas de calvície.

— Foi ele quem começou a me insultar, presidente Peixoto. Exijo justiça — pediu Fernando.

— Este homem estava dizendo que Platão é um escravo — Isaías virou-se na direção de Juscelino e percebeu que o mesmo ficou surpreso diante da afirmação.

— Parem os dois — ordenou Amaral. — Não quero saber quem começou. E sr. Miliera, contenha melhor os ânimos por aqui.

— Mas senhor...

— Tudo o que quero — interrompeu Amaral — é liberá-los o quanto antes. Eu e jk estávamos em uma reunião de extrema importância para o partido — Amaral olhou de soslaio para Isaías e, no mesmo momento, o vidente soube que o assunto era ele.

— Por favor, apertem as mãos e sumam da minha sala.

Isaías virou-se para cumprir o pedido, pois já tinha dado uma lição naquele homem.

— Você não é cego merda nenhuma — falou Fernando Miliera, com asco, tentando esmagar a mão do vidente, que retribuiu com força. — Com licença, senhores.

O homem saiu da pequena sala. jk o acompanhou com o olhar para ver se ele já tinha descido as escadas e, em seguida, falou com Isaías.

— Mas que confusão, vidente — Juscelino olhou-o com seriedade.

— Precisamos falar com urgência — insistiu Isaías, voltando a segurar sua bengala.

Juscelino fez um gesto com as sobrancelhas para Amaral, como se pedisse sua autorização, então Peixoto exigiu que Isaías os acompanhasse. Caminharam juntos até outra porta e, lá dentro, estava João Goulart junto com outros dois homens que o vidente não conhecia.

— Sente-se, sr. Monteiro. Esses são o coronel Bittencourt e o cadete Ferreira.

Isaías fez menção com a cabeça, cumprimentando-os de longe. Os homens reagiram assustados.

— De onde me conhecem? — perguntou, atento aos símbolos e cores.

— Esses homens sabem de tudo, inclusive das conversas que tivemos — explicou Juscelino, puxando uma cadeira diante da enorme mesa de madeira. — Sente-se, por favor, e diga logo a que veio.

— Sr. Kubitschek, descobri pela manhã que cometi um enorme equívoco. Não podemos atacar o Cruzador Barroso, onde Carlos Luz e seus aliados devem embarcar amanhã, mesmo que só para incitá-los a voltarem.

— Mas isso é... — Jango começou a falar, porém, vendo o sinal de Juscelino, ficou quieto.

— Por que não devemos atacar? — perguntou JK, com calma.

Isaías olhou para os dois, percebendo que, antes mesmo de ter falado, eles já sabiam que o vidente não desejava o ataque ao navio onde Carlos Luz estaria.

— Como te disse antes, as chances de acertarmos de fato o navio são enormes. E isso pode causar a morte de dezenas de pessoas. Neste caso, seus inimigos usariam este ato contra você, para impedir que assuma — mentiu Isaías, pressentindo que aquilo poderia muito bem tornar-se verdade.

— Juscelino dará um jeito para que a ordem não pareça partir dele — Jango voltou a se manifestar.

— Mesmo assim é muito perigoso — continuou Isaías, olhando os homens à sua volta, buscando informações. De algum modo, sabiam de Cecília.

— Levaremos isso em consideração, sr. Monteiro. Muito obrigado pela advertência — respondeu Kubitschek, lacônico.

— Doutor, com todo o respeito, mas não está entendendo. Não é uma advertência, o que irão pensar do senhor depois disso? — Isaías tentava usar elementos plausíveis. Precisava, a qualquer custo, criar a dúvida na cabeça daqueles homens.

— Ora, chega desse teatrinho — Jango tornou a falar. — Seu discurso é muito bom e até o levaríamos a sério, se não soubéssemos toda a verdade, vidente.

— Que verdade? — Isaías se fez de tolo.

O último tiro da Guanabara 177

— Que hoje mesmo descobriu e contou para Cecília Gomes que ela vai morrer no navio. Já sabemos que todos embarcarão no Tamandaré — Jango levantou-se apontando o dedo para o vidente. — É por isso que mudou de ideia quanto ao navio... Se não atirarmos mais contra ele, ela não correrá perigo.

— Mudei de ideia porque não posso compactuar com tantas mortes, será uma carnificina.

— Deixe de ser mentiroso, outro dia mesmo nos disse que deveríamos recorrer a este último recurso caso nada mais desse certo. Afirmou que se Carlos Luz conseguisse sair do Rio de Janeiro, conseguiria dar o golpe, e era necessário impedi-lo a qualquer custo! — Jango aumentava o tom de voz.

— Você é um tolo, sr. Goulart. O futuro muda conforme o presente. Previsões que estavam certas hoje de manhã podem durar apenas algumas horas. Não conclua o que não sabe! — Isaías se levantou.

— Vidente, — disse jk, com uma expressão preocupada —, fica difícil acreditar no senhor diante disso que ficamos sabendo através de Platão, que veio nos contar. Além disso, o coronel Bittencourt mandou que o cadete Ferreira fosse investigar a mulher com quem anda se encontrando, Cecília Gomes.

— Qual a necessidade disso? — Isaías direcionou sua atenção para o cadete que estava sentado diante da mesa. Soube, então, que ele havia ameaçado uma das amigas de Cecília para que contasse tudo.

— É preciso estar de olho também nos que se dizem amigos, não leve como uma ofensa pessoal — pediu Juscelino. Ao seu lado, Amaral cochichava com Bittencourt.

— Então deve saber o quão empenhado estou em ajudá-los. Juscelino, confie em mim, porque não o decepcionarei — pediu Isaías, observando seus números. Tinha que evitar o ataque a qualquer custo.

— Meu amigo, sei que sua intenção é boa, mas não há como negar que está fora de suas faculdades psicológicas para nos ajudar agora. A notícia da morte desta sua namorada deve ter abalado o senhor de maneira profunda, eu entendo, mas não podemos contar com a ajuda de um homem que, no momento, tem outras preocupações e as coloca acima de seu país. Espero que também entenda — Kubitschek começou a inalar a fumaça de seu charuto.

— Estou controlado emocionalmente, senhor. Posso garantir.

— Não é o que parece, pelo que observamos hoje nesse prédio — Amaral Peixoto o encarava. — É nítido que está com os ânimos à flor da pele, incapaz de controlar-se diante de uma situação tensa ou até mesmo uma provocação.

— Mas foi aquele homem quem me atacou! Eu apenas desviei dele, Juscelino — Isaías os encarava incrédulo, todos naquela sala estavam contra ele.

— Isso sem contar seu erro de ontem à noite — Jango voltou a cutucar —, ao dar aquela entrevista aos jornais. Além de não conseguirmos repercussão, o *Tribuna da Imprensa* nos atacou dizendo que JK está tão desesperado que recorre até mesmo a charlatães para ter voz diante do povo. Isto foi péssimo para a imagem de Juscelino.

— Sei que foi uma ação arriscada. Isso não voltará a se repetir — Isaías tentava se agarrar a JK. — Preciso ajudar vocês.

— Sinto muito, vidente. Voltaremos a chamá-lo quando for oportuno — Juscelino estava resistente, era muito apegado à confiança que tinha nas pessoas e a dele com Isaías havia sido quebrada.

— Se for assim, não quero que voltem a me chamar. Desejo agir com liberdade e quebro agora minha relação contratual com você — arriscou Isaías, pensando que aquilo poderia fazer com que Kubitschek flexibilizasse as ideias.

— Ótimo — Jango sorriu. — A porta está destrancada e o senhor já pode ir. Acaba de ser dispensado de suas obrigações conosco.

O vidente buscou em Juscelino uma resposta que não veio. Caminhou até a batente e olhou mais uma vez para a sua nuvem de futuro. Algo havia mudado. A decisão deixava-o em perigo imediato.

Início da tarde de 10 de novembro de 1955

— Com licença, senhorita... — falou Lott, com uma moça no balcão de uma cafeteria que estava quase vazia.

A mulher virou-se de forma brusca e o encarou de cima abaixo. Em seguida, explicou:

— Siga aquele corredor, à esquerda. Ela está na segunda porta, à direita.

O ministro entrou em uma espécie de sala privada e bem adornada. Lá dentro, uma figura conhecida tomava chá.

— Ministro Lott — disse ela, apoiando a xícara na mobília e levantando-se para cumprimentá-lo — boa tarde.

— Sra. Kubitschek.

— Por favor, sente-se. Deve estar se perguntando por que o chamei aqui.

— De fato, senhora, ainda mais sem a companhia de seu marido — Lott se recostou na poltrona e olhou para a mesa cheia de biscoitos.

— Sem o meu marido, claro, porque ele não pode saber — disse Sarah, sorrindo e deixando claro que ela tinha plena liberdade para encontrar-se com quem quisesse. — Hoje Kubitschek tomou uma atitude que não aprovei e dispensou um homem no qual tenho grande confiança.

— Se ele o dispensou, deve ter motivos para tanto.

— Ministro, nem tudo o que meu marido faz é o certo — Inclinou-se para servir uma xícara ao general. — O homem dispensado é um vidente, que já me mostrou diversas vezes a capacidade de seus dons.

Quase engasgando com o chá, Lott tentou não rir. Então, diante da descrença do ministro, Sarah explicou como o homem havia ajudado um caso de um primo seu e feito previsões desconcertantes sobre ela, Juscelino e João Goulart. Contou ainda o que o vidente previra sobre as atuações de Carlos Luz, assim como a possibilidade de o próprio ministro abandonar seu posto. Lott a ouvia com atenção, com expressão de desconfiança.

— Só não entendo duas coisas: por que está me contando tudo isso e o que espera que eu faça? Já aviso que de modo algum persuadirei Juscelino sobre este homem de quem me fala.

— Por certo, não espero que faça isso — disse Sarah, arrumando o vestido com gracejo. — Vim lhe pedir que contrate o vidente.

— Mas essa é a uma ideia tão ou mais estapafúrdia do que a outra — Lott arqueava as sobrancelhas.

— Se conhecer Isaías Monteiro, o vidente, mudará de ideia. É o que peço agora, que venha comigo para conhecê-lo.

— Isaías Monteiro? — Lott pigarreou. — Mas eu já o conheço.

— É mesmo? — Sarah olhou para o ministro com curiosidade.

— Ontem de manhã ele veio falar comigo, após uma reunião que tive com o presidente Carlos Luz e outras pessoas. Dizia ser um espião contratado por Kubitschek. Parece um louco, senhora. Mas afirmou categórico que fingiu ser um vidente quando invadiu a reunião e começou a prever fatos sobre muitos ali.

Sarah estava pensando no que Lott dizia. Na teoria, não havia razão para Isaías mentir sobre seu dom para o ministro.

— Talvez ele não tenha lhe contado a verdade porque viu que o senhor jamais acreditaria — respondeu Sarah, assim que conseguiu elaborar um bom argumento.

— Ora, isso cheira a uma boa desculpa que um charlatão daria — Lott sorriu. — De qualquer forma, o homem é curioso. Um cego que parece enxergar e que conseguiu cair nas graças de Kubitschek. Inclusive, é corajoso. Veio pedir que eu não saísse do ministério. Por que Kubitschek o demitiu? — perguntou Lott, tomado por curiosidade, embora não estivesse disposto a atender qualquer súplica de Sarah.

Só então a sra. Kubitschek contou sobre o bombardeamento ao Cruzador Tamandaré e as investigações sobre Isaías por parte de homens contratados por Jango (a este ponto, omitiu o MMC da história, pois Lott jamais concordaria com qualquer ação que viesse do grupo), assim como a mudança de posição de Isaías em relação ao ataque contra Carlos Luz depois disso.

— Em uma análise crua, sou tomado pelas mesmas dúvidas do dr. Kubitschek — respondeu Lott.

— Mas não poderemos descobrir se o sr. Monteiro mente ou fala a verdade, pois não está mais trabalhando para nós. Porém, imagine a possibilidade, general, de Isaías estar falando a verdade?

— Com todo o respeito, senhora, o que me pede é impossível. Sequer acredito que teremos esse embate com o Cruzador Tamandaré ou que Carlos Luz será capaz de fazer algo assim. Muito menos acredito em videntes.

— Não pode achar isso de fato — Sarah se inclinou para frente, como se assim pudesse ver alguma verdade por trás das palavras do ministro.

— Hoje mesmo o presidente me chamou para resolvermos o caso Mamede, no final da tarde, e estou otimista. Não confie nesse sr. Monteiro, há algo dele que não posso ver ou compreender. É um homem estranho, sombrio.

O último tiro da Guanabara 183

— Se decidir agir em nosso favor, o vidente será um bom aliado — retrucou Sarah. — Hoje, no final da tarde, saberá que estamos certos ao dizer que orquestram um golpe. Quando isso acontecer, peço que pense em minha proposta. E, por favor, não diga ao sr. Monteiro que conversamos, caso resolva contratá-lo.

* * *

Isaías terminara de fazer suas malas. Agora que havia rompido com JK, não teria mais sua estadia no Palace Hotel paga e deveria procurar outro lugar para ficar. Por sorte, Platão se dispusera a levá-lo para um hotel mais barato que conhecia e que não era muito longe do centro dos acontecimentos dos últimos dias. Para Isaías era um desgaste, teria que aprender a se localizar no entorno de novo. Além disso, o motorista se prontificara a continuar oferecendo seus serviços sem que o patrão soubesse.

— Ainda mais depois de o senhor ter me defendido da maneira como fez e eu ter contado, sem querer, a JK o que havia me dito antes de chegarmos no partido. Juro, Isaías, falei apenas para prevenir o doutor de que o senhor estava num dia difícil. Desejava que tivesse mais piedade ao falar com você sobre a entrevista de ontem.

— Não há problema, eu deveria ter avisado que aquelas informações eram confidenciais — disse Isaías.

Agora o esperava para levar sua diminuta bagagem ao local indicado. Até mesmo Sarah já havia passado no hotel para pagar o combinado, um dinheiro muito bem-vindo, que o ajudaria nos próximos dias. A mulher de Juscelino quase nada dissera, apenas o aconselhou que fosse vender seus serviços ao ministro Lott. Depois que ela foi embora, o vidente riu. Como poderia oferecer seu serviço ao ministro se sequer podia ver a nuvem dele?

Precisava voltar a ver Cecília, saber se sua nuvem havia regressado. Se esse não fosse o caso, precisava reconquistar a confiança dela. Então, lembrou-se do jornal que Cecília lhe dera mais cedo e apalpou os bolsos da calça procurando-o. Achou o papel todo amassado, então o desdobrou com cuidado. Ali, com certeza, estava algo importante sobre o ministro, embora não pudesse ler. Ouviu batidas na porta. Deveria ser Platão, já deixara avisado na portaria que ele tinha permissão para subir. A empolgação voltou quando pediu que o motorista, antes de tudo, lesse as páginas que falavam de Lott. Platão sentou-se na mesma poltrona em que o vidente estava antes e segurou o jornal. Em seguida, começou a encará-lo.

— Há duas folhas distintas marcadas, quer que eu leia qual delas primeiro? — indagou o motorista.

— Leia as duas, pouco importa a ordem.

Platão escolheu uma e começou a ler em voz alta:

— "O ministro da guerra Teixeira Lott declarou que, em matéria de política, continuava sendo um simples espectador. Em solenidade, afirmou também que o Brasil deveria ser uma nação 'livre e democrática', apesar de 'nuvens sombrias escurecerem os horizontes'. Disse ainda que o Exército era 'exemplo de honestidade profissional e propósitos'" — Platão olhou para Isaías e perguntou: — O trecho sublinhado acaba aqui, quer que continue lendo?

— Leia o outro, por favor — Isaías o encarava com um ar de assustado. — São do mesmo jornal?

— Sim, do *Correio da Manhã*. Um é de junho e o outro de agosto deste ano. No próximo, Lott diz em entrevista: "Nós das Forças Armadas desejamos, em todo caso, que não haja a possibilidade de clima de hesitações ou de dúvidas a respeito do resultado das eleições". Depois de três pontos, continua assim: "No clima atual do Brasil o acúmulo de nuvens escuras poderá precipitar o raio, com todas as suas más consequências".

O último tiro da Guanabara 185

Platão terminou e esperou que Isaías lhe dissesse algo, porém o vidente havia se virado para a enorme janela do quarto, a fim de observar o céu. Apesar da visão perturbadora, sorriu. Cecília era mesmo muito esperta; aquelas duas falas de Lott explicavam tudo.

— Isaías, — chamou Platão, pela segunda vez —, algum problema? — perguntou preocupado.

— Preciso, urgentemente, ver o Ministro da Guerra.

★ ★ ★

Três baques fortes foram dados em sua porta. Do outro lado, Genoveva pedia para deixá-la entrar, mas Cecília não tinha a intenção de falar com ninguém. Pensava sem parar em tudo o que Isaías havia lhe dito. Tentava prever o que a faria embarcar no Tamandaré e se o cego conseguiria, de fato, evitar o bombardeio. Levantou os olhos para o sofá da sala, parecia ver a morte sentada ali, esperando-a. Sentindo-se só, foi abrir a porta. Então, foi imediatamente abraçada.

— Como você está? Sinto tê-la deixado depois que me contou, não sabia como reagir. Cecília, eu lhe garanto, isso não vai acontecer — Genoveva jorrou essas palavras, notando que a amiga estava pálida. — Eu sei como salvá-la!

— Como assim? — Cecília sentia as lágrimas voltarem aos olhos.

— É tudo culpa minha, Ceci, você tem que sair da cidade! Estão atrás de você e eu não fui forte o suficiente, fui covarde… — Genoveva se enrolou nas palavras, sua voz havia ficado rouca, como se apertassem sua garganta para calar-se.

— Do que está falando? — Cecília voltou a si, atenta.

— Foram na minha padaria, me ameaçaram. Um homem queria informações sobre você.

— Que tipo de informações? — perguntou Cecília, mostrando um semblante ainda mais assustado do que antes.

— Tudo — disse Genoveva, e pegou na mão da amiga. — Perdão, Cecília, disseram que se eu contasse não fariam mal algum a você ou a mim.

Cecília puxou a mão que a amiga segurava de volta para si e tentou respirar fundo.

— Você sabe que homem é esse?

— Não sei — Genoveva suspirou. — Cecília, entendo se não me perdoar. Com certeza é isso, com as informações que dei, vão matá-la. Pode não falar mais comigo, nem me olhar mais, no entanto, por favor, saia da cidade. Fuja!

Cecília sentou-se no sofá onde antes repousava a morte. Estava tonta diante do nervoso e de tantas novas informações.

— Quem pode estar atrás de mim? — perguntou para si mesma, pensando na possibilidade de o homem que havia ido atrás de Genoveva ser o mesmo que a faria entrar no Tamandaré. No entanto, porque aqueles que se opunham a ela a levariam até o centro dos acontecimentos em um momento tão delicado? Lembrou-se do que Isaías falou: era mais provável que fosse até o navio por vontade própria. Além do mais, não fazia sentido que ela fosse uma preocupação tão grande a quem se opunha a ponto de irem atrás dela num dia tão conturbado e cheio de decisões quanto aquele.

— Cecília, me perdoe. Eu te ajudo, vou pegar todo o dinheiro que tenho, compramos uma passagem.

— Não vou a lugar algum, Genoveva — respondeu determinada.

— Mas, Cecília, essas pessoas vão matá-la! — Genoveva voltava a pegar em sua mão.

— Ninguém estará atrás de mim hoje ou amanhã — tentou concentrar-se. — Por isso mesmo é um bom momento para ir atrás deles.

— Por Deus, do que está falando, amiga? Você tem que ir embora!

O último tiro da Guanabara 187

— Genoveva, depois dessa traição, acho que me deve alguns favores. — falou Cecília, sorrindo.

A mulher fez que sim com a cabeça.

— Então, por favor, não me peça para ir embora.

— Mas...

— Isaías previu que vou morrer no Cruzador Tamandaré amanhã. O mesmo navio que vai, possivelmente, ser bombardeado quando Carlos Luz e seus áliados estiverem nele, navegando para buscar reforços em São Paulo. O mesmo que pode contra-atacar e acabar com a vida de centenas de pessoas na costa do Rio de Janeiro.

— Não sabia de nada disso... — Genoveva estava prestes a se pronunciar diante das novas informações, mas Cecília a parou.

— Estive pensando, e se eu puder antecipar todos os eventos? Se eu conseguir fazer com que as forças contrárias a Carlos Luz ataquem antes, o presidente não terá tempo de embarcar no Tamandaré. Então, não haverá ataques nem mortes... e eu não estarei lá.

— Cecília, isso é loucura — Genoveva roía as unhas. — Como vai conseguir adiantar um ataque? Eu apenas quero salvá-la, não envolvê-la em mais perigos. É loucura!

— Temos que nos envolver em perigos para que possa me salvar, e não só a mim — pediu Cecília, envolvida em sua ideia. — Por favor, chame Joana e Firmina também. Elas são as pessoas em quem mais confio para isso.

— Aquelas aberrações? — falou Genoveva, com asco.

— Aquelas duas mulheres que se amam são muito mais fiéis do que você jamais foi — disse Cecília. Logo em seguida, abriu a porta de sua casa. — Diga a elas que providenciaremos um atentado hoje à tarde e não conte sobre o perigo que corro.

Cecília respirou fundo e, depois que Genoveva saiu, desabou no chão. Ao menos, a sombra da morte havia saído de casa.

TARDE DE 10 DE NOVEMBRO DE 1955

— Por que todas nós estamos de cinza, exceto você?

Cecília ouviu a pergunta, mas pôs o indicador próximo à boca para pedir silêncio. Atenta, analisava os elementos dispostos na rua, abanando seu leque branco em um lento movimento de vaivém. Fingindo ajeitar o vestido vermelho, de cintura apertada e saia rodada que passava abaixo do joelho, inclinou-se para falar com Genoveva, que estava sentada no mesmo banco, na calçada oposta à entrada principal do Colégio Militar, na rua São Francisco Xavier.

— É uma cor que não chama a atenção. Em compensação, eu preciso atrair todos os olhares hoje.

De fato, Cecília estava deslumbrante. Não fosse o rosto abatido, alguém poderia concluir que era uma jovem madame sem maiores preocupações, em uma tarde quente de novembro. No entanto, estava mais preocupada em notar à distância os dois jovens fardados, do outro lado da rua, que guardavam o portão do Colégio e observavam o movimento.

A entrada ficava no meio de uma espécie de arco, pintado de cinza e branco. No alto dela lia-se: "COLÉGIO MILITAR", e, acima das letras, estava o Brasão da República. Atrás do portão, duas pequenas casas tinham uma arquitetura diferente, de modo que

O último tiro da Guanabara 189

pareciam castelos de mentira. Na frente delas, um muro de cal e pedra foi construído com a mesma arquitetura, como se imitasse uma fortaleza medieval em miniatura. À direita dos homens, quase sumindo de sua vista, havia um Chevrolet Corvette branco, de 1953. O carro era um modelo esportivo, com um rabo de peixe pequeno e o banco revestido de couro vermelho. Cecília sabia bem a quem pertencia, diversas vezes vira o coronel Bittencourt estacioná-lo no mesmo local de agora para ir ao seu trabalho na Inspetoria Geral do Exército, local onde ele se encontrava naquele momento e onde também eram redigidos os relatórios do MMC.

— Estou tão nervosa, Ceci. Não paro de pensar que tudo vai dar errado — Genoveva voltou a tagarelar, contrariando o pedido inicial da amiga para que falasse o menos possível.

— Concentre-se, sua tarefa é simples. Consegue pegar a carta? — falou Cecília, baixinho, e Genoveva afirmou que sim, mostrando-lhe o envelope dentro da bolsa que segurava. — Vai dar tudo certo, apenas esteja atenta.

Voltando a encarar a rua, viu duas figuras masculinas surgirem perto da esquina em que estavam. Genoveva conteve-se para não ficar de boca aberta ao observar Joana e Firmina. Cecília sorriu, divertindo-se, e olhou para o outro lado. Em poucos minutos, um menino com semblante travesso apareceu, então ela acenou para ele de forma discreta. Em resposta, ele puxou para baixo a boina em sua cabeça. Genoveva não falou mais nada, estava branca de pavor, visto que era a deixa para que se separassem. Cecília atravessou a rua como se nada a preocupasse.

Se a amiga não fosse camareira, poderia muito bem ser atriz, a despeito de tudo o que Genoveva ouvia falar sobre as atrizes. Estava nesses pensamentos e tomada pela falta de confiança quando percebeu que era hora de agir, antes que se atrasasse em seus movimentos. No momento em que ia para a direita, Cecília andava para a esquerda, do outro lado da rua. Ambas estavam longe dos militares quando o menino agarrou a bolsa de Cecília, puxando-a para si. Em seguida, jogou-a no alto da copa de uma árvore, prendendo-a nos galhos, como era de se esperar.

— Volte aqui, seu moleque! — gritou Cecília. — Devolva a minha bolsa!

De imediato, todos que andavam na rua voltaram a atenção para o ocorrido, inclusive os soldados. Cecília correu até eles, fingindo estar indignada com a situação.

— Rapazes, boa tarde. Por favor, preciso recuperar minha bolsa, um jovem acabou de jogá-la naquela árvore ali atrás!

— É mesmo? Roubar a bolsa é até comum, mas jogar na árvore... — disse um dos soldados, de olhos claros, encarando-a com sorriso fácil. — Não consegue pegá-la sozinha?

Cecília fez que não com a cabeça encarando o outro rapaz, de olhos escuros, que parecia mais acanhado.

— Vou dar uma olhada — respondeu o primeiro.

— Obrigada, soldado! É a quarta árvore para lá — Cecília apontou e ele começou a caminhar na direção indicada. Em seguida, ela virou-se para o de olhos escuros. — Acho que ele não conseguirá sozinho — Sorriu transbordando afetuosidade.

O homem refletia, enquanto olhava para a rua, que estava calma naquele momento. Por fim, saiu de sua posição e caminhou até o pé da árvore, fitando os galhos. Cecília se posicionou na frente deles, com o corpo apontado para o lado em que Genoveva caminhava. Ao longe, notou que Joana e Firmina aproximavam-se do Corvette.

— Ele jogou muito alto! — afirmou o rapaz de olhos claros, avaliando a situação.

— Preciso muito dela, por favor, peguem-na para mim — Cecília mexia o corpo com sensualidade.

— Você consegue, Luís?

O rapaz mais tímido, o de olhos escuros, disse que sim. Em seguida, o outro fez um apoio com as mãos, para que o amigo pudesse subir nelas. Luís se equilibrava nos troncos, tentando alcançar a bolsa, quando Cecília olhou de novo na direção do carro. Já podia ver as labaredas aparecendo aos poucos. O rebuliço que se deu e o movimento de pessoas que olhavam o veículo e apontavam na direção para onde Joana e Firmina tinham corrido, não foram suficientes para chamar a atenção dos dois rapazes. De dentro do Colégio Militar, talvez atraído pelo barulho, outro soldado apareceu no portão e começou a procurar pelos dois. Não os encontrando, falou com as pessoas que estavam em volta, pedindo para que se afastassem.

— Consegui! — O homem de olhos escuros apontou para a bolsa que tinha acabado de cair.

— Luís, desce agora! Um carro está pegando fogo na frente do Colégio! — falou, assustado, o rapaz de olhos claros. Luís tentou descer rápido da árvore e acabou caindo.

Cecília agradeceu pela bolsa, mas os rapazes sequer a escutaram e saíram correndo. Preocupada, ela procurou por Genoveva e a avistou entregando um envelope ao soldado que pedia para as pessoas se afastarem. Esperava que a amiga não levantasse suspeitas, havia ensaiado com ela o que deveria ser dito diversas vezes. Por fim, pôs-se a correr para o ponto de encontro, enquanto, perto de um soldado, Genoveva contava o que viu:

— Eram dois rapazes! — Ela estava pálida de nervoso por sua atuação, o que, de certa forma, dava autenticidade ao relato. — Quando os vi se afastarem, o carro já estava pegando fogo. Um deles jogou este envelope para mim e disse: "entregue aos soldados e eles saberão quem somos". Depois disso, foram naquela direção, tenho certeza! — explicou, apontando um caminho aleatório.

O homem pediu o envelope, então Genoveva o entregou.

Suas falas não pareciam reais, no entanto, para um oficial preocupado com um carro prestes a explodir, aquela era só uma testemunha dos acontecimentos. Ele leu o escrito para si: "para o coronel Bittencourt". Em seguida, guardou-o dentro da farda.

— Senhorita, esses dois homens que colocaram fogo no carro... Como eles eram?

Ele voltou-se para ela e Genoveva empalideceu ainda mais. Então, ouviu um forte barulho e sentiu o policial puxando-a para o lado. Atordoada e com as mãos tremendo, olhou para trás e viu a fumaça.

— Vocês três — falou o soldado, após se recompor do susto e avistar outros soldados que chegavam ao portão — chamem mais homens para a entrada principal. Há algo estranho ocorrendo aqui, prestem atenção em qualquer pessoa que pareça suspeita e avisem o coronel Bittencourt que o carro... Avisem que seu carro foi destruído.

Os homens bateram continência, e quando Genoveva aproveitava o momento para tentar se esquivar, o mesmo soldado encostou em seu braço.

— Senhorita, pode me acompanhar, por favor?

— Para onde? — perguntou Genoveva, quase gritando de pavor. As pernas também começaram a tremer, assim como seu rosto ganhava uma expressão de assombro.

— Gostaria de lhe falar em particular.

Ele colocou a mão nas costas dela, conduzindo-a para dentro do Colégio Militar. Genoveva olhou para trás, não havia sinal de Cecília, Firmina ou Joana. Engolindo em seco, tentou acompanhar o passo do soldado.

★ ★ ★

Lott entrou ofegante no segundo andar do Palácio do Catete e, logo após declarar sua presença, olhou para o relógio. Estava sete minutos atrasado. A falta de compromisso com horários era, para ele, um dos maiores defeitos que alguém podia ter em um ambiente de trabalho. Foi conduzido até o salão ao lado da sala de despachos do presidente, no segundo andar do palácio, e aguardou olhando para o teto. Após alguns minutos, começou a circular pelo local. O tempo de espera fazia com que ficasse ainda mais nervoso, lembrando-o do que o vidente, Sarah e seu amigo Denys tinham advertido, mas tentou dissipar as preocupações da mente. Aguardava vendo várias pessoas serem recebidas pelo presidente.

Após uma hora e meia de espera, Luz sinalizou que estava disposto a recebê-lo. Lott entrou com semblante sério no salão amarelo e o cumprimentou. Voltou a se sentar, desta vez em uma poltrona à frente da mesa presidencial. Luz parecia calmo. Caminhou até uma prateleira, da qual tirou um grande envelope pardo. Depois, voltou a encarar o ministro e sentou-se de frente para ele, dirigindo-lhe a palavra.

— Ministro Henrique Lott, como sabe, o chamei aqui para resolvermos o caso Mamede. Diante dos fatos da última semana…

— Senhor presidente, com todo o respeito — Lott o interrompeu —, dispenso a exposição dos fatos que motivaram este encontro. Desejo saber apenas qual a posição final diante do caso; é necessário dizer se haverá punição ou não.

— Claro — Luz suspirou. — Bom, como disse a você que faria, consultei o Exército para pensar melhor sobre o ocorrido. Obtive um parecer elaborado por Temístocles Cavalcanti, o consultor-geral da República, sobre as competências da minha autoridade e em relação aos assistentes da Escola Superior de Guerra. Gostaria que visse com seus próprios olhos a resposta, assim não haverá interferências ou mal-entendidos.

Luz estendeu o envelope pardo, então Lott o pegou e abriu com cuidado. Sua respiração estava ofegante. Pela maneira como o presidente se portava, parecia que a resposta estava longe de ser a esperada por Lott, de modo que a leu sem pressa e com cuidado, tentando se recompor.

— "O posicionamento tomado pelo ministro da Guerra passou a assumir, assim, por si só, o caráter de uma punição e representar uma diminuição para a autoridade desta chefia" — reproduziu Lott, em voz alta. Em seguida, riu de nervoso e disse: — Presidente, isso é uma mentira. Nunca foi a minha intenção diminuir a autoridade de ninguém ao pedir que Mamede se afastasse.

— Sei disso, ministro, porém entre a intenção e a ação há uma enorme distância — comentou Luz, com acidez.

— Para mim, é nítido que Mamede porta-se de maneira equivocada. Com isso, o elo básico do Exército, que é a disciplina, sofre danos irreparáveis. — Lott ficou com o rosto vermelho. Explicaria quantas vezes fossem necessárias a Carlos Luz o quanto aquele ato havia sido problemático em todos os sentidos.

— Mamede o fez no calor das emoções, pensava estar entre os seus e não mediu seus atos — respondeu Carlos Luz, em tom de descaso.

— Senhor presidente, a disciplina só se aprende servindo, comandando e sofrendo dentro do Exército. Acredito que se lembra do alerta que fiz sobre as variadas correntes existentes no Exército. Se este caso passar sem punição, esses mesmos grupos podem se agitar.

— Lembro-me perfeitamente.

— Pois bem, só a sua decisão me interessa, presidente — disse Lott, sentindo o coração acelerar, então tomou fôlego para continuar. — Se o caso Mamede não for resolvido dentro do esperado, disponibilizarei meu cargo de ministro da Guerra.

Lott levantou-se e ajeitou a farda. Diante do movimento, Luz fez o mesmo e falou, contendo um sorriso sarcástico.

— Henrique Lott, a volta do coronel Mamede para os quadros do Exército é minha preferência. Não tenho o desejo de manchar a folha deste brilhante oficial, que prestou grandes serviços ao Brasil e participou dos campos de batalha na Europa com inegável bravura e eficiência. Não há nada a punir.

O general ouviu as palavras com pesar e engoliu em seco. Se fosse para governar desta forma, era melhor abandonar de vez aquele cargo político do que tentar conduzi-lo compactuando com essa e outras ações arbitrárias. Se ficasse, quem seria ele? Uma simples marionete no jogo de Carlos Luz, concordando com todas as decisões dele. Se não havia um poder a ser dividido, não deveria existir ali um ministro. Portanto, chegou, não sem sofrer, em sua decisão final:

— Sendo assim, apresento meu pedido de demissão, senhor presidente. A quem devo passar a pasta do Ministério da Guerra?

Luz não apresentou sobressaltos. Colocou uma das mãos no queixo, como se pensasse com dedicação ao fato.

— Para o general Álvaro Fiúza de Castro — falou Luz. — Um homem da mais alta qualidade para o cargo, honrado e competente. Tenho certeza de que fará um ótimo trabalho como ministro da Guerra.

— Senhor presidente, devo alertá-lo sobre o perigoso posicionamento político do general Fiúza — respondeu Lott, com ar de desespero na voz. Nunca imaginou que chegaria naquele ponto, muito menos que alguém como Fiúza seria indicado.

— Não entendo, *general* Lott — questionou Luz, já tirando de sua fala a palavra "ministro".

— O coronel Fiúza é chefe de um dos grupos que mencionei dentro do Exército e participou de forma ativa em agosto de 1954, época da morte de nosso ex-presidente Getúlio Vargas, como bem sabe. Desta forma, deve saber também que, pelos mesmos motivos, ele não foi escolhido por Café Filho para compor o ministério da Guerra.

— Sei disso, mas conversarei com o ministro e ele não se manifestará desta forma ou causará maiores problemas. Há uma grande diferença entre ter convicções e colocá-las em prática, general. É preciso saber ceder, quando se ocupa um cargo público.

Lott franziu as sobrancelhas, boquiaberto. Ressentido pela atitude do presidente, voltou a falar cabisbaixo:

— Se assim deseja, será a ele que entregarei a pasta.

— Ótimo, vamos passá-la de imediato — disse Luz, com empolgação.

— Imediato? Não — Lott balançou a cabeça —, ainda preciso redigir meu boletim de despedida. Há também algumas providências a serem tomadas antes de abandonar meu posto e não tenho como fazer tudo isso hoje.

Luz assustou-se diante do pedido, pois queria que a situação fosse resolvida logo. No entanto, não poderia negar que o homem terminasse os assuntos pendentes antes da entrega de seu cargo. Lott era um militar que respeitava as regras acima de tudo, seria capaz de fazer uma revolta para que pudesse redigir um simples boletim.

— Está certo, terá um dia — respondeu Luz, incomodado. — A transferência do cargo ficará marcada para amanhã, às três da tarde. Estamos de acordo? — Lott acenou com a cabeça, batendo continência para o presidente, que o dispensou. Ao ouvir a porta fechando, Luz mostrou um enorme sorriso e começou a discar no telefone. Precisava dar a notícia à Brasiliana.

Lott, atordoado com a conversa que acabara de ter e com vergonha por ter sido tão ingênuo, culpava-se por ter errado tanto em sua previsão sobre o presidente. No meio dos olhares que recebeu ao sair do prédio, reconheceu o rosto do coronel, e agora ministro, Fiúza. Ele estava com uma aparência ótima e um belo traje militar, no entanto se estava ali era porque já sabia que receberia a pasta naquele momento. Lott se enfureceu ao perceber os fatos. O coronel era a prova de que Luz esperava sua demissão antes mesmo de iniciar a conversa.

Recém-demitido, não imaginava que naquele mesmo instante a notícia já circulava em escalas muito maiores. Do Palácio do Catete, um homem comunicava os acontecimentos aos seus colegas por telefone e bradava sem parar, cuidando para não chamar a atenção dos que estavam à sua volta: "O cavaleiro caiu do cavalo, o cavaleiro caiu do cavalo!". No mesmo momento, um homem terminava de imprimir o *Diário Oficial*, que circularia ainda naquele dia e onde se podia ler uma nota com o título: "Decreto de exoneração do general de divisão Henrique Batista Duffles Teixeira Lott".

Noite de 10 de novembro de 1955

Firmina ouviu baterem na porta, então correu para abrir, em um impulso de curiosidade e apreensão. Cecília vinha logo atrás, com o rosto sem brilho. Ao avistar Genoveva, pulou nos braços da amiga, acolhendo-a ao mesmo tempo em que olhava para trás, verificando se não havia mais ninguém por perto. A dona da padaria tremia, mas esbanjava um sorriso no rosto. Cecília fez com que ela se sentasse, Firmina lhe deu uma coberta e Joana buscou um copo de água com açúcar.

— O que aconteceu? Fizeram algo com você? — Cecília olhava com atenção para ver se achava no rosto da amiga alguma mancha ou machucado.

— Não se preocupe, não fizeram nada — falou Genoveva, sem energia. — Entreguei a carta.

— Por que demorou tanto? — Cecília voltou a questioná-la, passando os braços ao seu redor.

— Levaram-me para dentro do Colégio Militar, um soldado me interrogou para saber como eram os... Bem, os rapazes que teriam incendiado o carro — disse ela, olhando para as duas namoradas.

— Leram a carta? — Joana sentou-se, mais calma.

— Leram, sim, e a entregaram ao coronel Bittencourt. Ele entrou cheio de ódio na sala em que eu estava e começou a me interrogar também, perguntando por que a UDN havia escrito aquelas ameaças. Afirmei que não sabia de nada — Genoveva esforçava-se para contar tudo o que vira de forma resumida.

— Você não falou seu nome de verdade, conforme combinamos, certo?

— Não, Ceci. Menti, como você pediu.

Em seguida, Genoveva contou que aguardou na sala enquanto os homens do Exército conversavam. O coronel Bittencourt dizia que o MMC deveria agir, que Lott seria demitido ainda naquela tarde e que a UDN voltaria a atacar. Ao que parecia, ele tinha certeza de que os membros do partido foram os responsáveis pelo atentado contra o carro dele e em nenhum momento cogitou que a carta fosse falsa.

— Ótimo! Imaginei que, na cabeça dele, pensaria que não há outro grupo ou pessoa com motivos para fazer algo do tipo — respondeu Cecília, feliz. — E o que mais ouviu?

— Ele disse que deveriam atacar naquela madrugada, para pegar todos desprevenidos.

— Farão mesmo isso? — perguntou Firmina, levantando a voz.

— Não sei — deu de ombros. — Mas, Cecília, devo lhe dizer que em determinada hora tive muito medo. Ainda bem que menti o meu nome, pois ouvi uma voz conhecida do corredor. Era do homem que me visitou aquele dia, querendo saber sobre você. — Genoveva falou mais baixo. Olhava para Joana e Firmina, que não entendiam nada.

— Tem certeza? — perguntou Cecília, sobressaltada.

— Absoluta, nunca vou me esquecer daquela voz — disse ela, encolhendo-se. — Tive muito medo que ele entrasse na sala e me reconhecesse, mas o ouvi falando com o Bittencourt.

— Então, o homem é do Exército, é provável que trabalhe para o MMC... — concluiu Cecília, tonta diante da informação.

Firmina e Joana perguntaram sobre o que elas estavam falando, mas as duas a ignoraram.

— Por que o MMC quer matá-la? — perguntou Genoveva, sem pensar.

— O MMC quer matá-la? — repetiu Firmina, em coro com Joana, e Cecília encarou-as, assustada como poucas vezes na vida.

— É uma longa história... — Tentou se esquivar de uma resposta mais elaborada naquele momento. — Genoveva, o MMC não teria motivos para querer me matar, estou do mesmo lado que eles. Parece que estavam apenas me investigando — completou em tom de dúvida. — Mas como chegaram em mim?

— Deve ser tudo culpa das pessoas com quem anda, como aquele vidente.

— Isso! — Cecília teve um lampejo. — Me investigavam por causa de Isaías! Isso faz todo sentido, Genoveva!

Genoveva sentiu um calafrio que a arrepiou por completo. Em seguida, Cecília buscou explicar tudo à Firmina e Joana, que já estavam nervosas por não entenderem o que se passava. No entanto, elas ficaram ainda mais assustadas quando Cecília contou sobre as previsões do vidente.

— É por isso que Isaías não queria que embarcasse nos navios? — perguntou Joana, relembrando a conversa que tivera com Isaías no dia anterior. Cecília afirmou positivamente, então Joana completou: — Isso é loucura! Você não vai morrer.

Joana abaixou-se para pegar na mão da amiga; Firmina olhou feio para a padeira, mas logo a deixou de lado e contraiu um semblante preocupado também.

— E agora, o que faremos? — Firmina as encarava.

— Vamos esperar que o MMC tome uma atitude e que o Exército reaja — Cecília tornou a falar resoluta.

★ ★ ★

Denys tentou pedir a atenção de todos que estavam na sua casa, no bairro do Maracanã. Sem sucesso, começou a contar as cabeças que se agrupavam na sala de jantar, chegando ao número dez. Os homens comentavam sobre a demissão do general Henrique Lott, que já havia, inclusive, saído no *Diário Oficial*. Embora este jornal pudesse ter seu conteúdo escrito apenas até às três da tarde, o resultado da reunião com Carlos Luz, que aconteceu por volta das sete da noite, estava impresso em suas páginas. Para Denys, era só mais uma prova de que Carlos Luz tinha a intenção de afastar o ministro ainda naquele dia, independente do que fosse falado durante a conversa dos dois. No entanto, a maior preocupação para ele era, naquele momento, o MMC.

Segundo as informações que recebera de um amigo, os oficiais do Movimento também se reuniram mais cedo naquele dia e marcaram um golpe revolucionário para aquela madrugada. A informação o deixara alarmado. Não sabia o que havia desencadeado uma ação tão rápida do Movimento, mas não poderia deixar que eles desferissem o principal ataque contra o governo de Carlos Luz. Resolveu agir rápido, chamar os principais comandantes para alardear todas as notícias que tinha. Entre o tumulto, muitos diziam que eles deveriam tomar alguma atitude antes do MMC e elaborar um plano de ação. O general concordava com este pensamento. Não poderiam deixar que um movimento considerado ilegítimo conquistasse qualquer tipo de poder. Diante desses pensamentos, voltou a chamar a atenção, desta vez com a voz mais firme, fazendo-se ouvir:

— Meus senhores, o MMC coloca em ameaça a coesão militar com seus pensamentos de esquerda. Vocês têm razão, temos que nos antecipar ao Movimento.

— Não podemos deixar que quebrem a honra de um homem e a hierarquia militar. Reagiremos! — bradou um general, que, assim como Denys, foi aplaudido.

— A indignação a respeito da demissão do general Lott é grande, visto que foi feita de forma desrespeitosa, ferindo as regras e o rigor disciplinar do Exército. É necessário reagir. Caso contrário, qual de nós será o próximo?

A situação estava armada, por isso Denys sorriu, até que alguém perguntou o que o general Lott achava de tudo aquilo. Um silêncio se deu no local, todos esperavam aquela resposta. Denys tentou contornar, afirmando que ainda não tinha conseguido conversar com Lott, visto que estava muito abalado com a demissão, mas que logo iria até ele. Aos homens, isso pareceu o suficiente. O general, no entanto, suava frio. Havia falado há pouco com o amigo em um telefone de campanha alimentado por baterias.

Antes de os generais chegarem, assustou-se com o barulho do telefone e caminhou até uma mesinha onde estava uma caixa pequena e pesada. Denys abriu-a e retirou de dentro um bucal e uma espécie de fone de ouvido largo. O telefone possuía receptor e transmissor separados, que poderiam ser adaptados para uso no uniforme, caso fosse transportado. Apesar de ser um objeto inconveniente dentro do quarto, era útil para que ninguém mais ouvisse o que estava sendo dito e poderia ser usado entre os dois, visto que o telefone cobria apenas pequenas áreas e eles eram vizinhos.

— Na guerra? — perguntou Denys, como era de costume.

— Não há grandes honras — completou Lott, com a frase que os identificava. — Preciso de sua ajuda, general Denys. O Presidente Carlos Luz acaba de aceitar minha demissão.

— Já estou sabendo.

— Vejo que as notícias correm rápido — Lott lamentou-se.

— É verdade que está em posse do ministério até amanhã? — perguntou, então Lott confirmou. — Nesse caso, o que pretende fazer?

Denys olhou pela janela para a casa à sua frente. Parecia que não havia ninguém, no entanto Lott com certeza estava em seu pequeno aposento, com as luzes apagadas e segurando o cabo do telefone de campanha para evitar interferências.

— Fazer qualquer coisa agora seria atentar contra as leis, estou demissionário, meu amigo — voltou a falar, com profunda tristeza.

— Estará demissionário amanhã, por ora ainda é o ministro da Guerra — ressaltou Denys. — Creio que é preciso alertá-lo sobre as consequências da sua demissão: o MMC já tem planos para agir em defesa de seu nome nesta madrugada e pretendem tirar Carlos Luz do poder através de um golpe. Então, se não agirmos, será o MMC a assumir ou Carlos Luz a impedir que Juscelino tome para si o que lhe é de direito.

— Como podem estar se articulando já? — perguntou o amigo, atordoado com a rapidez das movimentações.

— É o que digo. E aviso-lhe que vou me demitir do cargo que exerço. Aliás, assim como eu, muitos outros comandantes tomarão a mesma medida. As tropas da Marinha e da Aeronáutica estarão de prontidão, meu amigo, em nome de Carlos Luz. Não deseja que o Exército faça o mesmo em nome de JK?

— Conhece-me muito bem, Denys, sabe como considero inconveniente transpor os limites da legalidade, mesmo que para defendê-la — suspirou Lott. — Não faça isso com o Exército. A Marinha e a Aeronáutica têm um número pequeno de militares, em parte, aqui no Rio, mas o Exército é muito grande, possui muitos quartéis, e a população vai ficar assustada com uma prontidão. Não devemos, sem motivos plausíveis, deixar a população amedrontada.

— Temos todos os motivos, Lott — Denys estava vermelho de raiva. — Pense bem nisso, Luz deu todos os indícios do que pretende fazer, e agora o MMC agirá. Não é possível crer que apenas você ficará parado. Se mudar de ideia, é só me ligar.

★ ★ ★

Quando Platão encontrou Isaías no hotel e lhe contou que Juscelino estava "feito louco" porque Lott havia sido demitido, o vidente não demonstrou surpresa, e sim desagrado por tudo caminhar de acordo com o que previra.

— No entanto, parece que só entregará a pasta amanhã — completou Platão, prevenindo-o.

Aquilo despertou um lampejo no vidente, e ele insistiu que ainda precisava falar com o ex-ministro. Se o colocasse ao seu lado e fizesse com que continuasse agindo, talvez conseguisse impedir JK e Jango de atacarem o navio. Dessa forma, entrou no carro rumo à casa do general.

A despeito do que Isaías esperava, Lott o atendeu, mas o encarou, em dúvida se o deixaria entrar.

— É preciso coragem para vir aqui depois da nossa conversa.

O general estava virado em sua direção e indicou que o acompanhasse até um cômodo reservado de casa. Isaías procurava mais informações, mas não as conseguia.

— Fico agradecido por ter me recebido. Fiquei sabendo que foi demitido — respondeu o vidente, com honestidade, o que fez o semblante do homem murchar.

— As notícias correm mesmo rápido — afirmou Lott, caminhando pela sala. Isaías tentou seguir os mesmos passos para não esbarrar em nada. — Veio por isso? — questionou, categórico.

— Vim porque preciso da sua ajuda, assim como precisa da minha.

— Afirmam que o senhor é um vidente — Lott voltou a se afastar e sentou-se. — É esse tipo de ajuda que estaria disposto a me oferecer?

Isaías olhou para Lott, mas apenas sua silhueta se mostrava. Não tinha como saber se tudo aquilo era um grande jogo do general.

— Não poderia lhe oferecer esse tipo de ajuda, mesmo sendo de fato um vidente, ministro.

— Ex-ministro — corrigiu Lott.

— Ministro até passar o cargo — Isaías não se deixou abater e continuou: — Também não quero me alongar nesta conversa com o senhor, pois sei que possui dons semelhantes aos meus, com a diferença de que o senhor pode enxergar também com os olhos.

Isaías inclinou sua bengala de madeira e caminhou batendo com ela no pé de uma cadeira, que estava na frente de Lott. Quando a contornou e chegou perto o suficiente, jogou os jornais que Cecília havia circulado no colo do general. Lott os segurou e começou a ler os trechos marcados.

— O senhor é um homem estranho — o ministro largou as folhas em uma mesa próxima, ao seu lado esquerdo.

— Também não pode ver as informações que saem de meu corpo, diferente das outras pessoas — Isaías estava impaciente.

— Não posso. Porém, a ideia de que fosse semelhante já havia me passado pela cabeça. De todo modo, não entendo como você pode ser útil para mim.

— O que não entendo são suas posições, ministro — Isaías tateou buscando a possível cadeira que ali existia, então sentou-se nela. — Se pode prever o futuro e a reação das pessoas, assim como eu, por que afirmou que Carlos Luz não faria nada?

— Sr. Monteiro, meses atrás previ que o governo de Café tentaria algo. Veja, fiz até planos em julho para reagir. Com o tempo, porém, as previsões se mostraram infundadas. Percebi que Carlos Luz não assumiria nada através de um golpe.

— Como pôde ver isso, se eu observava justamente que ele tentaria tomar a presidência para si? — Isaías balançou a cabeça. — Não podemos ter previsões tão distintas.

— O que você chama de previsões, eu chamo de instinto, sr. Monteiro. Carlos Luz têm diversos detalhes que demonstraram um fracasso em relação a algo parecido. Alguma coisa deve ter mudado de ontem para hoje.

— Nada mudou, ministro. As contas mostravam com clareza as intenções reais do atual presidente.

— De que contas está falando?

Lott mostrou-se surpreso, por isso Isaías também se espantou. Se o ministro não sabia lidar com as informações que obtinha, isso explicava muitas de suas ações incongruentes ou impensadas. Lott agia de acordo com um conhecimento muito escasso.

— Está dizendo que faz suas previsões sem analisar o conjunto de informações e suas interações?

— Isso que nós temos... Não deveríamos ter. É contra a natureza, sr. Monteiro.

— E por isso nunca procurou entender o que é esse dom? — Isaías riu diante daquela situação trágica.

— Quanto menos entendermos, melhor. Isso não é um dom, é uma maldição. Eu era uma pessoa normal, sr. Monteiro. A partir de uma experiência traumática dentro de uma solitária, que me mostrou a importância de seguir as regras, passei a ver o mundo assim quando saí daquela escuridão. Todos os dias esses símbolos e cores me fazem lembrar aquele lugar frio e sombrio. Quanto menos eu vascular isso, melhor se torna.

O vidente inclinou-se boquiaberto. Nunca imaginou que existisse alguém como ele, muito menos que esse alguém teria uma visão tão deturpada do que seria capaz de ver.

— Mesmo achando que é uma maldição, usou das informações que nota nos outros para concluir que Carlos Luz não o demitiria?

— Não estava procurando informação alguma, sr. Monteiro. Mas você sabe bem, ela está lá, assim como a informação de qual cor uma maçã tem, é impossível ignorar.

— Sei disso — Isaías engoliu em seco, lembrando-se da nuvem de Cecília e pensando onde ela estaria àquela hora da noite. — Mas você errou e, por isso, agora precisa da minha ajuda. Sei que vê as mesmas nuvens que eu vejo no céu e também sei que não é preciso ser um alto conhecedor de nosso dom para temê-las. Se nenhuma atitude for tomada por você, algo muito grave irá acontecer e é por isso que eu vim lhe oferecer ajuda. Conheço um pouco mais da nossa vidência, mas você tem o poder militar.

— Espera que eu aja... Como posso fazer isso se fui demitido? — Lott desmontou-se.

— É necessário agir, independente disso. Caso contrário, onde iremos parar? Precisamos de sua ajuda para deter Carlos Luz. Agora sabe que minhas previsões são certas e eu sei que se ele embarcar no navio amanhã de manhã e o atacarem, essas nuvens choverão. Precisamos pará-lo antes disso. Olhe para o céu e diga se estou mentindo — pediu Isaías, então Lott virou-se para a janela. Em seguida, Isaías continuou:

— Já cometeu diversos erros no passado. Não faça o mesmo agora — disse, tornando a tentar persuadi-lo.

— Eu teria de fazer uma alta quebra das normas constitucionais.

— Sua demissão não afetará apenas você, mas diversos outros colegas seus serão substituídos e o Exército ficará à mercê da vontade de Carlos Luz. O senhor deseja uma guerra civil desencadeada com seu consentimento? Pois eu digo, e essas nuvens comprovam, que isto irá acontecer.

Isaías o colocava contra a parede. Lott ficou parado olhando para a cidade, evitando o rosto do vidente. A campainha da casa voltou a tocar, assim que ele parou de falar. Lott levantou-se para ver quem era e, assustando-se, pediu:

— São amigos meus, pode se esconder por um breve momento?

— Como posso saber onde me esconder?

Isaías o olhou com sorriso no rosto e Lott o levou até a cozinha, onde fechou a porta, contrariado. Em seguida, recepcionou e cumprimentou, ainda surpreso, um grupo de sargentos. Um deles veio em sua direção para falar pelos outros.

— Senhor ministro, viemos lhe afirmar a necessidade de agir antes de Carlos Luz e do MMC. As tropas já se encontram de prontidão, à espera de suas ordens.

— Em prontidão? — Lott assustou-se. — Sob o comando de quem?

— Do general Odílio Denys, senhor. Queremos saber se o senhor, na posição de ministro, nos dá autorização para agir.

Nesse momento, Isaías já estava com a porta entreaberta ouvindo tudo. Um silêncio perdurou, até Lott dizer:

— Permissão concedida.

Noite de 10 de novembro de 1955

Era já tarde da noite e a rua em que Juscelino residia estava quieta, quando Lott e Isaías chegaram para avisá-lo de que agora estavam trabalhando juntos e que as tropas do Exército marchariam em sua defesa. Era necessário também combinar detalhes para o general garantir a segurança de Kubitschek naquela noite e, além do mais, uma boa oportunidade para o vidente voltar a ver a nuvem de futuro de Juscelino.

Se ao menos Cecília permitisse que se aproximasse, tudo poderia ser mais fácil. Conhecendo-a, sabia que ela não ficaria parada diante dos fatos e o preocupava ainda mais pensar que tipo de problema ela poderia atrair. Estava com os pensamentos nela quando o general Lott notou o barulho do motor de um fusca, parado com os faróis apagados. Comentou que era estranha a presença desse carro, além do fato de que todas as luzes da casa de JK estavam apagadas, visto que era uma noite tumultuada e dificilmente ele estaria dormindo. Isaías pediu que chegassem mais perto do automóvel, de modo que pudesse ver o motorista pela janela, e assim o general fez.

Quando o homem do fusca entrou em seu campo de visão, não foi necessário mais do que alguns segundos para o vidente perceber que havia pessoas inóspitas dentro da casa de Kubitschek. Ao contar a informação para o general, o mesmo estacionou o carro, alarmado com a situação. O fusca, então, saiu a toda velocidade e sumiu ao fim da rua.

— Tem certeza, Monteiro? Ele acaba de ir embora — disse o ministro, olhando para trás ainda com o coração palpitando forte.

— Ele fez isso para não levantar suspeitas. Deve achar que somos os proprietários de alguma casa por aqui, mas logo voltará. Vamos, temos pouco tempo até ele regressar — pediu Isaías, já abrindo a porta do carro.

— Monteiro — chamou Lott, puxando uma arma do coldre —, o carro de Juscelino acaba de aparecer, feche a porta.

Foram em direção a ele, piscando os faróis. Antes de saírem para falar com JK, no entanto, Isaías explicou em tom baixo ao ministro:

— Há algo que devo lhe avisar, Lott. Da última vez que vi JK, percebi que existia uma grande possibilidade de ele ser ferido. Temos que tomar todo cuidado com ele hoje.

Lott assentiu preocupado, e abordaram Platão, que respirou aliviado ao perceber que se tratava do general e de Isaías.

— O que fazem aqui? Algum problema? — perguntou Juscelino, intuindo alarmado, ao lado de Sarah.

O vidente contou sobre os invasores e JK arregalou os olhos, já Sarah colocou as mãos na altura do coração.

— Entrarei lá para descobrir quem são — disse Lott, para preveni-lo.

— Vou junto — disse Kubitschek, movendo-se para sair do carro.

— É melhor que fique — pediu Isaías.

— Nada disso. Se estão na minha casa, tenho que protegê-la — insistiu JK, depois olhou para Sarah e completou: — Que sorte Márcia e Maria Estela não estarem em casa! — falou, referindo-se às filhas.

Isaías também agradeceu em seu interior. Viu em Juscelino que ele entraria de qualquer forma, inclusive já puxava uma arma, que guardava no interior do veículo. Platão também se ofereceu para ajudar, pegando outra arma no porta-luvas, e Isaías pediu à Sarah Kubitschek que aguardasse dentro do carro, abaixada, de modo que ninguém do lado de fora pudesse vê-la. Por fim, sugeriu que entrassem pelos fundos da casa. Tentando fazer pouco barulho, os quatro moveram-se para os muros atrás da propriedade.

— Se for preciso, atire neles — sussurrou o vidente ao ministro.

— É preciso avaliar, isso pode causar uma reação — falou Lott, quase inaudível.

— Com a diferença de que eu sei quando e onde eles devem atirar — retrucou Isaías.

Desconfortável com o que o vidente acabara de falar, mas admitindo que o mesmo tinha razão depois de tudo o que provara, Lott acabou concordando.

— É provável que tenham nos escutado chegar — Lott virou-se para os outros. — Estejam atentos.

Ninguém disse mais nada, exceto o general, que sussurrava ao cego como fazer para pular o muro. Isaías conseguiu, mas bateu forte com o pé em uma pedra ao cair. Buscando não fazer disso um problema, continuou andando mesmo mancando um pouco. Lott fazia bem menos barulho do que todos e, a cada minuto, virava-se para reprimir o vidente, Platão ou JK pelo excesso de ruído. Entraram pela porta de serviço e foram se esgueirando, com o general na frente, Platão depois, o cego a tentar imitar cada passo do motorista e JK por último, por ordens de Lott.

Dentro da casa, ouvia-se um barulho de pessoas remexendo em gavetas e armários. Parecia não terem percebido a chegada do carro, que tinha estacionado longe. Além do mais, o homem do fusca, em seu amadorismo, assustou-se diante das primeiras duas pessoas que o encararam e acabou saindo de sua posição. Isaías estava preocupado com isso, quando viram uma luz vindo de um corredor e ouviram som de buzinas, certamente do fusca, que de fato tinha voltado e dava sinal para os homens que estavam dentro da casa. Lott, Platão e JK caminharam até a luz mirando os revólveres para a mesma direção, enquanto Isaías seguia desarmado.

A porta estava entreaberta, então os quatro se olharam por um breve momento. Ouviam um fraco barulho. Da parte de JK, o vidente sabia que tentariam feri-lo a todo custo, como indicava a nuvem de futuro acima da cabeça do presidente. Lott continuava a ser apenas um espectro, uma leve cor que percorria sua pele e tornava possível que, ao menos, Isaías percebesse seus movimentos. Já Platão, não corria perigos. A parada que deram demorou poucos milésimos, até que dois rapazes saíram do quarto e foram surpreendidos. Assustados, os dois intrusos atiraram: um apenas queria intimidar para conseguir sair; o outro agiu com frieza e mirou em Juscelino. Isaías teve que pensar rápido. Mesmo no corredor estreito, conseguiu pular em cima de JK, jogando-o para o lado. Lott reagiu atirando também e ferindo o pé de um deles, que começou a se arrastar até a janela aberta, enquanto o outro já tinha pulado em direção ao fusca parado na rua. Reconheciam que não tinham chances contra tanta gente. O ministro teria conseguido imobilizar o rapaz que sobrara se, ao seu lado, Isaías não estivesse urrando de dor. Sem saber o que fazer primeiro, voltou-se para o vidente. JK tirou a blusa que estava vestindo para colocar sobre o ferimento.

— Não se preocupem, estou bem — tentou dizer Isaías. Lott ligou a luz e viu a enorme poça de sangue que já se formava.

— Quem eram estes homens? — gritou o general com JK.

O último tiro da Guanabara 213

— Como vou saber? — respondeu Juscelino, em choque, agora já podendo falar em voz alta.

— Precisamos levá-lo para o hospital! Arranje um grande pedaço de pano para o ferimento, que este logo estará encharcado — pediu Lott.

JK levantou-se atordoado. Lott começou a pressionar a ferida de Isaías, quando olhou pela porta do quarto e viu uma gaveta aberta. Em seguida, dirigiu-se para Platão, que não sabia o que fazer.

— Platão, este é o quarto de JK e Sarah? — perguntou.

— É, sim, senhor.

— Segure firme aqui, verificarei lá dentro — pediu Lott.

O motorista o atendeu, permitindo que o general pudesse correr até a gaveta aberta e olhar dentro dela. Lá, viu um envelope no meio dos perfumes de Sarah. Pegou-o e o guardou no bolso. Depois, voltou para socorrer Isaías. Após alguns segundos, Juscelino voltou com uma toalha e um lençol. Enrolaram o vidente ali e juntaram-se a Platão para levantá-lo.

— Platão, nos leve até o hospital mais próximo — pediu Juscelino ao motorista, que ainda estava com as pernas bambas.

★ ★ ★

Cecília havia ficado em casa na companhia de Genoveva, Joana e Firmina, que se ajeitavam para dormir. Tinham chegado à conclusão de que não deixariam a amiga ficar sozinha, visto que corria grande risco na manhã seguinte, de acordo com a previsão. Mesmo assim, tentavam fingir que nada de diferente acontecia e preparam um jantar, que Ceci apenas beliscou. Naquele momento, já sabiam que o MMC agiria e que, por causa deles, o general Denys estava se articulando também. No entanto, não tinham como prever se conseguiram evitar o embarque no Tamandaré e nenhuma nova notícia chegava, já que estavam isoladas para a proteção da amiga.

Quieta, Cecília pensava em Isaías com uma tristeza profunda. Não estava mais com raiva, apenas com muito medo. Por um momento, desejou que ele estivesse ali para acalmá-la, dizer que iriam impedir qualquer coisa ruim. Sabia que ele poderia ser capaz disso, como já fizera na vez em que ela se afogara no lago. No entanto, também o queria por perto pela sensação de proteção que só as pessoas queridas são capazes de proporcionar. Por um breve momento, pensou o que desejaria fazer se fosse mesmo morrer. O abraço dele surgiu em sua mente, mas Cecília recusou a imagem. Não iria se entregar fácil assim a um futuro incerto. Perdida em pensamentos e distraída, notou que Genoveva falava com ela após a amiga estalar os dedos diante de seus olhos.

— Ceci, um homem está aqui a pedido de Isaías, afirma ser urgente. O que devemos fazer?

— Um homem? Diga que não desejo vê-lo — afirmou Cecília, sem ânimo, e voltou a apoiar a cabeça no encosto do sofá.

— Ele está dizendo que Isaías levou um tiro.

Joana falou se esgueirando para o campo de visão de Cecília, então notou que a amiga na mesma hora arregalou os olhos.

— Ele deve estar blefando... Quem é o homem que está aí fora? — Cecília começou a andar na direção da porta e, no mesmo minuto, todas entraram na sua frente.

— Cuidado, Cecília — pediu Firmina.

— Não se preocupe. — Cecília abriu a porta e foi até onde o carro estava estacionado — Boa noite, quem é você?

— Cecília Gomes, sou o motorista do presidente Juscelino Kubitschek. Vim a pedido de Isaías Monteiro — Platão aguardou alguma reação, mas Cecília estava imóvel. — O rapaz levou um tiro ao tentar proteger o presidente e está gravemente ferido. Pediu-nos para vê-la.

— Se isto for mentira... — respondeu Cecília, pálida.

Olhando para os lados como se estivesse sendo observada, ela sentiu uma onda fria percorrer seu corpo, o que chegou a causar um calafrio visível.

— Poderá me acompanhar, senhorita?

— Cecília, não faça isso. Deve ser mentira — disse Joana, e se jogou na frente dela. — Você deve ficar em casa, segura.

— Nada vai me acontecer esta noite — respondeu Cecília, alarmada.

— Se você for, nós vamos com você — alertou Firmina.

Cecília ficou em silêncio olhando para as três amigas. Apenas Genoveva não falava nada. Em dado momento, Platão voltou a questioná-la, impaciente.

— Senhorita?

★ ★ ★

Penélope saiu do banheiro com uma das bochechas vermelha e os olhos lavados. A redação estava mais vazia, os contínuos já tinham ido embora e sobravam apenas os mais experientes. Abaixou a cabeça e caminhou pelo espaço, passando por diversas mesas enfileiradas como em uma sala de aula. Chegou à sua, que tinha mais ou menos o cumprimento de seus braços abertos, e sentou-se na cadeira. Ninguém a notou. Se tivessem perguntado algo, não saberia o que dizer, já que falar a verdade a faria perder o emprego. Se ficasse quieta, era capaz de Lacerda tratá-la normalmente no dia seguinte, como se ele não tivesse dado um tapa em seu rosto quando ela comentou que Carlos Luz era um idiota. Virando o rosto para não chamar a atenção, ela perguntou se já poderia ir embora da redação. Passava das onze da noite, mas Lacerda colocou a mão na testa e a esfregou, respondendo em seguida que, na verdade, ela deveria sair "tarde, muito tarde", porque precisava de sua ajuda naquela madrugada.

— Há uma agitação incomum hoje — explicou, voltando a mostrar um brilho ardente e voraz nos olhos que apontavam para um espaço vazio, depois saiu da própria sala, deixando-a sozinha para chorar no banheiro e limpar a maquiagem.

Um episódio como esse nunca havia acontecido antes, apesar das alfinetadas verbais que já tinha desferido contra o chefe. Para distrair a mente do ocorrido, decidiu organizar a mesa e, assustada, achou alguns papéis debaixo de uma pasta. Leu: "Querida, já não suporto mais a distância a qual somos submetidos. Sinto que, qualquer hora dessas, vou enlouquecer ou fazer algo terrível". Um arrepio lhe trespassou, jurava que tinha jogado fora todos os rascunhos das cartas que Brasiliana pedira que escrevesse. Ouviu o telefone tocar, mas a secretária não estava mais lá para atendê-lo. Imaginou que não seria ninguém importante àquela hora da noite e ignorou o barulho. Dobrou os papéis e guardou-os na bolsa para despachá-los no lixo mais próximo, quando saísse da redação. A insistência dos toques, no entanto, fez com que ela caminhasse até o telefone.

— Boa noite, aqui é a telefonista Mirela. Tenho uma ligação para a senhorita Penélope Barros.

— Sou eu — Penélope esforçou-se para colocar força ao falar, estava com a voz embargada.

— Quem aguarda do outro lado da linha é a srta. Adélia Fortunato, deseja atender?

— Sim — respondeu Penélope, em dúvida, por não reconhecer o nome. Depois de um tempo, no entanto, uma voz familiar falou do outro lado da linha.

— Penélope?

— Brasiliana? — questionou.

— Na verdade, sou Adélia Fortunato — repreendeu Brasiliana. — Escute, tenho más notícias. Explicou-se dizendo que havia enviado dois capangas para matar o mineiro, apelido que tinham

O último tiro da Guanabara 217

estipulado para JK. No entanto, o plano não dera certo. Seus homens afirmavam que JK estava armado com mais dois homens e um cego que o havia ajudado a se livrar do tiro. Brasiliana supunha se tratar do vidente Isaías. Afirmava também que não adiantava tentar algo de novo, já que a segurança do mineiro estaria redobrada. Colocando a mão na boca para não emitir som ou demonstrar espanto diante da notícia, a jornalista tentava entender.

— Mas por que chegou a este ponto?

— Ora, porque... — perto do bocal por onde falava, Brasiliana parecia revirar os olhos junto com a voz. — Por causa daquilo que lhe falei. Resolveram se mobilizar, garota. Primeiro o MMC, depois o general Denys. Creio que falta pouco para o ex-ministro marchar nas ruas.

— Como sabe disso? — perguntou Penélope, esticando-se para olhar em volta e conferir se ninguém prestava atenção na conversa. Percebeu, então, que a pessoa mais perto estava a três mesas de distância, fumando seu cigarro.

— Por sorte, meu primo é do Exército e parece que eles não conseguem fazer nada sem provocarem um imenso alvoroço. Imaginei que não soubessem, então liguei por isso.

— Para nos contar? — perguntou com inocência.

— Para deixar vocês a postos! Acabo de falar com o chefe, e ele pediu para avisar o Corvo Comunista de que esses grupos se articulam.

A jornalista olhou de novo para os lados, procurando por Lacerda. "Corvo comunista" era um apelido que apenas Brasiliana usava para se referir a Lacerda, embora todos os seus inimigos o chamassem apenas de "Corvo", desde que o jornalista Samuel Wainer, dono do jornal *Última Hora* e ferrenho getulista, referiu-se a ele assim em um enterro. O comunista era uma brincadeira da mulher. Ela vivia rindo do fato de Lacerda ser de direita, mas ter nomes como Carlos e Frederico, que segundo boatos das más línguas tinham sido dados em alusão a Karl Marx e Friedrich Engels, ideólogos do comunismo. Penélope não acreditava que a homenagem fosse verdade, mas também se referia a ele assim quando estava longe da redação.

— Avise-o também que, diante de qualquer sinal nosso, vocês devem sair do *Tribuna da Imprensa* sem chamar atenção — continuou Brasiliana, dando as instruções. — Se isso vir a ocorrer, encontrem-nos no Ministério da Marinha, está ouvindo? Caso contrário, Lacerda e você serão presos.

— Entendi — respondeu, atordoada.

— Não conte a mais ninguém sobre isso. A Marinha é, até agora, o nosso ponto de segurança. Se a situação piorar, partiremos rumo a São Paulo.

— Está bem — Penélope sentiu o coração disparar.

Brasiliana desligou o telefone antes que a moça pudesse dizer mais alguma coisa.

Levantando-se em um salto, a jornalista foi até a cafeteira e aproveitou para olhar mais de perto o que Carlos Lacerda fazia. Seu telefone estava fora do gancho, como se as ligações fossem triviais naquela noite. Penélope ponderou por algum momento se deveria avisá-lo sobre o que Brasiliana dissera. Apesar de não estar mais vermelha, o tapa ainda lhe ardia na face. No entanto, deveria pensar no futuro. Se o Lacerda, Carlos Luz e Brasiliana soubessem que ela deixou de contar algo importante como aquilo, não conseguiria emprego em mais nenhum lugar do país. Voltava na sua cabeça a imagem do pai doente, que ela sustentava sozinha. Então, suspirando de raiva, pediu licença para entrar na sala.

O último tiro da Guanabara 219

Madrugada de 11 de novembro de 1955

Cecília e as outras mulheres seguiram o motorista de JK, entrando apressadas no hospital. Na sala de espera estavam João Goulart e Henrique Lott. Elas não sabiam, mas por pouco não se encontraram com JK e Sarah, que tinham avisado Jango de onde estavam e do ocorrido. O vice as cumprimentou com sutileza após apertar a mão de Platão. Em compensação, o general ficou olhando para Cecília como se ela tivesse colocado a roupa do avesso. A moça fingiu ignorar. No fundo, não parava de pensar que ela própria poderia ter causado de maneira indireta algum tipo de acidente a Isaías, ao tentar adiantar as situações do dia seguinte.

— Como ele está? — perguntou, olhando para a porta que dava para o quarto.

— Já terminaram há um tempo a cirurgia, srta. Gomes — disse Jango, Em seguida, autorizou a entrada dela com um gesto.

Cecília andou a passos largos, mas impediram que suas amigas fossem juntas, explicando que "apenas uma visita era permitida por vez". Ela agradeceu internamente, pois precisava de um momento a sós com Isaías. Logo avistou a cama na qual ele repousava. Em dúvida, aproximou-se mais. Apesar de pálido e com o braço enfaixado, Isaías estava sentado, aguardando.

— Achei que estava morrendo — Foi a primeira frase que conseguiu dizer depois de observá-lo.

— Precisava falar com você... — respondeu ele, com força na voz.

— Você não pode fazer isso comigo — Cecília foi tomada por um sentimento de raiva e constrangimento.

— Preferia que eu estivesse morrendo?

— Você é um homem tolo e sem escrúpulos, Isaías Monteiro.

Ela caminhou até a porta e estava prestes a abri-la, quando ele voltou a falar, chamando a atenção dela:

— Você sabe que eu não consigo mais ver nada sobre você desde que lhe contei sobre aquilo hoje de manhã?

Cecília parou o movimento, refletindo sobre o significado do que ele acabara de dizer.

— Só vejo o contorno de seu corpo — disse ele, movendo o dedo para simular a forma que observava.

— Como isso pode ser possível? — perguntou ela, ainda ressabiada e virando-se para a direção da cama.

— Não sei explicar... Por favor, não vá embora ainda, precisava tanto falar com você. Como é bom tê-la aqui, não imagina o quanto estive preocupado hoje. Deixe-me ajudá-la.

— E pretende me ajudar como a partir de agora, se não pode ver meu futuro, minhas cores, nada?

— Encontraremos um jeito — respondeu Isaías, em tom lamurioso.

— Você não tem condições de ajudar ninguém, acaba de levar um tiro — disse ela, e esgueirou-se para olhar mais de perto a ferida. — Como foi que isso aconteceu?

Isaías ficou feliz com aquele interesse, parecia que ela estava disposta a lhe perdoar, embora ainda o tratasse com frieza.

— Tentaram matar Juscelino Kubitschek em sua própria casa. Dois homens, inclusive, estavam com algumas cartas destinadas à Sarah Kubitschek.

— Como assim?

— Queriam que acreditassem que JK teria morrido nas mãos de um amante de Sarah. Foi Lott quem descobriu as cartas em uma gaveta. Com certeza, há outras espalhadas pelos pertences da esposa de JK.

— É uma jogada muito suja — Cecília comprimiu as sobrancelhas. — Dessa forma não pareceria um crime político. Acha que Carlos Luz está envolvido?

— Pode ser que sim e que não — disse Isaías, pensativo. — Se ele aparecer na minha frente consigo saber, mas tenho outras preocupações nesse momento — afirmou, olhando para ela.

— Como vai ficar seu braço agora? — Cecília esquivou-se.

— Disseram que bem, retiraram a bala assim que cheguei. Estava na superfície, ao que parece — Isaías apontou suspirando. — O mais ultrajante é que estou preso aqui.

— Você precisa de repouso — concluiu Cecília, antes de se virar para a porta que se abria.

Entraram Jango, Lott e mais dois homens fardados.

— Muito bem, Isaías, conversei com Lott e ficou decidido.

Jango estava sério, olhou para Cecília e fez uma pausa. Isaías leu os pensamentos dele e respondeu:

— Não há problemas de falar na frente dela, Cecília tem muito mais interesse em ajudá-los do que qualquer braço direito seu, ou meu… Os homens que você colocou para espionarem ela não te contaram isso?

— Você… — Cecília virou-se para João Goulart, porém não terminou a frase, finalmente sabia quem desejava obter informações sobre ela.

— Que seja… Neste caso, ela passará a noite aqui com você, vidente — determinou Jango.

— O quê? — Cecília levantou-se. — Não desejo passar a noite aqui.

— Creio que o que você deseja pouco importa agora, moça — falou Jango, irônico, provocando um olhar raivoso.

— Vou embora agora — disse ela, e deu alguns passos em direção à porta, então os dois militares a pararam, empurrando-a para trás.

— O que significa isso?

— Ceci, é melhor não contrariar.

Isaías pediu e ela voltou-se irritada para perto dele. Ainda não compreendia o que se passava. O vidente, então, falou com Jango, fechando a mão em punho.

— Estão mesmo decididos a cometer este erro? Desejo falar com JK, sei que ele me ouvirá.

— Antes de sair do hospital, Juscelino deixou o caso para ser resolvido por mim, Isaías, e esta é minha decisão: pela sua própria saúde, você deve descansar esta noite. Nós agiremos de acordo com suas previsões.

— As minhas antigas previsões — corrigiu o vidente. Em seguida, dirigiu-se ao general. — Lott, por favor, pense! Você não me ouviu uma vez e chegamos nesse ponto. Por favor, me escute agora; se Carlos Luz conseguir entrar no Tamandaré, haverá outras maneiras de detê-lo. Não podem bombardear o navio, caso contrário Luz irá responder ao ataque e milhares de pessoas inocentes podem morrer. Colocarão a culpa em JK e ele jamais assumirá a presidência!

— Sr. Monteiro — Lott voltou-se para ele —, eu sabia das suas intenções desde que foi me procurar. Sarah tinha me contado e pediu que eu investigasse a verdade. Tudo o que disse para mim provou que estava, realmente, preocupado com ela — disse o general, apontando para Cecília. — Neste caso, é bom mesmo que os dois fiquem aqui, sob vigilância de meus homens. Você vai se recuperar e ela cuidará do senhor. Assim, nada acontecerá com ela e, ao mesmo tempo, nenhum dos dois sofrerá qualquer risco. O senhor deveria estar feliz.

— Lott tem razão, toda essa situação deveria lhe bastar, vidente — acrescentou Jango. — O que mais desejava era protegê-la, não é mesmo? Agora que ela está aqui, nada acontecerá. Nós precisamos ir. Há muito a ser feito esta noite, em especial para o ministro, e você precisa recuperar o braço.

Isaías conseguiu colocar os pés para fora da cama com esforço.

— Ao menos prometa, general, que darão opção para Carlos Luz se arrepender no Tamandaré e preparar o navio para regressar ao nosso porto — pediu o vidente, em uma última tentativa.

— Não se preocupe, Isaías — respondeu Jango. — Garanto que pelo fim da manhã eu mesmo tenho um encontro marcado com vocês aqui para lhes contar nossa vitória. Há o interesse de toda a nação em nossas atitudes. O amanhã será do nosso jeito.

Jango finalizou a conversa e, em seguida, saiu do quarto. O general fez o mesmo, sem dizer mais nada, e os trancou, colocando os dois homens do lado de fora, fazendo a guarda. Depois, Isaías e Cecília ouviram vozes de protesto de Genoveva, Firmina e Joana sendo expulsas da sala de espera.

— Eles têm razão, Isaías — disse Cecília, fazendo esforço para tocar no assunto que tentara fugir o dia inteiro —, se só queria mesmo me proteger acima de tudo e agora estou segura aqui, por que se preocupa tanto?

Pensando antes de responder para explicar-se da melhor forma possível, o vidente a alertou:

— Porque o futuro muda muito. Aliás, o presente já se alterou tanto que não tenho como prever mais nada, ainda mais sobre as consequências de JK e Lott atacarem o navio. O céu do Rio de Janeiro continua escuro como o fundo de um poço. Além disso, mais cedo, a nuvem de JK indicava que ele talvez pudesse perder essa disputa. No entanto, como poderia indicar isso se eles têm a intenção de atacar o navio justamente para ganhar? Se essa ação fosse mesmo a coisa certa a se fazer, a nuvem de Juscelino deveria indicar que solucionariam os problemas. Há algo nisso que ainda não consegui resolver e tenho certeza de que me prender aqui apenas reforçará os erros. Se me deixassem ajudar, acharíamos um jeito de lidar de forma rápida com essa crise.

— Mas pode ser que JK e Lott mudem de ideia, que não ataquem o navio.

— Eu vi que eles atacarão. Isso é certo neste momento. Pode ser que mude, sim, mas é cada vez mais improvável. E, claro, no meio disso tudo tem você, Cecília. —Isaías abaixou um pouco o tom de voz, com medo da reação. — Mas, fico feliz que talvez esteja segura, embora eu não possa ter certeza disso porque não vejo mais seu futuro. Sei que garantir que não façam nada ao navio, também é uma forma de garantir que nada aconteça a você.

— Nada irá acontecer, Isaías, estamos presos no hospital.

— Se há algo que sei sobre a vida, Ceci, é que nunca temos certeza sobre o futuro. Olhe para mim, no fim das contas levei um tiro achando que poderia sair ileso na tentativa de salvar JK. Não tenho intenção de ficar aqui essa noite.

A moça voltou a observar o ferimento dele. Sem que ela pedisse, Isaías contou sobre sua briga com Juscelino por causa do que descobriram sobre Cecília durante a espionagem e todos os pormenores daquela tarde. A moça ouvia com atenção.

— Hoje eu tentei adiantar os acontecimentos — respondeu ela, diante do relato dele. — Estava assustada, não sabia o que fazer. Agora creio que causei isso a você.

— Você não me causou nada — falou Isaías, voltando a encostar-se na cama. Tentando levantar, fez uma careta. — O que você fez?

Então, Cecília começou a falar sobre a ideia que ela havia colocado em prática: atacar o MMC como se fosse a UDN, para fazer o Movimento agir e desencadear a ação em outros grupos. Isaías achou a ação arriscada, mas muito inteligente.

— Pode ser que tenha dado certo — pensou alto.

— Eu também gostaria muito de saber, seria útil ter seus dons de volta comigo nesse momento.

Ela tocou em uma das mãos de Isaías, deixando a frieza de lado. Ele ficou tão imerso no gesto que demorou para perceber que, por um breve momento, podia ver os símbolos e cores dela de novo.

— Cecília! — gritou ele, assustando-a. Mas em uma fração de segundos, tudo sumiu num apagar de luzes.

— O quê? — perguntou ela, olhando para os lados.

— Posso vê-la! — comentou Isaías, animado.

— Como assim? — Cecília levantou-se da maca, afastando-se. — Agora?

— Agora não mais... — respondeu ele, com o olhar perdido, pensando no que acontecera. — Mas quando me tocou e disse que gostaria de saber... Pode tocar em minha mão mais uma vez?

Cecília aproximou-se receosa.

— Não sei como isso pode ajudar.

— Por favor, Ceci, é um teste rápido.

Ela inclinou-se, sentindo o toque da pele dele. Isaías olhava, mas nada via. Entrelaçou os dedos nos dela.

— O que está acontecendo?

— Nada — Isaías explicou-se. — Não estou vendo nada. Mas é muito bom que você esteja por perto, Ceci.

De súbito, ela puxou a mão para si e ficou vermelha.

— É algum tipo de brincadeira? — Cruzou os braços.

Isaías suspirou.

— Talvez eu possa ver se você quiser verdadeiramente que eu enxergue. Caso contrário, vai me impedir.

— Não há necessidade de ver nada — retrucou Cecília. — De que vai adiantar? Estamos presos.

— Saberemos se o perigo passou para você e, além do mais... Ceci, pensei durante o dia todo que você esteve ligada aos principais acontecimentos desde que nos encontramos. Inclusive, só aceitei ajudar JK porque te encontrei naquele navio quando vinha para o Rio.

— Do que está falando? — perguntou ela, esquivando-se, pois tinha medo de qualquer informação que ele pudesse obter.

— Você está conectada às minhas ações desde que cheguei. Eu não tenho como prever meu próprio futuro, mas posso ver o seu. Agora que estamos juntos — Isaías continuou e ela fez uma careta, de modo que ele se corrigiu —, digo, agora que fomos forçados a pensar juntos no que faremos, talvez seu futuro dê alguma pista do que devemos fazer.

— Não sei o que pensar sobre isso e não sei nem se quero saber — ela pediu.

Cecília refletia olhando pela janela a paisagem noturna. Em seguida, ouviu que alguém a chamava baixinho.

— O que me diz, Ceci?

— Só um minuto — disse ela, fazendo um sinal, e Isaías ficou quieto, sem compreender. — Estou ouvindo alguma coisa.

Cecília caminhou até a janela e olhou para os lados. Viu Joana acenando a duas janelas de distância. Em seguida, a moça sumiu por um instante e surgiu de outra, do lado da de Cecília.

— Joana, graças a Deus! — Cecília sorriu.

— Fale mais baixo! — pediu Joana, olhando para os lados. — Já foi um parto convencer as enfermeiras de que conheço os dois pacientes do quarto ao lado e despistá-las.

— Joana, tire-nos daqui. Estamos presos!

— Estou pensando no que fazer. Mas acho que deveríamos tentar tirar só você.

— Não, Isaías também — respondeu Cecília.

— Ele consegue sair? — perguntou a moça, estranhando o pedido.

Cecília olhou para trás, Isaías estava, enfim, de pé. Andava cambaleando, mas isso não era de todo um problema.

— Sim, consegue — respondeu Cecília, em voz baixa.

— Eu preciso pensar e sair da janela agora, porque a enfermeira acaba de voltar. Não se preocupe, acharemos um jeito.

Quando Isaías a alcançou, sua amiga já tinha desaparecido.

— Era a voz de Joana? — perguntou incerto.

— Ela vai tentar nos tirar daqui — falou Cecília, com um brilho de esperança nos olhos.

— Como? — Isaías parecia mais incrédulo à ideia de que a amiga de Cecília fosse conseguir ajudá-los do que à ideia de que fosse conseguir sair sozinho.

— Não sei, mas ela tem experiência nesse tipo de situação. Vamos aguardar.

Isaías voltou a sentar-se na cama e Cecília fez o mesmo, posicionando-se ao lado dele.

— Sabe uma coisa que não entendo? — Ele ignorou o que ela acabara de falar. — Que horas ocorreu este ataque que fizeram ao MMC?

— No final da tarde — respondeu ela, sem ânimo.

— E eu vi JK já tarde da noite. Se você tentou adiantar os eventos, por que nada sobre o Tamandaré mudou quando eu vi JK? Quer dizer, se os eventos foram adiantados para conseguirem capturar Carlos Luz, por que ainda vejo que eles atacarão o navio? Tudo vai seguir exatamente como eu previ, apesar de sua enorme interferência. Sua ideia foi brilhante, eu também teria feito o mesmo se conhecesse tão bem a política como você, mas é como se não surtisse qualquer efeito.

— E o que acha que isso quer dizer? — perguntou ela, confusa.

— Que as coisas foram como deveriam ser — pensou em voz alta Isaías, sentindo-se invadido por uma ideia. — Ceci, ver o seu futuro pode me ajudar a pensar sobre toda essa situação.

— Eu tenho medo, Isaías — Cecília sentiu os olhos encharcarem.

— Eu também tenho, mas temos que tentar — disse ele, apoiando uma das mãos em sua bochecha. — Por favor, me deixa ver.

Cecília concordou. Apesar do medo, sabia que Isaías falava a verdade e ela poderia facilitar tudo para ambos. Respirando fundo, fechou os olhos. No entanto, nada ainda aparecia para o vidente.

— Relaxe, Ceci, apenas confie em mim — pediu ele, observando uma lágrima que rolava das pálpebras fechadas dela. — Não sou um inimigo, deixe-me ajudar. Não tenha medo. Eu vou lutar por você, vamos fazer isso juntos.

Aos poucos, alguns símbolos e cores foram aparecendo. Isaías animou-se e continuou falando. Então, um clarão se fez em seus olhos. Isaías observou os símbolos e cores que saíam da pele dela. Apesar de demonstrarem medo, mostravam força de vontade e coragem para enfrentar o que viria. De imediato, ele cravou os olhos para cima e avistou sua nuvem de futuro. Vibrou ao ver que estava menos escura do que antes, isso só podia ser um sinal de que as chances de a moça morrer naquela manhã diminuíram. Porém, a nuvem ainda demonstrava grande perigo e, o pior, que Cecília estaria no Tamandaré, como Isaías já havia previsto antes.

Aquilo o surpreendeu. Faltavam poucas horas para o desenrolar do ataque ao navio. O que poderia acontecer até lá que a faria embarcar? Voltou a se concentrar e viu que Cecília contaria com a ajuda de suas amigas no Cruzador, apenas não entendia para

O último tiro da Guanabara 229

quê. Ela perguntou se ele estava conseguindo, por causa disso alguns símbolos sumiram. Isaías pediu que ela apenas relaxasse, afirmando que tudo ia bem. As informações voltaram, fazendo o vidente respirar fundo e olhar para o céu noturno em busca de algum fôlego também para os olhos. Nesse momento, no entanto, voltou a perceber um padrão entre o futuro de Cecília e o da cidade. Era a segunda vez que isso acontecia, mas da primeira não tinha dado importância. Levantou-se da cama com alguma dificuldade, fazendo Cecília abrir os olhos.

— O que viu?

— Estou apenas checando, preciso fazer alguns cálculos — disse Isaías. Em seguida, aproximou-se da janela e começou a contar.

Continuava vendo padrões, dezenas deles. Aquilo o assustou, então se lembrou de outro padrão que havia visto, outro dia, em JK e também em Cecília. Apesar da dor no braço, forçou-se pela janela de modo que Cecília foi até ele, preocupada que caísse.

— Cecília... O seu futuro — começou a dizer ele, quase engasgando — está ligado com o da cidade inteira.

— Como assim? O que isso significa?

— Você vai embarcar no Tamandaré... — continuou Isaías.

— Por vontade própria? — Cecília tinha as mãos trêmulas.

— Sim — disse ele, encarando-a assustado —, para impedir que o Tamandaré revide.

MADRUGADA DE 11 DE NOVEMBRO DE 1955

O frio da madrugada se instalava nas ruas quando muitas pessoas acordaram com o barulho das tropas do Exército marchando. Aquele não era um movimento normal, por isso as pessoas, curiosas, saíam para as calçadas, onde a agitação era maior. Algumas viram pontos específicos da cidade, como a Companhia Telefônica, o Departamento Federal de Segurança Pública e os quartéis da polícia, serem ocupados. Então, amedrontadas, corriam de volta às residências e ligavam o rádio a fim de terem notícias. No entanto, não importava quantas vezes trocassem de estação, apenas ouviam Demônios da Garoa, Dorival Caymmi e Sylvia Telles.

No Palácio Duque de Caxias, sede do Ministério da Guerra, comandantes de tropas continuavam a receber ordens em envelopes e, em seguida, partiam. Muitos chegavam rápido, uma vez que já tinham sido convocados por Denys antes de o general tomar conhecimento da decisão final de Lott. Denys havia gargalhado de felicidade quando seu amigo dissera que iria tomar uma atitude naquela noite e reformular os planos de ação que tinham sido esboçados em julho. Ele ficava se perguntando, entre uma ordem e outra, o que fizera Lott mudar de ideia. O ministro não respondia, mas olhava o céu do Rio de Janeiro ao mesmo tempo em que se lembrava do pedido de JK para que não dissesse nada

O último tiro da Guanabara   231

sobre aquela tentativa de assassinato em sua casa, de modo que o episódio iria para o túmulo junto com ele.

Assim, a chamada "Operação Formiga" começava a todo vapor e a primeira preocupação de ambos foi pensar em como impedir a Marinha e a Aeronáutica de agirem. Estavam atrasados em relação às outras duas forças, que haviam se preparado para um ataque já na noite anterior. Além disso, tinham que cercar os principais locais onde poderiam ocorrer reações a favor de Carlos Luz. Só depois combateriam os homens considerados peças chaves da articulação contra JK e a legalidade. Portanto, concentravam-se, naquele momento, em pedir colaboração por rádio ou telefone para as unidades do Exército, em locais diferentes do país, que deveriam vir para o Rio de Janeiro.

Denys acabava de falar com as tropas de Minas Gerais, que fechariam o cerco sobre o Distrito Federal, quando Lott recebeu uma ligação do general Fiúza perguntando o que significava aquela movimentação no ministério.

— Prezado general, sou ainda o ministro da Guerra em exercício — respondeu Lott, com a voz firme. — Como tal, sou responsável pela ordem pública e estou tomando as providências que as circunstâncias me impõem para garantir a segurança geral. Não há necessidade de se incomodar com quaisquer problemas hoje.

Lott finalizou o assunto com educação.

— Onde o general Fiúza está? — Denys virou-se para ele, havia escutado sua fala.

— Creio que neste prédio mesmo.

— Lott, é necessário barrá-lo. Se estiver em alerta, ele avisará Carlos Luz o quanto antes — Denys falou pegando o telefone e discando para dar ordens de fazer uma "varredura" no prédio do ministério.

Para Lott, a notícia que mais interessava era saber se tinham conseguido cercar o Palácio do Catete, uma das primeiras ordens que expediu naquela madrugada. Sua principal preocupação era impedir a circulação de Carlos Luz, que com certeza estaria no Palácio. Porém, enquanto a notícia do êxito da ação não chegava, voltava a pensar no que mais precisava fazer e ouvia, nos andares de cima, uma intensa movimentação. Seus homens já haviam cumprido as ordens de Denys e logo deteriam Fiúza e outros oficiais em uma sala, até a solução dos acontecimentos.

O general Denys agira bem. Parecia bem mais elétrico do que Lott e estava mais preocupado com as ações do MMC, grupo que também impulsionara o ministro a agir. Entre uma ordem e outra, Denys esforçava-se para esmiuçar como andavam os planos do Movimento e também se mantinha informado sobre a segurança de JK e Jango, que tinham sido deixados com dezenas de soldados. Depois de receber algumas informações, abriu um sorriso, como se já tivessem resolvido todos os problemas. Virou-se para Lott tão feliz que, por um momento, o ministro pensou terem conseguido reter Carlos Luz.

— O MMC optou por ajudar-nos!

— É mesmo? — perguntou Lott, tendo que dar um sorriso singelo. Não era a melhor das notícias, mas, ao menos, tratava-se de algo bom. — Que tipo de ajuda?

— Invadiram a Inspetoria Geral do Exército.

— Quem os autorizou a fazer isso? — reagiu Lott, assustado.

— Creio que nosso próprio comandante, mas não sem antes ter a garantia de que iriam lutar ao nosso lado e seguir nossas coordenadas — disse o general, quase pulando na cadeira. — Todo o apoio é bem-vindo nessa hora, ministro. Veja só, acabei de saber também que, na Inspetoria, detiveram o Golbery do Couto e Silva, além de outros três tenentes-coronéis e o major Sebastião Ferreira. Por certo, a ajuda do Movimento auxiliou nesta questão.

— O tenente-coronel Golbery Silva de fato é uma prisão a se comemorar — Lott permitiu-se sentir o alívio por um breve mo-

O último tiro da Guanabara 233

mento — Estava muitíssimo ligado a Carlos Luz. Sabe como anda o cerco ao Palácio do Catete? — perguntou, olhando para o céu.

— Vamos verificar — respondeu voltando a pegar o rádio.

A notícia que recebeu, no entanto, não foi das melhores. Tinham conseguido cercar o Palácio, impedindo a entrada e a saída de qualquer pessoa, mas havia suspeitas de que Carlos Luz não estava mais no local. Lott empalideceu e virou-se para observar o céu por um longo tempo. Estava pensando se deveria contar sobre as previsões de Isaías, quando um sargento entrou de repente na sala trazendo uma série de documentos.

— Que papéis são esses? — perguntou Denys ao recebê-los.

— Documentação comprovando que a esquadra do Ministério da Marinha está preparada para o combate — Lott explicou-se estendendo as mãos para agarrar o calhamaço. — Como eu imaginei... Houve aumento da munição nos navios — voltou a falar, concentrando-se no texto.

— Nesse caso, há possibilidade de resistência por meio marítimo — concluiu Denys.

— Sim — suspirou ele, pensando como era certeiro o que o vidente dizia. — General, quero que tomem todas as providências para que a barra da Baía da Guanabara seja fechada a todos os navios de Guerra e para que não sejam permitidas as saídas dos navios da Marinha também. Avisem aos comandantes que usem semáforos e outros recursos visuais para advertir as embarcações.

— Sim, ministro — Denys acenou com a cabeça, embora não achasse que aquela fosse uma medida urgente.

— Depois disso, concentraremos nossos esforços em deter Carlos Luz. É uma ordem altíssima, general, não ouse desacatá-la. A ela depende a nossa vitória ou derrota — explicou Lott, evasivo, decidido a não contar mais nada.

★ ★ ★

Cecília havia entendido. Estava ainda pasma e com as mãos trêmulas, mas a coragem não lhe faltava, o que fazia o vidente refletir sobre as próprias ações. Ele não tentaria resolver uma crise política se isso significasse arriscar a própria vida. Porém, Cecília era diferente e, conforme havia previsto, tomava os riscos para si por vontade própria. Ele desejava que não fosse assim e que ela não corresse perigo, mas nada, absolutamente nada, do futuro estava acima do livre arbítrio, de forma que um vidente também não deveria estar. Assim, contou toda a verdade à moça, deixando-a livre para escolher entre as possibilidades.

Foi também um baque saber que ela era, na verdade, uma grande engrenagem movendo os fatos para o futuro. Isso não deveria tê-lo assustado tanto, afinal de contas todos nós somos, de alguma forma, engrenagens do presente. No fim, olhando para trás, tudo fazia sentido: ele apenas havia aceitado ajudar JK para poder ficar perto dela e impedir que ela morresse, de forma que o tempo todo ela o guiou para tomar decisões políticas acerca dos problemas. Pensando bem, Isaías havia sido como uma muleta para a moça, e a previsão de sua morte era como uma esteira que fazia com que se movessem juntos.

O cego pensou, então, por um momento, na possibilidade de ter intuído errado, desde o começo, a morte de Cecília, e de que aquela previsão era apenas para fazer com que chegassem até ali. Quem poderia saber? O futuro é uma incógnita e trabalhar com ele é quase sinônimo de enlouquecer. O que importava no momento era entender o que fazer com as informações que tinham. Sabia que Cecília havia tentado adiantar a ordem das coisas ao atacar o MMC, porém a ação não surtira qualquer efeito. Isso levava o vidente a concluir que ela agiu para que tudo corresse da maneira como ele previra. Destino, acaso ou coincidência, fato é que Carlos Luz embarcaria no Tamandaré dali a algumas horas e que a previsão de JK havia mudado.

O último tiro da Guanabara 235

Existia também a própria questão do perigo. O Tamandaré poderia contra-atacar para a costa, tirando a vida de milhares de pessoas e eliminando os principais aliados de Juscelino. Assim, Isaías via pela nuvem de Cecília, JK e da cidade que não deveria ocorrer ataques grandes de ambos os lados. Quanto mais pensava sobre isso e sobre como impedir que acontecesse, mais percebia que as nuvens da cidade e de Cecília clareavam, como se fosse o certo a ser feito. Nunca como antes, desde que tudo começara, esteve tão perto de afastar as nuvens negras. Mesmo assim, a moça ainda corria perigos e, quando ela o perguntou se estaria salva se optasse por não fazer nada, Isaías não soube o que responder.

— Você prefere que eu vá ou que fique? — perguntou ela, voltando a encará-lo.

— Prefiro que fique, para sua própria segurança — respondeu Isaías, cabisbaixo.

— Nesse caso, não conseguiremos interferir no Tamandaré e nos fortes da Guanabara, como você prevê que é necessário — disse ela, após o vidente lhe contar os planos para impedir o Tamandaré de atirar. — Minhas amigas têm força para isso. Podemos descarregar os canhões, alterar as ordens…

— Vejo que tomou sua decisão — Isaías mordeu os lábios.

— Saber que está tudo em nossas mãos, Isaías, que podemos impedir de acontecer algo horrível na cidade e, ao que parece, em todo o país… Como conviver depois, se não fizermos a coisa certa? Quantas vezes pensaremos no que poderíamos ter feito e não fizemos? — Cecília sentia que estava a ponto de explodir. Queria correr, tomar alguma atitude, mas as paredes apenas rebatiam seu desejo.

— Porém, estaremos seguros… e presos aqui — Isaías a confrontava.

— E a que preço? — retrucou ela, sem parar de rodear o quarto.

— Se você for, eu estarei junto. Não a deixarei sozinha nisso.

— Sabe que podemos pagar com as nossas vidas o alto preço de uma modificação na história — Cecília olhou para o braço dele, sentindo-se culpada. — Além disso, você conseguirá fazer qualquer coisa nesse estado?

— Estou melhor do que pareço e, comigo lá, poderei protegê-la de fatores externos. Se aceitarmos essa tarefa, aceitaremos os perigos juntos. Não há como um de nós deixar o outro enfrentar os problemas enquanto espera aqui a salvo.

Cecília voltava a andar de um lado para o outro. Eles estavam há um bom tempo naquele quarto sem que Joana desse sinais de que estaria prestes a resgatá-los. Aquilo os deixava mais nervosos. Mesmo assim, a moça não queria deixar que o vidente visse em sua nuvem de futuro o que aconteceria a seguir, dizia que não era determinante naquele momento e que não desejava usar das previsões para orientar o presente. Afirmava que só o deixaria ver quando fosse essencial. Aproximando-se da janela para ficar mais calma, ela ouviu uma correria nos andares debaixo.

— Fogo! — Alguém gritava.

— É Joana, Isaías — Cecília virou-se para o cego. — São minhas mulheres incendiárias — disse ela, rindo —, prepare-se! Vamos sair daqui.

Não foi necessário esperar muito, diversas enfermeiras entraram no local, em poucos minutos, afirmando que precisavam retirar os pacientes do hospital, pois todos corriam perigo. Sob protesto dos dois guardas, desceram todos. A princípio, eles estavam bem atentos. Isaías calculava os próximos passos a partir das nuvens dos outros e dos militares. Então, percebeu que em determinado momento grande parte dos pacientes desceria, confundindo os presentes, e puxou Cecília para uma porta qualquer. Depois, a partir do ambiente vazio, ela correu com ele, guiando-o pelos corredores.

O último tiro da Guanabara 237

— Acho que conseguimos despistá-los — deduziu ela, após sair de um corredor e entrar em uma sala vazia.

— Ótimo, mas ainda precisamos sair. O prédio está em chamas — Isaías arquejava, pois não tinha a metade do fôlego da moça.

— Duvido muito que esteja — Cecília abriu a porta e olhou para os lados: o hospital estava vazio. — Sente algum cheiro de queimado?

— Nenhum — Isaías inflou as narinas.

— Tenho certeza de que minhas amigas jamais colocariam fogo em um hospital. No entanto, se conseguiram reunir algumas mulheres, seria o suficiente para provocar um alarme falso.

— Sem fogo?

— Não é necessário muito para causar uma histeria coletiva, Isaías — disse Cecília, sorrindo. — Vamos, vamos tentar achar logo uma saída.

★ ★ ★

— Senhor...

— Diga — Lacerda apagou o cigarro no cinzeiro.

— A srta. Penélope pediu para lhe entregar isto.

O homem aproximou-se temendo a reação do chefe.

— Onde está Penélope? — disse Lacerda, estendendo a mão para pegar o envelope, que em seguida abriu.

— Eu não sei, senhor — respondeu o homem, tentando se esquivar das perguntas.

— Penélope não pode ter saído. E ainda com os fatos da noite de hoje... Peça para que ela volte agora!

O jornalista fez que sim com a cabeça e saiu correndo da sala. Em seguida, Lacerda abriu o envelope e leu o conteúdo da carta: "Estão vindo para a redação, saia imediatamente daí. Ass.: Penélope Barros". Praguejando, o jornalista amassou o papel. Logo em seguida esticou-o, releu a mensagem e voltou a amassá-lo.

238 Bruna Meneguetti

— Senhor, — o jovem voltou para a sua sala —, não sei onde a srta. Barros se encontra...

— Saia daqui! — vociferou Lacerda, o que fez o jovem correr de volta para sua mesa de trabalho.

Não demorou muito para que o dono do *Tribuna da Imprensa* colocasse seu casaco e saísse do jornal sem avisar ninguém. Partiu rumo ao local do encontro combinado com Carlos Luz, pensando no motivo que fez Penélope sair da redação sem ele. Teria sido o tapa? O que quer que fosse, ela logo superaria. Era provável, inclusive, que a encontrasse no local estipulado. Lacerda abaixou a aba do chapéu ao ver um movimento no final da rua. A cidade do Rio de Janeiro era um silêncio interrompido por convulsões.

Não muito longe de onde ele estava, Penélope caminhava a passos inseguros. Deixar o envelope para seu chefe exigiu coragem por parte dela, mas abandoná-lo na redação no momento em que ia embora foi algo que nunca se imaginou fazendo. Refletia sobre as implicações de seus atos, além de imaginar também o que o jornalista estaria pensando quando viu algumas tropas dirigindo-se ao jornal e parou por alguns instantes. Pensou aliviada que, àquela altura, Lacerda já teria saído.

Diante dos militares, a jornalista sentiu que poderia voltar atrás e ir ao ponto de encontro marcado com Brasiliana. No entanto, o que restava a ela, Carlos Lacerda, Luz e aquela mulher? Brasiliana havia atacado JK, tal qual falou que faria, se o cerco se fechasse e não houvesse mais opções, ou seja, se a situação ficasse tão preocupante que essa fosse uma saída interessante. O ataque foi este sinal: um enorme aviso de que poderiam perder tudo aquilo pelo qual lutaram. Juscelino ter escapado da tentativa de assassinato sem sequelas era, talvez, um prelúdio de sua vitória.

Diante desses fatos, pensara muito sobre o que deveria fazer. Diferente dos outros, não poderia se dar ao luxo de apostar alto naquele jogo. As pessoas com as quais convivia tinham dinheiro

O último tiro da Guanabara 239

e influência suficiente para perder quantas vezes fossem necessárias. Poderiam ser presos, mas tinham amigos que os tirariam da cadeia. Poderiam mudar de país, que seriam amparados de alguma forma. Porém, o que Penélope Barros faria se seus aliados sumissem? Tinha de apostar as fichas em um dos lados, o mais seguro.

Apalpou, então, o bolso, de onde tirou um pedaço de papel. Havia uma sequência de números anotados nele que ela observou por um momento. Olhou para os lados das calçadas, que estavam vazias, antes de avançar para um bar credenciado pela Companhia Telephonica Brasileira. Lá havia um telefone público que poderia usar, de modo que ela não demorou muito para pegar algumas moedas, depositar na caixa coletora e começar a discar. Ouviu o som da ligação e falou com a telefonista. Aguardou mais um pouco, com a respiração pulsando forte, caso alguém a reconhecesse ali, seria seu fim. Voltava a olhar para os lados, torcendo para que atendessem logo. Para a sua surpresa, foi uma voz feminina quem respondeu ao telefone.

— Alô, quem fala?

Penélope esforçou-se para se lembrar daquele timbre, mas não a reconheceu. Pensou que nunca havia falado com aquela mulher.

— Boa noite, não sei se estou falando com a pessoa certa... — Penélope respirou fundo. — Sou Penélope Barros, jornalista do *Tribuna da Imprensa*. Quem me deu este telefone foi o sr. Isaías Monteiro...

Madrugada de 11 de novembro de 1955

Joana havia voltado com mais três mulheres, além de Firmina e Genoveva. Uma sempre ajudava Joana a abrir o galpão da fábrica onde aconteciam as reuniões; as outras duas eram também participantes ativas desses encontros. Juntas, as cinco foram o suficiente para causar alarde e fazer todos acreditarem que havia algum princípio de incêndio.

Genoveva, ao avistar Cecília, quase berrara de felicidade, mas controlou-se, de modo que saíram correndo para longe dali em conjunto, com o rapaz de tipoia no braço. Quando por fim pararam em uma rua deserta, Genoveva arfava. Ao mesmo tempo, olhava para os lados, agoniada por estar na rua àquela hora da noite. Se ela tivesse uma família, jamais poderia fazer uma coisa dessas.

— Você não precisa ficar tão preocupada, ninguém a verá — disse Isaías, sorrindo e lembrando Genoveva de que, como era o único homem do grupo, só poderia ser ele o vidente de quem Cecília tanto falava. A lembrança a fez ficar vermelha e, ao mesmo tempo dar um passo para a direção contrária. Era a primeira vez que o via pessoalmente e tremia só de pensar no que ele poderia prever sobre ela. Tudo o que queria era voltar para casa, mas Cecília a chamou para conversar em particular ao lado de Firmina

O último tiro da Guanabara 241

e Joana. Isaías ficou ao lado das outras mulheres, que pareciam perdidas, aguardando.

— Vejo que está falando com ele de novo — repreendeu Joana. — O que deu em você? Inclusive, não acho que ele deveria ter saído do hospital no estado em que está.

— Ele precisava sair. Descobrimos algumas informações enquanto ficamos presos lá — respondeu Cecília a todas. — A mais importante delas é que eu e ele vamos precisar embarcar no Tamandaré.

— Cecília! — Genoveva colocou a mão na boca. — Você está louca?

— Depois de tudo o que ele previu? — Firmina tocou em seu braço.

— Sei que parece insanidade — Cecília concentrou-se e contou tudo o que descobriram sobre JK e a possibilidade de o navio ser atingido, assim como a praia de Copacabana. Falou ainda que o perigo no futuro dela havia diminuído, então continuou: — Se conseguirmos evitar esses episódios, impediremos que Carlos Luz dê um golpe.

— Mas isso ainda pode colocá-la em risco — reagiu Firmina, ao lado de Joana, que estava emburrada e não falava mais nada.

— Cecília... Não deve ir! — pediu Genoveva, segurando a mão da amiga.

— Já fiz a minha escolha, agora queria saber qual é a de vocês. Não quero envolvê-las em qualquer situação perigosa, mas sozinha não vou conseguir. Por isso pensei que Isaías poderia ver as nuvens de vocês. Dessa forma, saberemos quem pode ir e quem deve ficar.

— Me deixa ver se entendi — Joana alçou a mão no meio das três. — Vamos entrar no navio e nos fortes para desarmar os canhões?

— Exato, contaremos com a ajuda das camareiras que estão trabalhando no Tamandaré nesta madrugada.

— E quem vai desarmar os fortes? — Joana pensava alto.

— Nós também — respondeu Cecília, ainda em dúvida.

— Não me parece que teremos tempo para todos.

Sua amiga estava com um semblante sério, o que fez Cecília olhar para Isaías e chamá-lo. O vidente aproximou-se preocupado, pois já havia visto as nuvens de Genoveva, Firmina e Joana, de modo que sabia o que conversavam. Mesmo assim, esperou que Cecília lhe contasse.

— Não tínhamos pensado nisso — falou ele, contrariado.

— Não vamos conseguir. Qual deve ser a nossa prioridade?

— Prioridade? — repetiu Isaías, olhando para a nuvem de todas. Várias informações estavam embaralhadas, devido ao momento de indecisão que vivenciavam. — Preciso ver sua nuvem, Ceci, em particular.

— Por quê? — perguntou Cecília, arregalando os olhos.

— Da última vez em que vi sua nuvem, você embarcaria no Tamandaré — Isaías voltou a falar, depois que as mulheres se afastaram para perguntar às outras se elas concordavam em passar por um momento perigoso em prol de salvar outras vidas.

— No entanto, a lógica é de que todos precisaremos estar nos fortes em que os tiros serão disparados, assim eles não atingirão o navio, nem ele revidará. Precisamos descobrir o certo a ser feito. Como estou acompanhando sua nuvem há mais tempo, não adianta olhar as de suas amigas agora.

— Está bem — suspirou Cecília.

— Com o tempo isso ficará mais fácil.

— Com o tempo não precisaremos mais disso — sussurrou ela, fechando os olhos.

Cecília relaxou o corpo e tentou se concentrar. Após um longo silêncio, perguntou impaciente se ele havia visto algo.

O último tiro da Guanabara 243

— Ainda embarcará no Tamandaré — suspirou Isaías.

— E qual é o motivo? — perguntou Cecília, estreitando os olhos.

— O mesmo de antes: impedir que o Cruzador revide.

— Isso não faz sentido — Cecília fez uma careta. — O que devemos fazer agora?

— Não sei. A menos que algo que ainda não aconteceu possa nos fazer perceber que precisamos ir ao Tamandaré, ao invés do Forte.

— É loucura — Cecília balançava a cabeça. — Não devemos pautar dessa forma nossas ações do presente de acordo com o futuro...

— Mas é o que estamos fazendo desde que nos encontramos, ou pelo menos eu estou — falou Isaías, resoluto. — Vamos mudar os planos; iremos para onde o Tamandaré está. Talvez eu consiga prever mais a partir das pessoas que se encontram lá e entender o que está acontecendo.

— Isso é arriscado.

Cecília queria perguntar se não havia um jeito mais rápido de descobrir o que deveriam fazer, quando Joana virou-se para os dois, falando mais alto do que o normal.

— Está tudo certo — afirmou ela —, elas vão conosco.

★ ★ ★

— Senhor ministro! — Um soldado levantou a voz para se fazer ouvir em meio ao caos que estava naquela sala.

— Diga, soldado — falou Lott, depois de tirar os olhos brevemente da lista que observava para ver quem falava com ele.

— Há uma mulher que deseja vê-lo.

— Não sabia que tinha amantes, Lott — brincou Denys.

— E não tenho — Lott o levou a sério. — Que mulher?

— Diz que veio a pedido de Sarah Kubitschek. Mentira não deve ser, visto que Platão a acompanha.

— Da sra. Kubitschek — corrigiu Lott. — Pergunte o nome e peça para que suba. Se a esposa do presidente a enviou, deve ser uma mensageira importante.

O general concluiu sua fala e aguardou. Denys o olhava de canto de olho, pensando também em quem poderia ser. Apesar das expectativas, o ministro não reconheceu a moça quando ela entrou na sala.

— Boa noite — falou ela, tímida, a princípio.

— Com o perdão, quem é você, senhorita?

O ministro levantou-se da cadeira para cumprimentá-la, sentindo-se bem ao poder esticar as pernas e a coluna rígidas de tanta tensão.

— Sou Penélope Barros, trabalho como repórter no *Tribuna da Imprensa* — disse a moça, enquanto levantava o queixo, como se o cargo lhe desse maior importância.

— E o que uma funcionária do Corvo pretende aqui? — falou Denys, com rispidez.

Lott voltou ao seu lugar de antes, apontando para uma cadeira à sua frente. A moça sentou-se ao mesmo tempo em que puxava a saia para baixo, buscando evitar outro olhar constrangedor na sala cheia de homens, mas o movimento foi inútil.

— Vim a pedido de Sarah Kubitschek. Após contar o que sabia, ela me mandou para cá.

— Sabe que não vai nos tirar nenhuma informação, não é mesmo? — Denys pegou um cigarro, sem oferecer à moça.

— General Denys, seja o que for o que ela veio falar, não sairá daqui esta noite — interrompeu Lott, e Denys concordou mais aliviado. — Por favor, senhorita, continue.

— Tenho informações sobre como Carlos Luz deve atuar em São Paulo. No entanto, para contá-las exijo garantias para quando sair daqui — pediu ela, esforçando-se por parecer mais forte do que era. — Estou entregando Lacerda com este depoimento também. Dessa forma, ficarei sem aliados e sem emprego. Não posso arriscar tudo, quero outro emprego garantido e um auxílio em dinheiro quando tudo isso acabar, além de proteção, é claro.

— Ora, isso é ridículo. Lott, não há como saber se ela diz a verdade — Denys tentava chamar a atenção do ministro.

Lott pediu uma pausa, olhava os detalhes que saíam da pele da garota. A mentira era algo que chamava a atenção, ainda mais se a pessoa estivesse nervosa, como era o caso da moça naquele momento.

— Tenho uma condição também... — disse ele, e Penélope se mexeu ansiosa na cadeira. — Se descobrirmos que o que vai nos contar for mentira, não ganhará nada e será presa. Eu mesmo garantirei que não tenha mais emprego em lugar algum, senhorita.

— Você só pode estar louco... — Denys bufava.

— De acordo — respondeu Penélope, que despejou tudo o que sabia de forma rápida, pausando algumas vezes só para tomar maior fôlego.

Lott demonstrava extremo interesse no que ela falava. O ministro sabia que seu maior problema, depois do Rio de Janeiro, era São Paulo. Por lá, o governador Jânio Quadros era muito ligado à UDN e a Carlos Luz. Inclusive, já havia demonstrado isso de forma pública.

— O general Tasso Tinoco é primo do brigadeiro Eduardo Gomes e comandante de uma das principais tropas de São Paulo — Penélope continuava sua explicação. — Ele fará de tudo para proteger os seus e, inclusive, já cavou trincheiras. Por último, soube que o brigadeiro voou para São Paulo junto com três aviões de bombardeio. Pretendem organizar uma resistência na base aérea de Cumbica, junto com os caças e os aviões de bombardeio das bases do Rio, Galeão e Afonso.

— Se isso for verdade, temos um problema — pontuou Denys.

— É tudo o que me conta, senhorita?

Lott sorriu e Penélope se sentiu, enfim, aliviada. Então, respondeu que sim.

— Ótimo, prendam-na junto com os outros — ordenou o ministro, fazendo a jornalista arregalar os olhos.

— Senhor ministro, por favor, não há necessidade disso — Penélope tentou se esgueirar, mas dois jovens guardas já a seguravam pelos braços.

— Não se preocupe, senhorita, nosso acordo está feito e será mantido, isto é apenas uma medida preventiva.

Lott terminou de falar e fez um gesto para que a levassem. Penélope continuou esperneando, mas foi levada a uma sala e, mesmo diante da pouca luz, reconheceu o rosto de Golbery, primo de Brasiliana. Assim que fecharam a porta, ele voltou-se para abordá-la.

— Penélope? O que faz presa aqui?

— O que mais pode ser? Acharam-me — titubeou ela, pensando se o homem engoliria aquela mentira. — E você? Foi a própria Brasiliana quem me avisou que estavam atrás de nós. Como conseguiram te prender?

Golbery rangeu os dentes.

— Parece que ela se lembrou de avisar a todos, menos a mim.

O homem virou-se para o canto em que estava, a fim de dormir. Penélope, no entanto, não pregou os olhos. Torcia para que todas as informações que havia coletado estivessem certas e, mais, que o general Lott ganhasse aquela batalha. Caso contrário, seria seu fim.

Depois que a moça foi levada, Denys olhou alarmado para Lott.

— E se ela estiver dizendo a verdade, o que faremos?

— Com certeza é a verdade — Lott voltava a olhar para o céu, perturbado com o que via. — Devemos desviar as tropas que estão vindo de Minas para cá e enviá-las para São Paulo. O mesmo para as do Paraná e Mato Grosso...

— Lott, isso é arriscado. E se a moça estiver blefando? Além do mais, nossa prioridade é proteger o Rio.

— Ela não está blefando — suspirou Lott. — E acabamos de saber que Carlos Luz não está no Catete. Se não conseguirmos pegá-lo logo, para onde acha que ele vai? A cidade do Rio já está cercada por nós, não há mais o que ele possa fazer aqui.

★ ★ ★

— Está tudo tão calmo — disse Cecília, assustada com o silêncio.

— Ninguém daqui sabe o que terá de fazer nas próximas horas — explicou Isaías. Logo mais o local estará movimentado, com pessoas correndo para todos os lados. Temos que tirar vantagem disso.

Ela fez que sim com a cabeça. Eram cinco horas da manhã e, ao seu lado, estavam as mulheres, todas agachadas na faixa de areia. Estavam perto do arsenal da Marinha, que ficava numa ilha onde eram feitas as manutenções navais. Ali, concentravam-se as melhores tecnologias do Brasil na área, de forma a oferecer mais independência em relação a outros países que tinham um bom arsenal.

— Vamos todas nos aproximar com calma — pediu Cecília. — Procurem um barco que possamos usar para ir até o Tamandaré.

Prestes a se moverem, Joana puxou o braço ferido do vidente, que tentou não praguejar de dor. O local do ferimento latejava e, por vezes, quando andava, ele ainda se sentia tonto por causa da medicação que recebera. Parado, ouviu com atenção o que ela dizia:

— Há um bote no mar... e tem gente dentro.

O vidente ainda não podia ver, mas um pequeno barquinho se aproximava da ilha das Cobras, onde eles aguardavam pensando em como fariam para entrar no arsenal e embarcar. Cecília percebeu que ele não enxergava nada, então o alertou:

— Também não conseguimos ver o homem, apenas o pequeno casco. Como está sozinho a essa hora e o Tamandaré e Barroso estão na linha do horizonte — disse ela, apontando o dedo —, é provável que esteja voltando de um deles.

— Nesse caso, vamos esperar. Quem sabe consigo alguma boa informação — respondeu ele. — Se o reconhecer, me avise.

Cecília fez que sim com a cabeça, pedindo para as moças se dispersarem para que não chamassem atenção do sujeito que se aproximava. Logo, restaram apenas ela e o vidente, agachados perto de uma árvore, a poucos metros de onde começava a areia na praia da ilha.

— Já consegue vê-lo?

— Sim — Isaías estreitou os olhos, reconhecendo algo diferente no meio dos símbolos e números que subiam do mar e da areia. — E você?

— Acredito que seja o almirante Penna Botto — sussurrou Cecília.

Para Isaías, a informação não acrescentava em nada.

— Seja quem for está voltando do C11. Sabe o que é?

— É o nome do Cruzador Barroso — sussurrou Cecília bem perto do ouvido do vidente.

— Pretende ir para o Ministério da Marinha com o barco — acrescentou Isaías. — Está preocupado, pois não recebeu notícias de Carlos Luz. Deixou todos os navios da esquadra prontos para qualquer problema.

— Consegue ver quantos são? — pediu Cecília.

— Dez — Isaías tremeu diante da informação e do frio da madrugada que lhe assobiava perto do braço ferido. — É ele quem vai sugerir para Luz embarcar no Tamandaré. Minha previsão estava correta, o Barroso estará com problemas, mas o almirante ainda não sabe disso.

— Vê mais alguma coisa? — Cecília o obrigou a concentrar-se durante o tempo em que o barco movia-se na frente deles.

— Está nervoso… Vão atacar, e as ordens vão partir da fortaleza de Santa Cruz, porém existe uma chance de o Tamandaré sair disso ileso, Ceci — Isaías ficou pálido.

Cecília ia falar, mas Isaías pediu que não se movesse, temendo que o homem do barco escutasse algo. Em poucos segundos, o almirante sumia no breu.

— O que vamos fazer? — perguntou Cecília, ainda falando bem baixo, como se alguém estivesse a poucos passos. — Como o Tamandaré poderá sair ileso?

— Pelo que entendi, haverá uma embarcação passando na hora. Se ficarem atrás dela, é provável que os fortes não atirem no navio. No entanto, alguém tem que avisar Carlos Luz disso e também desarmar os canhões do Tamandaré, para que os aliados de JK não morram pelos tiros desse Cruzador.

— Então, devemos todos entrar no Tamandaré.

— Isso é igualmente arriscado, precisamos tentar impedir em terra também. Caso contrário, atacarão o navio e JK perderá do mesmo jeito… Ceci, penso que este homem era o elemento do futuro do qual eu ainda não tinha conhecimento — afirmou Isaías, coçando a cabeça, frustrado com as respostas apresentadas.

— Neste caso, devemos nos dividir.

— O que diz? — perguntou Isaías, olhando atônito para Cecília procurando informações.

— É melhor que eu vá para o navio e que você fique — concluiu Cecília. — É mais provável que precisemos de sua intervenção na fortaleza de Santa Cruz em alguns momentos, prevendo como as coisas serão e tentando mudar para que as ordens de atacar não saiam de lá.

— Ceci, não posso deixá-la embarcar sozinha — falou Isaías, apertando a mão dela com força.

— Se você for junto, terá menos chances de me proteger do que se estiver na fortaleza.

— Eu deveria... — Isaías lutava contra os fatos.

— Isaías, se você for, sou eu quem não conseguirá te proteger. Com um dom desses, você consegue lutar contra um exército inteiro. Basta atingir as pessoas certas.

Cecília aproximou-se e colocou a mão no rosto dele. Em seguida, encostou sua testa na dele.

— Você sabe qual é o certo a fazer.

— Eu sei.

Ele a puxou para perto de si e encostou seus lábios nos dela. Uma descarga elétrica invadiu o corpo dele, deixando-o ainda mais vulnerável.

Madrugada de 11 de novembro de 1955

Cecília e Firmina remavam sincronizadas. De onde estavam, Ceci não podia mais ver o vidente e tremia, devido ao frio da madrugada e ao medo do mar escuro, assim como de uma possível reação de algum oficial que as visse navegando àquela hora até o Tamandaré. Se suspeitassem de algo, por certo atirariam.

— Sabe, acho que Isaías e Joana têm razão... — falou Firmina, interrompendo seus pensamentos. — Depois que tudo isso acabar, você deveria procurar outro emprego. Seu medo do mar é tão grande que consegue me deixar assustada só de olhar pra você. A cada segundo parece que está observando uma onda gigante.

Cecília concordou, tentando sorrir, e voltou a olhar para a frente. Sabiam a direção certa a seguir por causa das luzes acessas dos Cruzadores e suas silhuetas reconhecíveis. Navegaram por mais algum tempo quietas até que, aos pés do navio, aproximaram-se sem cerimônia para rodeá-lo. Os braços de ambas ardiam de tanto esforço para remar. Elas tremiam, quando acharam a escada e amarraram o barco a ela, para evitar que ele saísse à deriva.

Pensando que poderia passar mal a qualquer momento, Cecília subiu as escadas com pressa e com as pernas bambas, evitando olhar para baixo. Quando terminou a escalada que lhe pareceu eterna, pisou no chão do navio e sentiu que podia respirar de verdade de novo. Olhou para trás, envergonhada: a distância que percorreram era diminuta.

Ao menos já sabiam onde ficavam os canhões por ali. Presumiam contar também com a ajuda de outras mulheres, que poderiam fornecer informações sobre como desarmá-los. Mesmo assim, Cecília pensou que o plano poderia falhar quando, pela primeira vez, colocou os olhos nas baterias com atenção. Mesmo trabalhando no interior do Cruzador, não era incomum passar ao lado dos canhões quando ia de um lugar ao outro, mas nunca reparara nos detalhes deles. A imensidão, claro, sempre chamou a sua atenção: todos tinham um formato retangular e a altura era mais ou menos o dobro do seu tamanho. Sabia também que eram capazes de atingir um alvo com até vinte e sete quilômetros de distância.

Cecília rodeou o canhão que estava mais próximo apenas para analisar as dificuldades que enfrentariam. Ele tinha as duas bocas apontadas para frente, como se fossem grandes canudos. Atrás havia uma porta estreita por onde se podia entrar e, lá dentro, segundo Firmina escutara, caberiam facilmente quatro pessoas em pé. Não que fosse muito confortável, pelo que diziam, era um ambiente claustrofóbico e com um forte cheiro de munição. Diante disto, a boa notícia era que, ao todo, no navio, quinze canhões repousavam, prontos para o ataque, mas Isaías previu através da nuvem do almirante que precisariam impedir apenas cinco baterias principais, sendo três na proa e duas na popa. Era provável que os outros canhões não seriam usados. Na verdade, o plano era tentar retardar ao máximo os tiros, para que Cecília conseguisse chegar até Carlos Luz e lhe dar a ideia de esconder-se atrás de um cargueiro, que passaria naquele local pela manhã.

Sem perder mais tempo, ambas desceram até o interior do navio, onde descansavam as empregadas e também alguns militares, separados por alas. Procuraram não fazer barulho até

O último tiro da Guanabara 253

entrarem no estreito corredor branco com inúmeros pequenos degraus que se esticavam para os aposentos das mulheres. Lá, acenderam as luzes e observaram as triliches, nas quais muitas funcionárias dormiam naquele momento. Tentaram acordar as mais solícitas e explicaram a situação. Muitas se recusaram a fazer qualquer coisa e pediam para que as deixassem descansar em paz; outras ficaram preocupadas, quando souberam que corriam perigo de vida. No entanto, a maior parte fingia que voltava a dormir quando, na verdade, ouvia com curiosidade o que estava sendo explicado.

A primeira que concordou em colaborar foi Maria, que tantas vezes ajudou. Ela conseguiu convencer três outras mulheres a desempenharem o plano juntas. No fim, reuniram dez e deixaram as outras dormirem, para que também não as dedurassem durante a missão. Por conta, principalmente, do número pequeno, as dispostas a ajudar estavam também receosas.

— Como pode ter tanta certeza de que irão nos atacar? — questionou uma das mulheres.

— Ouvi informações de dentro do Ministério da Guerra — respondeu Cecília, com firmeza.

Ninguém achava estranho que tivesse escutado alguma conversa confidencial em um lugar que não podia entrar. Sabiam que ela era capaz de fazer isso, como demonstrara em tantas outras vezes, alertando, por exemplo, quando grande parte do grupo seria demitida para que oficiais ocupassem seus postos. Naquela época, organizaram uma greve e conseguiram reverter a ordem. A partir de então, parte das empregadas confiava nela, já que deviam seus salários àquela mulher.

— Disseram que se o Cruzador disparar em direção ao forte, o navio será abatido — continuava explicando Cecília, para aquelas que ainda não tinham entendido a situação e o plano. — Enquanto não conseguimos nos fazer ouvir diante do comandante, temos que retardar as possibilidades de tiros. Precisamos sumir com os projéteis e dar um jeito de danificar esses cinco canhões para que não tenham como atacar.

As moças não estavam convencidas de que aquilo seria suficiente e pareciam mais apavoradas do que prontas para seguir ordens. Algumas pensaram em desistir, mas aquilo significava abandonar as outras à própria sorte. Cecília também tinha suas dúvidas, pois estava sem Isaías ali e teria que agir por conta própria.

— Escutem, precisamos de alguém que saiba danificar esses canhões — pediu Firmina.

— O meu namorado faz a manutenção deles — falou uma das jovens que estava quieta, retorcendo os ombros negros para frente.

— Seu namorado vai nos denunciar. Você sabe como fazer? — Os olhos de Cecília brilharam.

— Não. Quer dizer, sei que guardam alguns dos projéteis que usam dentro do canhão. Se desarmarmos os cinco que vocês citaram e jogarmos as munições no mar, essa é uma maneira de atrasá-los. O ideal mesmo seria sumir com todos os projéteis para depois danificar os canhões. Meu namorado pode, sim, ajudar com essa parte. Ele nunca quis se alistar e não se importa com o Exército.

— A munição é muita — reagiu outra mulher. — Eu vi os carregamentos chegando, há duas salas cheias.

— Nesse caso, precisamos danificar os canhões primeiro. Acha que consegue trazer seu namorado até aqui? — perguntou Cecília, aproximando-se.

— Posso tentar.

— Então, tente. Agora mesmo — pediu Cecília. — Estaremos esperando você lá em cima.

— Vocês duas… — A mulher que havia visto a munição chegar chamou-as. — Por que não tentamos descobrir onde estão as chaves desses depósitos? Isso também pode atrasá-los.

— Nesse navio vai ser quase impossível achá-las — reagiu Firmina.

— Talvez eu saiba onde estão guardadas.

— Então, você também tem uma missão específica — disse Cecília, sorrindo. — Vão agora mesmo, não podemos perder mais tempo.

As moças se vestiram rapidamente e saíram apressadas. As outras subiram silenciosas até a proa, passando pelos mesmos corredores e portas apertadas pelas quais Cecília e Joana entraram. Lá fora, começavam a surgir os primeiros raios de sol, o que deixou Cecília preocupada. Logo, os oficiais começariam a acordar e, na luz, seria mais difícil fazer qualquer coisa sem chamar a atenção. Por outro lado, era bom poder ver os detalhes dos canhões.

Ao se reunirem na proa, separaram-se em três grupos: três mulheres com Cecília, duas com Firmina e duas com Maria. Em meio ao barulho, um homem que estava de guarda foi verificar o que acontecia, mas o pegaram antes que alardeasse qualquer coisa e o prenderam no dormitório feminino. Após o problema, logo descobriram que era necessário apenas puxar as alavancas para abrir a porta do interior dos canhões. Enquanto uma entrava para pegar a munição, as outras faziam rodízio para levar os projéteis até o mar, jogando-os assim que chegavam às laterais do navio. Era impossível não chamar a atenção. Por mais que tentassem, ouvia-se um baque forte na água e os burburinhos das conversas.

No grupo de Cecília, foi ela quem ficou responsável por entrar naqueles canhões, um lugar claustrofóbico. Os projéteis, embora pesados, não eram impossíveis de segurar e ficavam em um compartimento ao lado. Assim, ela entregava um de cada vez às mulheres. No tempo em que esperava elas voltarem da borda para pegar a munição que sobrara, tentava concentrar-se em entender o equipamento. O interior era complexo, contava com duas luzes, um termômetro e vários cilindros que pareciam conter alguma espécie de gás.

Tão logo terminou aquele serviço, rumou para outro canhão. A camareira que havia ido buscar o namorado apareceu. O homem parecia estar de mau humor, porém Cecília ficou feliz com a chegada dele, já que o segundo canhão estava armado e ela não sabia o que fazer com ele. Um tiro, afinal, poderia causar muitos danos.

— Está certo, Elisa já me convenceu. Não há razão para me explicar mais uma vez — falou Gilberto, coçando os olhos depois de Cecília tentar lhe explicar o que estavam fazendo. — Agora entendi de onde vinha o barulho de coisas caindo na água.

— Dá para ouvir do dormitório de vocês? — perguntou, preocupada, a moça de pele negra e ombros curvados.

— Sim, mas barulhos são comuns por aqui e imaginam que se fosse algo diferente o homem de guarda já teria avisado sobre qualquer movimento estranho. Inclusive, estamos sem grande parte da equipe hoje. Por ordens, a maioria está no outro Cruzador, o Barroso. Eu mesmo pensei que fosse um dos nossos fazendo algum reparo, tivemos muitos consertos e preparações esses dias. No entanto, logo todos vão acordar.

Buscando ignorar a informação, Cecília explicou a ele sobre a mais nova dificuldade ao tentar desarmar uma daquelas baterias. Tentara tirar a munição aplicando alguma força, mas não conseguira fazer com que esta se movesse um milímetro sequer.

— Escuta, não tem como desarmar. Quando um canhão foi armado, mas não é usado, somos obrigados a disparar no meio do mar.

— Mas deve ter um jeito de impedir, não é mesmo?

— Moça, é praticamente impossível. Veja, o protocolo prevê o disparo e você está em um navio de guerra, feito para funcionar, apesar de qualquer dificuldade maior que possa se apresentar.

— Gil, um canhão não funciona só com o projétil, certo? — Elisa tocou no braço do rapaz, que deu um sorriso amarelo. — E se sumirmos com a pólvora? — perguntou ela, com inocência.

— A carga explosiva fica dentro da granada e o propelente, acondicionado em sacos, é integrado ao disparador.

— O que isso quer dizer? — perguntou Elisa, que ficou vermelha.

— Querida, se você tentar manipular isso, pode explodir. Na Marinha dos Estados Unidos já ocorreram diversos acidentes, inclusive. Não as aconselho a fazer qualquer coisa do tipo.

Cecília estava impaciente e pensava no que fazer quando Firmina e Maria se aproximaram relatando que encontraram o mesmo problema em outros dois canhões da proa, ou seja, eram três os canhões principais armados.

— Moça, acredite, não dá para impedir que atirem. Navios de combate são construídos para cumprir missões, driblar falhas, escapar de panes, compensar danos...

— Certo, já entendemos — interrompeu Firmina. — Apenas precisamos atrasá-los. Pense um pouco, deve ter algum jeito de danificá-los.

— Bem, talvez se atingirmos alguma das peças do canhão ou da torre... É um sistema mecânico complexo de acionamento eletro-hidráulico, de forma que podemos tentar cortar os cabos elétricos. É certo que ocorreria ganho de tempo.

— Gosto dessa ideia — falou Cecília, permitindo-se sorrir um pouco. — Mostre-nos como fazer.

— Não garanto nada, moça.

Gilberto entrou no canhão que estava ao lado dele acompanhado das três mulheres. As outras esperavam do lado de fora, atentas a qualquer barulho.

★ ★ ★

258 Bruna Meneguetti

— Onde está Penélope? — perguntou Brasiliana, estranhando ao ver Carlos Lacerda chegar sozinho.

— Abandonou-me — o jornalista apontou a face para frente, indicando que não continuaria qualquer tipo de conversa.

A mulher pensava que a garota tinha decidido se refugiar por conta própria. Não a culpava, se ela não fosse tão próxima do presidente, também procuraria um local neutro, onde ninguém a encontrasse. Em meio a seus pensamentos, Lacerda, como que tomado por um assombro, resolveu cutucá-la:

— Também não vejo o general Golbery.

— Creio que não consegui avisá-lo a tempo — respondeu ela, com frieza.

— Pobres de nós, que ficamos nas mãos dessas mulheres — sussurrou ele, olhando para o então presidente.

Carlos Luz se aproximava sem notar o jornalista no meio do saguão do Ministério da Marinha. Assim que Luz percebeu que a sede de seu governo estava cercada, tratou de ir para aquele local junto com alguns de seus ministros, como Prado Kelly, Munhoz da Rocha e Marcondes Ferraz, além de coronéis de sua confiança e outros civis. Acreditavam que Lott não seria capaz de se aproximar da Marinha, pelo menos por ora. Afinal, era onde estava a maior concentração de homens prontos para obedecer as ordens do presidente.

Apesar da aparente segurança, do jeito como tudo se encaminhava não demoraria muito para que tivessem de buscar refúgio em outro lugar, e seria fácil sair de forma rápida dali. O prédio, que parecia um grande caixote, tinha dez colunas retas em sua entrada, guardando em seu topo uma espécie de varanda gigante (que Brasiliana não tinha ideia se era acessível ou pura decoração) e possuía sete andares. Ao menos, o que faltava de beleza, sobrava em boa localização: estavam em frente à ilha das Cobras, onde ficava concentrado o arsenal da Marinha.

— Os ministros da Marinha e da Aeronáutica acabam de lançar um manifesto em meu apoio — Carlos Luz falava com Lacerda —, no qual dizem que se mantêm fiéis a mim. Condenaram também a ação dos outros colegas e oficiais do Exército, dizendo que estão agindo de modo ilegal e subversivo. É claro que isso tudo de nada adianta, pois podem vir nos atacar a qualquer momento.

Brasiliana permanecia quieta diante da conversa dos dois. Aguardava como se fosse um pedestal. Pensava no que poderia ser feito quando viu Penna Botto entrar no local, então chamou a atenção de Luz para que visse o recém-chegado. De imediato, o presidente abandonou Lacerda e caminhou até o almirante para perguntar como estava a situação na Baía de Guanabara.

— No momento, tranquila, senhor presidente. Apenas ordenaram que nenhum navio saísse de lá, como se pudessem nos impedir disto — disse o almirante, experimentando um leve sorriso.

— Voltei aqui devido à falta de informações, precisava saber o que estava acontecendo e as próximas atitudes a serem tomadas.

— Agradeço a preocupação, almirante Botto — disse Luz. Depois, coçou a nuca. — Meus parlamentares e oficiais conversam para decidir o melhor a ser feito. Até meia hora atrás acreditávamos que poderíamos reverter a situação, mas agora...

— Com licença, senhores — Lacerda esticou o pescoço e os interrompeu, não suportando ser deixado de lado —, pelo que vi e ao que tudo indica, Lott já tomou essa cidade. No entanto, ainda contamos com todo o apoio de São Paulo.

— Neste caso, se me permitem uma sugestão, diria que o melhor é partirmos rumo a São Paulo — disse o almirante, apontando seu queixo pronunciado para o presidente.

— Concordo. No entanto, as estradas estão arriscadas, podem fazer uma emboscada — Luz olhou para Brasiliana, esperando que a moça revelasse mais um de seus grandes planos.

— Senhor presidente, por que precisamos de estradas se temos o mar? — sugeriu Penna Botto, depois riu e seu cabelo esticado para trás balançou.

— Os navios estão prontos para uma viagem como essa? — perguntou Luz, arregalando os olhos, como se estivesse, enfim, desperto.

— Sim, senhor presidente. Desde o final da tarde do dia de ontem mandei acionar todos os navios da esquadra da Marinha, estava prevendo que poderiam atacar após a demissão de Lott. Sugiro embarcar neste momento em um deles e seguir para Santos, de onde posteriormente o senhor se deslocará para São Paulo, onde instalará o seu governo, em torno do qual poderão se aglutinar todas as forças vivas e sadias da nação.

— A ideia é brilhante! Formaríamos um governo de resistência em São Paulo — falou Lacerda, quase uivando ao repetir o que acabava de ser dito, porém de forma mais resumida, como se a ideia fosse dele.

— Onde estão atracados os navios, almirante? — perguntou Luz, então, contendo a emoção e ignorando o jornalista.

— Estão aqui em frente, na ilha das Cobras, abastecendo-se no arsenal da Marinha, senhor presidente. Em poucos minutos chegamos lá.

★ ★ ★

Se Cecília tinha motivos para estar com medo de ser vista, Isaías deveria ter muito mais, devido ao barulho do motor do barco, que poderia chamar a atenção. Tinham furtado as duas embarcações que estavam mais vulneráveis na ilha das Cobras. Cecília e Firmina ficaram com um simples bote, pois estavam a menos de dois quilômetros do Tamandaré. Já Isaías, Joana, Genoveva e as outras três mulheres ainda enfrentariam uma hora e meia de viagem do arsenal da Marinha até a fortaleza de Santa Cruz, local de onde sairiam as ordens de disparo dos tiros contra o navio de Carlos Luz.

Apesar de terem pressa, Isaías só avançou para o mar quando Cecília sumiu de vista. Joana havia ficado para acompanhá-lo, pois de todas era a que mais entendia de navegação e tinha um bom mapa mental da Baía de Guanabara. Genoveva e as demais mulheres também os seguiam porque o barco mais veloz era também o maior. Além disso, Cecília insistira que não atuaria sozinha no Tamandaré. Segundo ela, lá dentro, mais mulheres ajudariam. Por outro lado, Isaías não poderia ir sem respaldo até a fortaleza.

Quando Joana deu a partida no motor, o vidente pensou que era o fim deles. O barulho foi tamanho em meio ao silêncio que parecia um trovão aos seus ouvidos atentos. Genoveva chegou a colocar a mão no peito, como se estivesse à beira de um colapso. Apesar do forte estouro, conseguiram sair da ilha sem maiores problemas. Joana dava a direção nas mãos do vidente, observava o barco e falava empolgada que se tratava de um "Chris Craft 28 Super DeLuxe", palavras das quais Isaías apenas havia entendido "Cris".

— Vejo que entende de barcos. É de família rica. Por qual razão trabalha em um navio?

— A família Verenime jamais me aceitou como sou.

Joana deu de ombros, convencida de que não poderia enganar o cego e, então, ele notou em sua nuvem que ela era neta de Clarice Verenime, a fundadora de um grande império de tecelagem e de alguns jornais, assim como Eduarda era uma das empregadas que trabalhavam na casa de Joana. Sem prolongar o assunto, Isaías procurou concentrar-se. Estava nervoso e ansioso por chegar logo na fortaleza.

— Por que será que um barco tão caro estava atracado sem proteção ali? — perguntou Joana.

— Vai ver nunca pensaram que alguém pudesse roubá-lo — Isaías deu de ombros.

— Ou vai ver imaginavam que o presidente Carlos Luz o usaria para navegar até o Tamandaré.

Joana pensou alto, mas isso pouco importava. Para ela, era mais empolgante analisar cada detalhe da embarcação e indicar a Isaías a direção certa. Entre a despedida deles, com Cecília e Firmina no arsenal, e a chegada na fortaleza, o dia amanhecera. Isaías não parava de pensar se as duas tinham conseguido cumprir o plano e ficou feliz ao perceber que logo poderia se distrair, uma vez que estavam prestes a atracar perto da fortaleza de Santa Cruz.

Quando chegaram em terra firme, molhados, Joana explicou como estavam posicionados os muros da fortaleza, isto é, que estavam em frente a uma entrada principal branca que formava um arco e que era guardada por três militares (os únicos elementos que Isaías podia ver).

— Ainda não sei como podemos passar sem chamar a atenção — disse Joana, até que, de repente, puxou o vidente de modo a lhe causar tontura. — Acho que me lembrei de outra entrada! Mas vamos precisar atravessar para o outro lado.

— Estou às suas ordens — afirmou Isaías.

Joana assentiu, então todos se distanciaram da entrada principal, a fim de andarem para o lado direito da fortaleza. Assim que o fizeram, a moça avistou um barranco e, no meio dele, um caminho reto que dava em uma porta de madeira grande. Se conseguissem atravessar a porta, estariam dentro do forte.

— Tomem cuidado aqui, vamos começar a descer.

A moça advertiu e Isaías sentiu de modo diferente a fricção da sola do sapato no chão. Em seguida, percebeu que o local começava a ficar muito íngreme. Genoveva começou a rezar. Estavam andando na pedra que cercava o forte, de modo que tinham de vi-

O último tiro da Guanabara 263

rar-se e caminhar quase sentados para não perderem o equilíbrio. No meio do caminho, uma das garotas que os acompanhavam disse que estava com muito medo e perguntou se poderia voltar para casa. Joana tentou não demonstrar desagrado e permitiu que ela fosse embora. No embalo, outra mulher acompanhou-a.

— Você vai ficar? — perguntou Joana para Eduarda, a sua empregada.

— Não tenho medo de altura — respondeu a moça, sorrindo.

— O que você faz para não ter medo? — indagou Genoveva, tremendo.

— Se quiser ir embora também... — Joana virou-se para a amiga com um olhar acusador.

Genoveva pensava no que havia se metido. Aquela era a última chance para sair correndo. Porém, sem ela o grupo ficaria desfalcado, e não imaginava como poderia olhar para Cecília depois de abandonar os amigos dela ali.

— Chegaremos inteiros até aquela porta? — perguntou Genoveva a Isaías, apesar do medo da resposta.

O vidente olhou para as nuvens delas e afirmou com a cabeça.

— Ótimo — disse Joana. Em seguida, virou-se continuando por aquele caminho cruel e prometendo uma boa recompensa à Eduarda quando tudo aquilo acabasse.

Conforme o cego colocava um pé depois do outro, cada vez mais se aproximando do mar, mais agoniado ficava, sentindo que poderia rolar para a água a qualquer momento. Não via porta ou muro, porém quando sentiu que voltava a pisar em um chão plano e percebeu as plantas crescendo sem inclinação, respirou com felicidade.

— Onde estamos?

— É a lateral de onde fica a entrada principal, estamos embaixo dela. Aqui há outro arco, com uma porta onde, ainda bem, ninguém guarda.

— O muro aqui é muito grande para pular? — questionou Isaías, contando com as descrições de Joana.

— Sim. No entanto, nessa porta no arco há duas pequenas portinhas fechadas por uma corrente. Acha que consegue chutar uma delas se eu lhe indicar a direção?

Isaías concordou. Em seguida, Joana apontou para onde ele deveria chutar.

— Quando eu falar três, vamos juntos... — sussurrou.

Ao final da contagem, bateram com força na pequena porta. Estavam prestes a golpeá-la de novo quando ouviram alguém caminhando, então Joana pediu silêncio. Depois, perceberam que os passos se aproximaram do local e pararam. Em seguida, alguém tirou as correntes e abriu o local para olhar se havia algum problema. Naquele momento, Joana agarrou o pescoço do soldado, puxando-o para o seu lado. O homem tentou lutar, mas Isaías veio em apoio à moça e segurou os braços do homem, enquanto Joana fez com que desmaiasse.

— Você o matou? — perguntou Genoveva, em pânico. Estava pálida e trêmula.

— Só está desmaiado. Precisamos pensar no que fazer com ele para que não se mova depois de acordar.

Estreitando os olhos, ela observou pela pequena porta e viu que não havia mais ninguém se aproximando. Em seguida, encostou-a para que parecesse fechada e pegou a corrente e o cadeado.

— Ajude-me a levar esse homem até aquela árvore e vista as roupas dele — falou Joana para o vidente, e apontou para um ponto da rocha. — É importante que você esteja de uniforme, assim poderá circular mais sem ser notado. Acha que consegue tirar a tipoia?

Isaías teve vertigem só de pensar em subir mais uma vez. Em seguida, ficou vermelho ao perceber que teria de se despir na frente daquelas mulheres. Mesmo assim, respirou fundo e pegou nas axilas do sujeito desmaiado. Fazendo confusão ao colocar as roupas, Joana teve de lhe ajudar.

— Pare de ser tolo e não fique envergonhado, sabe que gosto mesmo é de mulheres.

Isaías concordou, tentando não pensar mais na situação constrangedora. O braço ardia, mas tentava mantê-lo parado, rente ao corpo. Depois, Joana amarrou o sujeito ao tronco com a corrente, então rasgou um pedaço da camiseta que antes estava no corpo do vidente e amarrou bem o pano em volta da boca do militar.

— Acho que agora podemos entrar — disse ela, sorrindo.

Voltaram a abrir a pequena porta e olharam para o local. Ninguém por perto. Entraram com rapidez, tornando a encostar a madeira da porta para não atraírem atenção. Em seguida, correram para debaixo de um arco, onde estava escuro e podiam se estreitar na parede.

— Qual é o plano agora?

— Vamos tentar achar os canhões — respondeu Isaías, olhando para o local deserto.

Manhã de 11 de novembro de 1955

Com olheiras aparentes, Lott terminava de comer sua maçã, a única comida a lhe cair no estômago após horas de trabalho. As janelas abertas faziam circular um ar agradável naquela manhã, quando tudo parecia ter se acalmado. No entanto, soube que não passava de uma ilusão assim que Oswaldo de Araújo Mota, chefe do Estado-Maior da Zona Militar Leste, entrou naquela sala com o rosto vermelho por ter subido as escadas com pressa.

— Ministro, acabo de saber que o Tamandaré saiu de sua posição com o presidente Carlos Luz a bordo!

Lott levantou-se com o olhar fixo em um ponto, depois conferiu o relógio preso em seu pulso. Eram nove horas da manhã.

— Maldito seja — sibilou. — Como ele conseguiu embarcar se tomamos o arsenal da Marinha às sete?

— Com sua licença, general, mas é possível que embarcaram antes disso.

— Sabe se o comandante Denys já saiu para a fortaleza de Santa Cruz? Preciso advertir o comandante da Artilharia de Costa — falou absorto, pegou o telefone e começou a discar. — Alô, comandante Correia Lima? — perguntou, antes de continuar. — Fui informado de que o navio Tamandaré acaba de sair do arsenal. Quero que continuem a fazer a intimidação usando os ca-

O último tiro da Guanabara 267

nhões dos fortes que guarnecem a Baía de Guanabara. Caso não surta efeito, dê alguns tiros para intimidá-los. O general Denys ficará com o total comando durante a operação.

Ao ouvir o pedido, Oswaldo engoliu em seco. Mais cedo, quando se encontrou com Denys, este lhe dissera que Lott estava transtornado pela ideia de que Carlos Luz não poderia sair do Rio de Janeiro. Segundo ele, o ministro acreditava que perderiam a luta caso isso acontecesse e não queria ouvir ninguém falar o contrário. Prevendo uma catástrofe, tentou interrompê-lo.

— General, existe mesmo a necessidade disso? Digo, é quase certo de que os cercaremos em São Paulo e que o navio deles pode revidar...

— Se o Tamandaré não sair — Lott continuou falando com o comandante, ignorando Oswaldo —, os outros navios naturalmente não sairão. E, se ainda assim insistirem, então atire porque é preciso que a esquadra fique.

★ ★ ★

— São obuses de 280 milímetros. Alcançam doze quilômetros — falou um jovem rapaz, empolgado, apontando para o canhão à sua frente.

Isaías fixava-se nas informações que o soldado recém-saído das fraldas emitia. Assim que entrou na fortaleza junto com Joana e as outras três mulheres, logo perceberam que teriam problemas. A única entrada oficial era pequena, mas por dentro era um emaranhado de ambientes e corredores, que desaguavam em uma área construída por cima de uma enorme pedra em meio ao mar. Nessa ponta da Fortaleza, onde os complexos do Exército acabavam, estavam concentrados o farol (no ponto mais alto) e três andares recheados de baterias de canhões, conforme o vidente havia notado nas cores e símbolos dos militares que circulavam por lá. Assim, a fortaleza tinha um andar superior descoberto e mais dois abobadados e cobertos, com nichos com aberturas para cada canhão.

Joana, Genoveva e Eduarda ficaram perto da entrada, onde acharam uma capela pequena que invadiram para se esconder até que o vidente voltasse, depois de observar o local. Por sorte, pensaram nisso, já que depois da igreja tudo ficava movimentado, cheio de gente indo em todas as direções para cumprir ordens. No meio do aglomerado, o cego se orientava melhor, então conseguiu entrar em uma das cúpulas dos canhões, no segundo andar coberto. Imaginando que lá não despertaria interesse e poderia apenas observar os soldados, assustou-se quando um jovem chamado Luís veio abordá-lo. A resposta rápida, que lhe pareceu plausível, é que tinha sido enviado como reforço para a fortaleza, devido à situação atual no Rio de Janeiro. O vidente aproveitou para tentar arrancar qualquer tipo de informação pertinente.

— Quantos canhões você acha que essa fortaleza tem? — Esforçava-se por parecer natural naquele ambiente, embora só pudesse ver o que havia nele por meio das percepções do rapaz.

— Ah, para mais de cinquenta. Nunca contei — Luís deu de ombros.

A resposta o pegou de surpresa, seria impossível desativar todos sozinho e em meio a todas aquelas pessoas.

— E há espaço para guardar tanta munição?

Caminhando até um projétil que ele lembrava mais ou menos onde estava, Isaías observou o corredor ao seu lado direito. Pela quantidade de homens carregando canhões à sua frente, percebia que esses armamentos estavam enfileirados e eram conectados por um imenso corredor. Depois de averiguar, fingiu que ia ajudar o rapaz a levar a munição até outra casamata. No caminho, no entanto, bateu o pé em uma das partes de madeira que segurava o próximo canhão.

— Cuidado, olhe bem por onde anda aqui — aconselhou o rapaz, e Isaías concordou imaginando qual seria a reação dele se descobrisse que falava com um cego. — Olha, vejo que você não sabe de nada sobre o sistema dentro de um forte — disse Luís, inflando o peito, pois era a primeira pessoa com quem ele conseguia fingir que era experiente, o que lhe dava uma imensa satisfação. — Mas não tem problema, eu vou te ensinando. Então, primeira lição: é óbvio que há um lugar, na verdade vários, onde os projéteis são guardados. São os paióis de munição e, realmente, é melhor não voltar a fazer esse tipo de pergunta por aqui se não quiser ser jogado ao mar.

— Está bem — respondeu Isaías, corado. — E você, é a sua primeira participação em algo assim?

— Sim — O jovem abriu a parte de trás do canhão para colocar o projétil ali. Encaixou-o usando alguma força e tornou a fechar. — Claro que, diferente de você, tive todo o meu treinamento aqui. Onde foi o seu?

— No Ministério da Guerra — disse Isaías, tentando sorrir, apesar do nervoso.

— Ah, agora entendi tudo! Sua função é mais administrativa.

— Sim… — respondeu Isaías, sedento por mudar de assunto. — Afinal, depois que fecha, é só disparar? — apontou para o canhão.

— Sim, está pronto. Claro que precisamos das coordenadas. Se dispararmos apenas usando nosso olho não acertamos o alvo nunca. No entanto, eles já ficam apontados para a boca da Baía, assim podemos defendê-la de forma rápida caso precisemos.

— Os nossos superiores podem dar coordenadas, por exemplo, para não atirar, só chegar perto do alvo? — questionou Isaías, então o rapaz balbuciou que era possível.

— Há uma sala só para os homens dos cálculos. Escute essa

agora, um fato curioso: sabia que o primeiro tiro aqui foi disparado contra um navio holandês, em 1599?

O vidente tentou fazer uma careta de quem estava admirado.

Foi conduzindo o soldado para outros cantos, dizendo que precisava fazer vistorias em lugares específicos. Luís andava alegre ao seu lado, mas Isaías tentava sair de perto, quando um homem mais velho apareceu se colocando na frente deles.

— Soldados, o que estão fazendo aqui?

Por um momento, o jovem gaguejou.

— Estava montando os canhões, senhor.

— Mas vejo que já acabou, então é melhor voltar à sua posição. Pode ser que precisemos de mais soldados na sala de munições — ordenou com nítido mau humor. — E você? Nunca o vi por aqui.

— Fui enviado em missão especial, senhor — respondeu Isaías, analisando seus símbolos. — Estava a caminho da sala de comandos.

— Neste caso, dirija-se logo até seu posto.

— Sim, senhor.

Isaías obedeceu sem olhar para trás. Subiu as escadas até o segundo patamar, de onde podia ir para o resto da fortaleza que se estendia até a terra. Com medo, virou-se algumas vezes para os lados, mas ninguém prestava atenção nele. Tentando manter-se calmo e procurando se guiar através do que se lembrava do caminho até a igreja, seguiu adiante. No caminho, passou por uma sala onde avistou um rapaz escolhendo uma camisa entre diversos uniformes dobrados, dispostos em estantes de ferro. Tropeçou de vez em quando, mas não chegou a ser interrompido. Por fim, entrou no pequeno santuário religioso tentando não atrair olhares.

— Graças à Santa Bárbara é você! — disse sorrindo Genoveva, referindo-se à padroeira da igreja em que estavam. Era sempre muito escandalosa, o que fazia Joana e Eduarda pedirem silêncio.

— Como demorou, vidente! — reclamou Joana ,baixinho.

— Desculpe, tentei ir o mais rápido que pude. O local está cheio de soldados, vai ser impossível vocês andarem assim — disse ele, e apontou para elas.

— Ao menos que me diga que tem um plano — Joana franziu o cenho.

— Espero que não se importe de trocar de roupa.

★ ★ ★

Assim que chegaram perto do arsenal da Marinha, às seis da manhã, Penna Botto recebeu uma mensagem de um tenente dizendo que o navio Barroso, capitânia da esquadra e onde iriam embarcar, tinha apresentado falhas e ainda permanecia em reparos na sua praça de máquinas, de modo que não estava pronto para desatracar. Como opção, Botto sugeriu o navio Tamandaré, que era quase um "irmão-gêmeo do Barroso". Carlos Luz, diante daquelas notícias, fez uma espécie de bico. Insistia em dizer que aquilo era mau agouro, apesar de Brasiliana tentar animá-lo.

— Tudo está resolvido para o nosso lado — disse ela, perto do ouvido de Luz, e ele concordava buscando alguma dose de otimismo.

— Certo — concordou Luz — nesse caso, embarcaremos no navio Tamandaré. Como faremos para chegar até lá?

— Senhor presidente, recomendo que naveguemos em minha lancha pessoal — aconselhou Penna Botto. — Depois que chegarmos, o navio se aproximará do Barroso para o embarque da tripulação no Tamandaré. Como acreditava desde ontem que poderíamos utilizar o Barroso em um eventual problema, a maior parte dos marinheiros, cabos e tenentes está lá.

— Entendido, almirante, tem permissão para fazer o que for necessário.

Luz esfregou as mãos para espantar o frio que fazia naquele início de manhã. O tempo estava horrível e o céu muito nublado, combinando com seu humor. Penna Botto saiu para trazer até eles sua lancha e, após um longo tempo, voltou dirigindo com uma expressão de espanto. O presidente olhou duas vezes para o pequeno barco antes de entrar nele; era um modelo antigo, que não condizia com o cargo que Penna Botto ocupava. Sequer imaginavam que a lancha verdadeira de Botto havia sido roubada. Ele tentara disfarçar pegando uma emprestada do próprio arsenal da Marinha e sem dizer nada, pois não queria deixar o presidente ainda mais temeroso com suas crenças a respeito dos sinais de azar.

Assim que subiram no Tamandaré, Botto os apresentou ao seu subordinado, que dirigia o navio naquela manhã, o comandante de mar e guerra Silvio Heck. Feliz pela missão, Heck também fez questão de cumprimentar os homens que acompanhavam Luz, como o ministro da Marinha; o próprio almirante; os ministros Prado Kelly, Munhoz da Rocha e Marcondes Ferraz; os coronéis Mamede, Canavarro Pereira; e, claro, o deputado Carlos Lacerda. Pulou apenas Brasiliana, como se ela estivesse invisível ali, para pegar seu apito de marinheiro, preso a um cadarço de tecido no pescoço, e exigir a continência ao presidente da equipe de marujos ali presente. Falou em voz alta:

— Excelentíssimo senhor presidente da república, toque de presença!

Depois, assoprou o apito quatro vezes de modo melódico, provocando irritação aos ouvidos de Luz.

— Obrigado, comandante.

O presidente sorriu tentando parecer cordial quando a continência acabou. Ao longo dos primeiros minutos, soube que ouviria muito mais vezes aquele apito insuportável, já que os principais movimentos da tripulação eram coordenados pelos

O último tiro da Guanabara 273

toques. Alguns dos rapazes vieram cumprimentá-lo pessoalmente. Luz estava tentando se afastar deles, quando um marinheiro interrompeu Silvio Heck explicando que tiveram um problema com a tripulação.

— Depois resolvo isso, marinheiro. Por favor, retire-se e não volte a me interromper dessa maneira.

— Espere — pediu Carlos Luz —, quero saber o que é.

— Permissão para falar, senhor? — perguntou o marinheiro, olhado para Silvio Heck de cabeça abaixada.

— Permissão concedida — confirmou o comandante, fazendo força para não revirar os olhos.

— Senhor presidente — o rapaz quase engasgou de nervoso, o que fez Luz inflar mais o peito —, três jovens empregadas foram presas hoje antes de o senhor chegar. Tentavam roubar as chaves de um dos locais onde ficam as munições. Acreditamos que elas também conseguiram fechar e esconder as chaves de outros dois locais com projéteis.

— Quem são essas loucas? — perguntou Penna Botto. — Perderão o emprego quando a missão de hoje acabar, faça com que devolvam as chaves.

— Já tentamos, almirante — disse o rapaz, virando o corpo. — Elas dizem que jogaram fora e insistem em falar com o presidente sobre os tiros que serão dados contra este navio hoje.

— Ninguém irá falar com o presidente. Se não conseguem as chaves, arrombem as portas. É necessário que a munição esteja acessível. Ora, que plano ridículo — bufou o comandante.

— Senhor, se me permite, elas dizem que podem ajudar o navio a não ser bombardeado e que um vidente chamado...

— Não, não permito! Cale-se! — gritou Heck. — Isso é um problema ínfimo perto do que temos para resolver, não ouse nos incomodar mais.

— O que ia dizendo sobre o tal vidente? — Brasiliana alçou a voz e, de repente, todos a olharam, como se só então tivessem reparado em sua presença.

— Disseram que... — começou a dizer o rapaz, olhando temeroso para o comandante e o almirante, que permaneceram quietos — Estavam fechando a munição porque o Tamandaré não pode atacar. Caso contrário, matará muita gente da costa, então a população ficará contra o senhor presidente Carlos Luz. Segundo elas, há um plano para fugir dos tiros que foi elaborado pelo vidente Isaías Monteiro.

— Bobagem — respondeu Luz. — De qualquer forma, obrigado pelos esclarecimentos.

Neste momento, em um rompante de mimos, Luz foi surpreendido por uma salva de palmas dos mais próximos e esgueirou-se para perguntar a Heck se havia algum lugar no navio onde poderiam se reunir de forma particular.

Seguiram até a sala de comando. Àquela altura, o navio já havia parado perto do Barroso, para que a tripulação trocasse de embarcação. Junto com eles, chegava uma parte da guarnição natural do Cruzador Tamandaré, escalada para o turno da manhã.

Carlos Luz parou um momento assistindo à entrada pela prancha em uma enorme fila. Cada marinheiro, sargento, cabo e tenente apresentava sua identificação à sentinela e, em seguida, subia a bordo. Vinham com pressa, talvez sob ordens de chegarem aos seus postos de forma rápida. A disposição dos homens era nítida, mas não se sabia se seria o suficiente. Todos partiram para a sala, onde, enfim, sentaram-se a sós. Acompanhando Luz, estavam apenas o comandante Heck, o almirante Botto, Brasiliana e os ministros. Enquanto os homens se ajeitavam e conversavam, a mulher puxou o presidente pelo braço para um canto.

— Já te falei desse tal vidente, que acertou muita coisa sobre Penélope. Além disso, meus homens disseram que foi ele quem se jogou na frente de JK ontem à noite. Acha que essas mulheres sabem do que falam?

— Sei quem ele é. Esse cego já me interrompeu quando eu estava tentando intimidar Lott. No entanto, se o vidente trabalha para JK, por que iria querer nos ajudar? Esqueça esse assunto por ora — cochichou e depois se voltou para o comandante.

Ouvindo por um tempo sobre o que os ministros debatiam, Luz também alertou para o fato de que era necessário redigir uma carta a Flores da Cunha e entregá-la antes de partirem, de modo que logo foram buscar uma máquina de datilografar.

— Comandante, em sua opinião, acha que já sabem que estamos aqui?

— Creio que não, presidente. O Forte da Laje içou um sinal de barra interditada a navios de guerra, mas isso foi antes mesmo de chegarem — Heck acertou o chapéu que usava depois de pontuar a situação.

— Está claro que não desejam o nosso avanço — disse Luz, refletindo sobre aquela obviedade, de modo que Heck apenas balançou a cabeça. — Isso é bom, têm medo que cheguemos em São Paulo porque sabem que lá poderemos vencer, certamente.

Procurou o olhar cúmplice de Brasiliana, que o ofertou. Para ela, parecia que o homem havia superado qualquer mágoa. O burburinho na sala voltou; tornaram a conversar por um bom tempo. Lacerda, de vez em quando, sobressaía falando mais alto que todos, como se estivesse alardeado com um assunto qualquer. Em dado momento, alguém entrou em contato com Amorim do Vale, ministro da Marinha, perguntando como estava a situação na cidade e também na Baía de Guanabara. No Tamandaré, ao menos, parecia que os marujos já estavam todos embarcados, segundo Brasiliana apurou, eram mais de mil. Além do mais, estavam com dez embarcações contra cinco fortes. Em dado momento, homens entraram afobados no local, trazendo uma máquina de datilografar.

— Muito bem — começou a dizer Luz, encarando o objeto.

— Brasiliana, pode escrever para mim?

Ela deu alguns passos e sentou-se junto à mesa onde tinham colocado a máquina. Esticou os dedos e os fechou em punho umas duas vezes aguardando que Luz começasse a falar.

— Venho comunicar a V. Excelência e a essa Câmara... — ditou, e ela datilografava, pedindo para repetir uma ou outra palavra. Por fim, após um longo momento, finalizou. — Mantenho-me no exercício do cargo a bordo de uma unidade da nossa Marinha em águas territoriais. Apresento a V. Excia. meus protestos de distinta consideração.

A mulher lhe entregou a folha e o então presidente assinou no final da página, pedindo que alguém levasse a carta ao presidente da Câmara. Quando um dos homens saía, Botto voltou, e só então notaram que ele tinha se ausentado.

— Presidente, acabo de falar com os nossos de São Paulo. Garantem que as guarnições permanecem a favor de seu governo.

— Sendo assim, apenas nos resta seguir adiante! Comandante — Luz virou-se para Heck —, coloque o navio em movimento o mais rápido possível.

— Sim, senhor presidente — respondeu Heck, então saiu de sua cabine e os outros o seguiram.

Brasiliana foi até estibordo e olhou para o mar. Em seguida, para o relógio: eram nove da manhã. Virou-se então, para o comandante Edimir Moreira, imediato de Heck, e queixou-se confusa:

— Não me parece o mais rápido que conseguimos ir.

— E não é, senhorita — respondeu Moreira, com nítido embaraço. — Apenas duas de nossas oito caldeiras estão funcionando,

O último tiro da Guanabara 277

por causa disso estamos navegando a oito nós agora, quase sempre chegamos a 32.

Indignada, ela caminhou até Luz, já sentindo certa náusea com o balanço do mar. No rádio, podia ouvir Penna Botto pedindo para que os outros navios começassem a se movimentar do fundo da Baía de Guanabara.

★ ★ ★

Joana, Genoveva e Eduarda ficaram bem com os trajes militares. Na sala de uniformes, acharam também uma tesoura, que teve grande utilidade na hora de cortar os cabelos das moças. Fizeram tudo às pressas e sob protestos de Genoveva, que achava um absurdo ter de encurtar as madeixas, principalmente por ter que fazer isso dentro da "casa de Deus".

Para disfarçarem os seios, vestiram macacões largos verdes-olivas e fecharam bastante os botões dos colarinhos, deixando os bolsos abertos. Em seguida, pegaram os quepes e os colocaram na cabeça (estes tinham o símbolo do Exército na frente, em fundo verde-oliva e aba preta). Também roubaram sapatos pretos velhos, que ficaram grandes em seus pés, exceto nos de Joana. Isaías estava satisfeito com o resultado, apesar de ainda temer pelas feições delicadas e os cabelos das moças, que não tiveram como ser raspados conforme os dos soldados.

Depois de prontas, estreitaram-se pela fortaleza. Joana ia na frente, com Isaías logo atrás, dessa forma a moça poderia avisar pelos pensamentos e atitudes sempre que havia algum desvio no caminho, como um degrau ou uma imperfeição do chão, até mesmo uma parede. O vidente confiava nas informações que ela transmitia, ao mesmo tempo olhava as nuvens dos soldados procurando algo sobre a "sala dos cálculos". Ao observar um homem que passou por ele, descobriu sobre sua localização e apertou o passo para indicar a direção à Joana.

Depois de errarem o caminho, entraram em um amplo espaço, atrás do farol e perto de onde ficavam os nichos dos canhões. Era uma casa grande, de dois andares, construída em cima da parte inclinada de uma pedra e com várias salas, uma ao lado da outra, onde militares estavam reunidos. Quando passaram em frente a essas salas, Isaías notou símbolos e cores de alerta. Por causa disso, em um canto do corredor, perto do que Joana reconheceu ser um banheiro, ele parou as mulheres.

— Estamos chamando muita atenção.

— Você quer seguir sozinho ou vou com você? — indagou Joana, arrumando a calça que escorregava por sua cintura.

— É melhor irmos juntos — murmurou o vidente, Em seguida, falou para Genoveva e Eduarda: — Tudo bem aguardarem aqui até voltarmos?

— Eu até prefiro — respondeu Genoveva, com as mãos suadas, pensando que se alguém reparasse nela seria o fim de todos. Depois de deixá-las no banheiro, Isaías e Joana continuaram andando até o final do corredor.

— É ali — sussurrou ele, depois de um homem passar na frente deles.

Entraram inseguros, temendo chamar atenção, mas os soldados estavam concentrados fazendo seus cálculos em cima das mesas. Pelo pouco que Isaías pôde observar, o Tamandaré já havia saído do arsenal e, da fortaleza de Santa Cruz, uma parte dos homens tinha visto o navio de uma estação de levantamento, que contava com uma luneta e dois telêmetros. Por meio dos equipamentos, fizeram a triangulação e algumas anotações sobre o alvo. Em seguida, mandaram todas as informações para a câmara de tiro, onde eles estavam naquele momento.

Assim, os homens ali foram destinados a fazer todo tipo de cálculo a partir dos dados coletados. Naquele momento, verificavam a velocidade com que o Tamandaré navegava e o quanto demoraria para estar na linha das baterias. Depois, veriam qual era o ângulo vertical e horizontal que os canhões deveriam estar para os disparos. Por ora, as instruções eram para que os tiros apenas advertissem o Tamandaré e, com aquela informação, o vidente suspirou. Ao menos Lott o tinha escutado e tentaria alertar Carlos Luz antes de partir para o ataque em si.

— O que está fazendo aqui, mocinha? — perguntou a Joana um senhor baixo e rechonchudo. Ela congelou diante da dentadura amarelada lhe sorrindo. Em pânico, Joana nada disse e o vidente percebeu que o homem estava apenas brincando, pois não acreditava realmente que "o oficial" à sua frente era uma mulher. Ao entender, tomou coragem.

— Senhor... — disse, reparando em seus símbolos e, em seguida, corrigiu: — Comandante, viemos levar as informações para as baterias.

— Terão de esperar, ainda estamos finalizando as contas — um segundo homem falou com descaso, voltando, logo depois, a observar o que os seus soldados faziam.

Os dois homens que tinham falado com eles estavam com uniformes diferentes dos outros na sala. Diante da indiferença para com ela e Isaías, Joana, enfim, respirou mais aliviada. Começou a reparar nos objetos que manuseavam no fim da sala, cuja finalidade ela não compreendia. Havia ali uma prancheta de tiro e os corretores de alcance e direção. Isaías notou que a prancheta era capaz de ajudar a calcular a direção e a distância aproximada do Tamandaré para que as informações fossem passadas aos outros instrumentos, de modo a corrigir qualquer dado. Apesar de não saber tudo isso, Joana reparava se havia alguma maneira de danificar os equipamentos, para prejudicar os cálculos. Já o cego estava preocupado em decifrar aquelas duas figuras que pareciam se digladiar na frente deles.

— Comandante Denys — chamou um rapaz —, estão navegando a uma velocidade de oito nós. Até às dez e trinta conseguirão sair da Baía de Guanabara.

— Por que estão em uma velocidade tão baixa? — Denys aproximou-se do soldado. — Deixe-me ver isto.

— Não olhe para essas folhas como se entendesse alguma coisa, comandante. Todos aqui sabem que é um homem das terras — disse o segundo homem, e fez uma careta.

— Correia Lima, quero apenas ajudá-lo.

— Ajudará em seu devido momento. Eu sou o comandante da artilharia de costa por aqui e agora é a minha vez de exercer essa função.

— Sei bem disso, não há motivo para se alterar dessa forma — Denys sentou-se em uma cadeira e ficou olhando para Lima.

— Acontece que o ministro Lott me confiou aqui, disse que teria toda a autoridade, e eu a exijo.

A situação de tensão desconcentrou todos os homens, embora alguns fingissem que continuavam com a atenção nos papéis. Isaías tentava se lembrar de onde tinha escutado o nome de Denys, mas depois que este mencionou Lott, tudo ficou claro.

— Terá a autoridade necessária. O senhor determinará os tiros, quando serão disparados e em que momento atingirão o navio, mas eu... — reforçou ele, apontando o próprio peito — revejo os cálculos da trajetória dos projéteis e digo quando podemos enviar aos outros fortes da Baía. Está de acordo?

Lima terminou de falar voltando à coloração normal. Já o vidente entrava num estado de entusiasmo e apreensão. Enfim, havia previsto certo: as ordens partiriam de Santa Cruz.

— Senhor comandante Lima — Joana engrossou a voz o máximo que pôde —, se desejar, posso ficar responsável pelo envio aos outros fortes.

— Sim, faça isso — respondeu Lima, antes que Denys ousasse dar qualquer outra ordem e, ao mesmo tempo, feliz por que o soldado sabia seu lugar e a quem obedecer — Envie por rádio quando chegar a hora.

— Isso, mas lembre-os que ainda não atacaremos, é importante que saibam disso. Deus queira que o Tamandaré não avance — completou Denys, em uma nítida briga de egos.

Isaías captou ali uma brecha; observando as cores e símbolos do comandante, viu que este não queria atirar contra o Cruzador porque sabia que o navio poderia revidar. No entanto, acima de tudo, cumpria as ordens de Lott. Se pudesse achar um jeito para que Denys parasse de cumpri-las por algum motivo e decidisse não atacar mais o navio, tudo estaria resolvido. Uma única ordem dele e os outros fortes acatariam sem ao menos Lott saber, já que ele estava ocupado com seus afazeres em terra firme. Com o plano em mente, era hora de tentar entender os pontos fracos daquele homem para tentar convencê-lo.

— Os próximos cálculos também vão demorar assim? — perguntou Denys, irritado.

— Óbvio que não, caro comandante — Lima voltou a adquirir um tom avermelhado e virou-se para Isaías. — Soldado, leve isso ao general Gervásio.

O vidente bateu continência e, quando estava saindo, ouviu:

— E você, soldado, vá até a sala ao lado para transmitir essas informações.

Joana bateu continência e saiu também. Quando encontrou-se com Isaías no corredor, quase gritou de susto.

— O que vamos fazer agora? — falou baixo, caminhando até o banheiro.

— Vamos passar as informações certas, para que não suspeitem de nós. Ainda não querem acertar o Tamandaré. Se alterarmos os números, poderemos atingi-lo sem querer — Isaías olhou para os lados antes de avisar às outras mulheres que tinham voltado.

— E quando derem ordens de atirar em cima?

— Vamos dar os mesmos números de quando não queriam acertar, então guarde as ordens antigas com você para poder trocá-las.

— Farei isso — Joana olhou para a longa lista que tinha nas mãos. Isaías passaria as ordens apenas para Santa Cruz e ela enviaria a todos os outros. — E se você precisar ler? — perguntou ela, apontando para a folha.

— Pedirei ajuda das outras, vou com elas tentar descobrir onde esse tal Gervásio está. Agora vá, antes que estranhem. A sala é aqui perto — pediu. — E, Joana, cuidado com a voz, muito cuidado.

A moça concordou e começou a correr pelo corredor. Isaías, então, correu para chamar Genoveva e Eduarda. O tal Gervásio, provavelmente, estaria perto das baterias. A partir daquele momento, Eduarda seria seus olhos na fortaleza e Genoveva seria a leitora da folha que ele recebera. Assim, diante do pedido, Genoveva engrossou a voz, tremendo o papel em sua mão e tropeçando mais do que o cego nas pedras que compunham o chão da fortaleza. O vidente tentava decorar as instruções que ouvia e de vez em quando segurava a moça, evitando que caísse. Quando, enfim, chegaram às baterias e Isaías avistou o general com quem deveria falar, seguiu sozinho pelos corredores, abordando-o.

— Trago orientações da sala de cálculo para os primeiros disparos das baterias a oeste.

— Já não era sem tempo, soldado. Diga quais são.

Gervásio perguntou de olho em sua tripulação, então Isaías estendeu o papel fingindo ler os ângulos. De repente, o general começou a gritar aqueles mesmos números. Havia decorado

O último tiro da Guanabara 283

numa velocidade mil vezes maior do que o vidente fora capaz e, terminando, gritou a um palmo de seu rosto:

— Precisa avisar aos canhões de baixo e aos de cima, soldado!

— Farei isso, senhor — Isaías bateu continência e saiu o mais rápido que pôde dali.

Enquanto Eduarda corria para a parte de baixo e avisava o responsável para repassar o recado, Isaías avisava um rapaz da parte descoberta. Enquanto isso, Genoveva ficava num canto sem chamar a atenção. De lá de cima, o cego podia ver o céu pronto para chover em todos os sentidos. Estava imerso tentando entender aqueles novos símbolos e cores, quando se assustou, dando passos para trás. Logo depois, seus ouvidos começaram a zunir, então percebeu os gritos de soldados comemorando. Olhou ao redor desesperado. Os disparos haviam começado.

★ ★ ★

Cecília pensava em diversos outros planos nos quais ela, Firmina e Vera não eram pegas e trancafiadas em uma sala do navio, com nenhuma janela e sem nada mais poderem fazer para saírem dali. Pelo balanço, àquela altura Carlos Luz já havia embarcado e estavam navegando há algum tempo rumo aos tiros de canhões. Era provável que ninguém havia tentado usar as baterias principais. Caso contrário, teriam vindo falar com elas, perguntando se tinham feito mais alguma coisa além de tentarem esconder as chaves dos locais onde os projéteis ficavam.

Pensando bem, o plano era ridículo. Bastava juntar de três a quatro homens para derrubar as portas que fecharam com tanta luta. Usando isso de inspiração, tentaram fazer o mesmo com a porta do local onde estavam, mas os marinheiros logo perceberam e começaram a socar a madeira, falando que atirariam se tentassem alguma coisa. Com o ânimo abaixo de zero, Ceci olhou para as outras mulheres e suspirou. O que mais a deixava enraivecida era o fato de terem sido pegas quando estavam nos momentos finais do plano.

Carlos Luz andava logo acima de suas cabeças e ela não podia avisá-lo de nada. Imaginou que as outras mulheres poderiam tentar falar com ele, mas não sabia se adiantaria. Não tinha passado todas as informações para elas. *Mil vezes tola!*, pensava, chutando a parede, fazendo Firmina e Vera se assustarem. Quando outro estrondo se fez presente, intuitivamente olharam para Cecília de novo. No entanto, a moça arregalou os olhos.

— Estão atirando! — falou Cecília, comprovando o receio das outras.

Outro tiro caiu no mar, próximo ao navio, fazendo a água bater contra as paredes e elas gritarem de terror.

— Ceci, não vamos morrer aqui — Firmina a abraçava.

— Não. — respondeu Cecília, quando mais um tiro atingiu as águas.

Então, ouviram um barulho diferente e pensaram que poderia ser a água entrando no navio. Cecília fechou as pálpebras com força. Pensava em Isaías, onde ele estaria agora e se havia previsto aquela cena em algum momento. No entanto, a porta se abriu e cinco marinheiros surgiram.

— Vocês três, levantem-se! — gritou um dos marujos. Notava-se que estava nervoso com os tiros também. Cecília foi a primeira a se colocar de pé, então puxou as outras. O jovem rapaz as apressava. Levadas por homens à frente e atrás delas, começaram a correr pelos corredores e subiram as escadas para irem até o convés. Cecília, naquele momento, estava pálida, com as mãos frias e as pernas tremendo. Teve de respirar fundo antes de terminar de subir até a proa, numa falsa ilusão de que embaixo do navio estaria mais segura.

Foram empurradas até a câmara do comandante do navio e deixadas ali. Dentro do local, havia um mobiliário de chapa e, perto de um sofá, uma mulher apareceu exigindo explicações, além de perguntar o que elas tinham feito com os canhões. Cecília, então, contou com a voz trêmula que haviam danificado as baterias para ganharem tempo. A mulher estava vermelha e parecia que iria gritar quando o presidente entrou na sala com outro homem fardado.

— Qual de vocês três é a responsável por isso? — perguntou Luz, quase engasgando.

— Eu — Cecília deu um passo à frente com as pernas bambas.

— Foi você quem disse que tinha como ajudar para que o navio não fosse bombardeado? — falou Luz, empurrando-a com as mãos, então Brasiliana se colocou entre os dois.

— Sim, fui eu! — respondeu Cecília, contendo as lágrimas, embora sem saber como a informação havia chegado a Luz.

— Qual é o interesse do vidente Isaías Monteiro em nos ajudar? — interrogou Brasiliana.

— Evitar mortes. Vocês vão ganhar do mesmo jeito, atacando os fortes ou não. Ele previu isso, mas se não atacarem, evitaremos mortes.

— Ele previu? — perguntou Carlos Luz, ainda gritando, ao mesmo tempo em que outro tiro de canhão caía perto deles. — Vou ter um ataque aqui mesmo! — gritou, ao se assustar com o barulho.

Cecília ficou quieta diante dele, arfando.

— Por que desarmou nossos canhões? — continuou Brasiliana.

— Pensei que se não atacassem, os fortes também não iriam fazê-lo. Estou aqui, afinal, também pretendo sair disso viva — respondeu Cecília, cambaleando com uma manobra do navio. — Escutem, sei como evitar os tiros! Há um navio cargueiro, que estava prestes a sair do porto. Se voltarmos e sairmos com ele, não vão atirar. Vamos seguir ao seu lado até onde pudermos.

— Mas como convenceremos o cargueiro a seguir ao nosso lado depois de todos esses tiros? — perguntou Luz, parecendo abismado.

— Apontando nossos canhões para eles — investiu Cecília.

— É um bom plano, apesar de as nossas baterias não estarem funcionando — Luz olhou para a moça com ódio e, no mesmo minuto, ela intuiu que não perceberam ou ainda não tinha chegado ao ouvido do presidente que apenas alguns canhões foram danificados. — Brasiliana, avise agora mesmo Penna Botto que exijo retroceder um pouco! — A mulher saiu correndo para atender ao pedido e Luz voltou a se virar para Cecília. — Dessa maneira, vão acreditar que os tiros de advertência funcionaram e pararão de mirar em nós.

Cecília sentiu outra manobra do navio e ouviu apitos. Aguardaram, atentos, durante o tempo em que o quase silêncio reinava perto do barulho de antes.

— Então, o vidente quer que cheguemos em São Paulo? — indagou Luz de novo.

— Ele não quer, mas vocês vão chegar de todo modo — Cecília blefava com o coração aos pulos.

Manhã de 11 de novembro de 1955

Percebendo que a tripulação de Luz não tinha a intenção de abortar, mas de se esconder, a fortaleza disparou outras duas vezes, sem atingir o alvo. Assim, com as baterias apontadas para o cargueiro, o Tamandaré iniciou sua marcha ao lado direito, de forma que o plano funcionou em parte: os tiros cessaram contra eles, que conseguiram passar em frente às fortalezas de Santa Cruz, Lage e São João sem mais incidentes e, no entanto, mantiveram-se contra o resto da esquadra, que vinha logo atrás. O Barroso, ao receber o primeiro projétil que passara muito perto, por cima do navio, começou a recuar com os outros e se protegeu atrás de uma ilha, deixando o presidente sozinho com sua embarcação de guerra.

Foi perto da praia de Copacabana que, para a agonia de todos, os canhões voltaram a soar. O cargueiro virou para a esquerda, como se seguisse rumo à praia, saindo da frente do Tamandaré e deixando-o exposto aos fortes do Leme e de Copacabana. A equipe do presidente não entendia por que tinham deixado de ajudá-los, porém Luz intuía que alguém ligado a Lott havia dado algum tipo de ordem ou até feito ameaças. Tentando se proteger, Heck ordenou que virassem à direita, apontando os canhões para a praia de Copacabana.

Na cidade, a população estava em pânico. Em algumas ruas era possível ouvir o barulho de sirenes e ver a movimentação de tanques de guerra. Na avenida Rio Branco, as calçadas estavam tomadas. Do lado esquerdo, pelotões do Exército dormiam nas alças-de-mira das metralhadoras viradas para o lado direito, onde permaneciam as tropas da Marinha. Diversas artilharias antiaéreas foram posicionadas em locais como o Galeão, Realengo, Santa Cruz, Esplanada do Castelo e Manguinhos.

Perto do mar, eram os estrondos que assustavam. Algumas pessoas correram para longe dali e, na avenida Atlântica, em frente à faixa de areia da praia do Leme, moradores começaram a estender lençóis brancos nas janelas dos edifícios sem entender ao certo o que estava acontecendo. Platão, que havia estacionado para tomar um café, olhou com espanto em direção à água, refletindo se teria tempo de chegar até o carro ou se era o caso de aguardar. A pequena padaria onde estava possuía um rádio ligado, então ele apurou os ouvidos para escutar alguma notícia vindo do aparelho. No entanto, ao invés da programação normal, ouvia músicas suaves, que não condiziam com a situação naquele momento.

Cada vez mais pessoas entravam no estabelecimento, todas molhadas, visto que chovia. Diziam que precisavam estocar alimentos e saíam comprando todo tipo de comida. Um homem explicava que invadiram o *Tribuna da Imprensa*, outro afirmava que também ocuparam a Rádio Nacional e a sede do jornal *A Noite*. Temeroso com todo aquele caos, Platão decidiu arriscar e ir até o carro para deixar o local. No trajeto, viu pessoas saindo de suas residências às pressas, tentando levar os pertences mais importantes, como documentos, fotos de entes queridos, joias que pudessem vender, algumas peças de roupas, entre outros pequenos bens. Uma mulher chegou a derrubar, no meio da rua, um enxoval, que Platão ajudou a pegar.

Ao perceber que ele entraria no carro, uma moça pediu ajuda para sair do bairro. Platão permitiu que ela o acompanhasse, então seguiram juntos por um trecho da avenida enquanto, agoniado, ele tentava reparar na embarcação ao fundo.

— O que pode ser isso? — perguntou a moça benzendo-se.

— Tempos escuros — respondeu Platão, repetindo uma frase que Isaías costumava falar, mas que ele nunca entendeu tão bem quanto naquele momento.

★ ★ ★

O vidente pingava de suor ao correr para todos os lados entregando números falsos de posicionamentos de canhões, tarefa nada fácil e agravada pelas dores que ainda sentia no braço operado. Quando o Tamandaré, no entanto, passou ao lado da fortaleza com o cargueiro, pôde ter algum tempo de descanso e alguns segundos de comemoração com Genoveva e Eduarda, que voltaram a se esconder. Cecília, afinal, havia conseguido falar com o presidente.

Pela sexta ou sétima vez na sala de cálculos, Isaías observou Denys e Lima brigando. Lima dizia que tinham errado os tiros porque Denys queria interferir em tudo e acabou danificando a concentração da equipe, já Denys afirmava o contrário; Lima havia pressionado tanto os soldados que não conseguiram calcular os tiros com precisão. Felizmente, em meio à briga de egos, ninguém suspeitou de Isaías ou Joana.

— Você deveria sair dessa sala, deixar os meus homens calcularem — exigiu Lima. — As informações que passaremos aos outros fortes devem ser precisas. Eles contam conosco.

— Eu sairei, mas não por mim — falou Denys, com a mão fechada em punho. Se pudesse, daria um soco naquele homem que ele considerava um imbecil. — Sairei por eles. Se ficar, você continuará a desconcentrá-los implicando com cada ação minha.

Andou a passos largos para fora da sala e Isaías o acompanhou, ouvindo o comandante desabafar do mesmo modo que alguém faz com seu animal de estimação. Esperando um momento oportuno e um local onde não houvesse muita gente passando, Isaías o abordou:

— O senhor sabe o que deve fazer, comandante Denys.

— Como assim? O que há para se fazer já está sendo feito — falou Denys, olhando na direção do soldado.

— Na verdade, isso tudo não deveria ter começado. Agora, por exemplo, por que continuar atirando contra o Tamandaré, que está sozinho em sua jornada? Nenhum outro navio o acompanha. Além disso, há reforços nossos em São Paulo que os conterão.

— Como sabe dos reforços? — Denys o encarou em dúvida, enfim desconfiado daquele homem.

— Fato é… — ignorou Isaías — que se atingirmos o navio, seremos vistos como vilões. O Tamandaré não está revidando, não tem qualquer resguardo e Carlos Luz não ganhará esta batalha, mesmo que consiga fugir do Rio. Fora isso, se o Cruzador revidar, matará pessoas inocentes que estão na Baía de Guanabara.

— As ordens de Lott são para atirarmos caso insistam em sair da Baía e eu estou aqui para cumpri-las, soldado. Assim como você está aqui para cuidar do seu posto e não para dar opiniões ao seu comandante — respondeu Denys, incomodado, no entanto seus símbolos e cores indicavam que concordava.

— Acontece que não sou um simples soldado — Isaías começou a entrar em um território mais perigoso e sentiu a boca secar. — Sequer sou um soldado.

— Do que está falando? — perguntou Denys, entrando em estado de alerta e procurando no uniforme o coldre que segurava a sua arma, mas não a encontrou, pois havia deixado na sala de cálculos.

— Por favor, se acalme. Sou alguém em quem Lott confia também e, antes dele, trabalhei para Kubitschek.

— Que tipo de trabalho? — perguntou de novo Denys, medindo as distâncias, pois diante de qualquer aproximação ele gritaria para que prendessem aquele louco em dois segundos.

— Sou um vidente, comandante.

— Patético — respondeu ele. Se não estivesse tão amedrontado e, ao mesmo tempo curioso, Denys o derrubaria ali mesmo.

— Posso provar? — pediu Isaías. — Há quanto tempo o senhor e Lott se conhecem? Desde 1911. E há algo em todo esse tempo que nunca contaram para ninguém, nem mesmo suas esposas ou outros amigos?

— Que brincadeira é essa? — questionou Denys.

— Ah, sim, quem poderia imaginar? — decifrou Isaías. — O grande ministro Lott, defensor da ordem e das leis, burlou uma apenas para que um amigo pudesse conquistar um cargo maior, ao invés de ser rebaixado no Exército.

— Não sei de onde inventou isso — Denys negava, mas seus símbolos mostravam a verdade.

— Foi um ato reprovável roubar dinheiro do Exército, senhor. Por sorte e pela interferência de Lott junto a Getúlio Vargas, ao invés de ser expulso, foi promovido a coronel e tornou-se comandante... — Isaías parou por um tempo curto — do Batalhão de Guardas de nossa cidade. Uma pena que, devido às fofocas, não aguentou mais de três meses e teve que se ofuscar por um tempo, para que todos esquecessem o ocorrido e pudesse voltar à ativa mais tarde. Parece que deu certo.

Subitamente, Isaías foi empurrado por Denys, que o arrastou até uma sala vazia e fechou a porta.

— Isso é mentira, fale baixo. O que deseja de mim? — disse Denys, que já pingava de suor.

— Provar que não minto ao dizer que sou um vidente — respondeu Isaías, sorrindo. — Afinal, Lott não contaria algo assim a ninguém. Além do mais, quero que escute o que tenho a dizer.

Denys olhava o homem à sua frente como se ele fosse uma assombração.

— Se atacarem o Tamandaré, Lott perderá essa batalha que já está ganha, sabe disso. Pense em tudo que a oposição irá dizer e pense na morte de Getúlio Vargas, quando a população ficou ao lado dele após o suicídio. Será o mesmo com Luz.

O vidente sentia que Denys vacilava. A memória de Vargas e dos acontecimentos estava viva nas pessoas e o medo da comoção popular era real, pois descobriram o impacto que uma morte podia ter na política. Quem fosse esperto, não iria querer provar daquele amargo gosto de novo.

— Sabe que já vencemos, que intercederão em São Paulo — continuou Isaías. — Deixe que Carlos Luz saia do Rio de Janeiro. Do contrário, será seu fim na política, além do de Lott e também o de JK. O MMC pode, inclusive, tomar o controle — falou Isaías, brincando com o medo que o comandante tinha do comunismo. — Depois de algo assim, qualquer coisa pode acontecer.

— Se Lott souber que eu fui responsável pelas ordens... — disse ele, refletindo enquanto colocava as mãos na cabeça.

— É para o bem dele. Acredite em mim, posso prever o futuro. Se Luz sair ileso daqui, vocês vencem. Se insistirem em atirar, o erro será enorme, tanto politicamente quanto em relação aos cidadãos que estão agora na orla de Copacabana. Imagine comandante; centenas de pessoas mortas e a responsabilidade caindo em suas mãos.

Denys ficou por algum tempo andando em círculos pela sala, pensando no que fazer. Isaías podia ver um choque de símbolos e cores saindo de sua pele, como se estivessem em um ringue.

— Não há muito tempo — pressionou o cego.

Olhando para ele, Denys fez que sim com a cabeça e saiu apressado em direção à sala de cálculos. Ao chegar na sala, falou enfim:

— Recebi ordens do ministro Lott para que não atiremos mais no Cruzador Tamandaré.

— O quê? — falou alto Lima, os homens do local olhavam para ambos.

— É isso mesmo que ouviram, repassem as ordens aos outros fortes: cessaremos o ataque! — Denys impôs a voz, satisfeito por contrariar o outro comandante.

— Não podemos deixar o Tamandaré sair do Rio de Janeiro — confrontou Lima.

— Quem dá esse tipo de ordens aqui sou eu, e não o senhor. Ordeno que parem!

★ ★ ★

Depois de o cargueiro sair de perto e os tiros retornarem, Cecília tentou avisar Penna Botto que não valia a pena atirar contra Copacabana, já que havia a possibilidade de matarem pessoas inocentes. Ela dizia que podiam tentar navegar até as ilhas de Pai e Mãe e se esconderem atrás delas. Depois, usando a neblina a favor, poderiam seguir até São Paulo. Brasiliana concordava com esses argumentos e tentava convencer Carlos Luz.

— Se ocorrer uma matança no litoral, ainda mais em Copacabana, sabe quando irá assumir a presidência, certo? Isso mesmo, nunca — advertiu ela.

Por fim, o presidente concordou. Estavam, afinal, mais distantes dos fortes e seria cada vez mais difícil que acertassem o navio. Não entendiam por que não foram capazes de fazê-lo até aquele momento, mas contavam que a "incompetência" dos soldados da costa continuaria e que os projéteis permaneceriam caindo fora do alcance do navio. Por outro lado, se fossem revidar os tiros,

Luz não poderia contar com os canhões principais. Estavam ainda danificados pela mesma moça sentada à sua frente. Brasiliana estava certa, chegando em São Paulo mudariam as circunstâncias a seu favor.

Antes de avisarem as ordens de direção e paz para Silvio Heck, Luz, no entanto, olhou para as mulheres e chamou os rapazes que estavam do lado de fora:

— Podem prendê-las e deixá-las do lado em que estão atirando.

Os marinheiros sorriram e fizeram as moças saírem na proa — em meio às manobras, tiros e à chuva que caía —, para descer até uma nova sala vazia. Foram largadas ali e trancafiadas. Cecília olhava no relógio e voltou a apertar as mãos das colegas. Ao seu lado Firmina respirava fundo e Vera rezava. Após vinte e dois minutos, o barulho cessou, então elas ficaram algum tempo quietas, esperando qualquer novo sinal de que poderiam morrer ali. Da proa, ouviram os gritos de comemoração dos marujos e, então, permitiram-se rir e pular, num alívio extremo.

★ ★ ★

Isaías entrou na sala de rádios e avistou Joana, que estava exausta.

— Ótimo trabalho!

— Conseguimos? — perguntou preocupada. Havia ficado todo o tempo naquele ambiente fechado, de modo que não sabia o que acontecia fora dali.

— Sim, o último tiro da Guanabara foi disparado! — Isaías colocou a mão no próprio ombro, feliz por finalmente poder dar descanso ao corpo e, principalmente, ao braço ferido. — Preciso apenas que faça mais um favor.

— Diga, aproveite que todos estão preocupados com a fuga do Tamandaré — respondeu Joana, ainda embebida em adrenalina.

— Quero que mande uma mensagem ao comandante superior do forte de Copacabana. Ele deverá passá-la a um subordinado, que a levará pessoalmente ao futuro vice-presidente João Goulart.

— O que devo dizer? — perguntou Joana, atônita.

— Diga assim: "Senhor, devido à falta de interesse o amanhã foi cancelado".

— Como assim? — perguntou Joana, enrugando a testa e sorrindo.

— Achei que seria bom cancelar de maneira formal o encontro que Jango marcou comigo no hospital. Afinal, nem eu e nem Cecília estaremos lá. A partir de hoje, o futuro agirá como previmos.

Epílogo – Pós 11 de novembro de 1955

Ainda na manhã de 11 de novembro, após estar fora do alcance dos fortes da Baía de Guanabara, as baterias do Tamandaré foram arrumadas e atiraram contra o mar, para que fossem descarregadas. Lott, que estava em terra firme o tempo todo e cuidava das questões burocráticas, conseguiu fazer com que o impeachment de Carlos Luz fosse votado e aprovado.

Nereu Ramos, vice-presidente do Senado, disse que o então presidente não especificou em quais águas territoriais estaria e que, portanto, havia saído do território brasileiro sem autorização do governo. Enquanto isso, no caminho até o porto de Santos, Heck foi informado de que a cidade de São Paulo havia sido tomada por tropas do Exército e avisou Carlos Luz de que tinham ordens de atirar em todo navio da esquadra que se aproximasse.

O apoio em São Paulo havia minguado. Jânio Quadros, cercado, tombou para o lado do ministro da Guerra. Àquela altura, fora determinado que o novo governo seria exercido por Nereu Ramos, então Luz decidiu retornar ao Rio de Janeiro, após saber de seu impeachment pelo rádio. Ele voltou na manhã do dia 13 de novembro, desembarcando só após garantir que não pretendia voltar ao cargo da presidência e depois de renunciar ao cargo na Câmara dos Deputados. Ao todo, ele foi o presidente brasileiro que ficou menos tempo no poder: apenas três dias e meio, ou três dias e uma manhã.

Lacerda fugiu para a embaixada de Cuba, onde ficou exilado por um tempo até rumar para Nova York, e Cecília, que passou dois dias e uma manhã se escondendo no navio, não voltou mais a trabalhar em qualquer um deles. No dia 21 do mesmo mês de novembro, Café Filho tentou reassumir a presidência. No entanto, Lott o deixou incomunicável, sob a guarda de tropas de Exército, no próprio apartamento. O Congresso votou o seu impedimento e, três dias depois, foi decretado estado de sítio, que perdurou até a posse de Juscelino Kubitschek, em 31 de janeiro de 1956.

Também neste ano, Lott foi escolhido mais uma vez como ministro da Guerra e o Clube da Lanterna fechou as portas por decreto de Juscelino. Mamede, Golbery e outros oficiais da Escola Superior de Guerra foram exonerados. Posteriormente, Henrique Lott declararia à imprensa que: "A melhor das ditaduras seria, sempre, pior que o pior dos governos democratas". Ele também chamou a ação de 11 de novembro de "retorno aos quadros vigentes" e começou a ser visto como alguém que lutava pelas causas nacionais. Em 1960, chegou a concorrer à presidência, mas foi derrotado por Jânio Quadros.

Mesmo depois de tudo resolvido, o Exército não dissolveu sua polarização. Apesar de Isaías e Cecília impedirem que a nuvem negra chovesse na cidade e clareá-la, ela voltou com a posse de Jânio Quadros. Este, ao deixar o cargo sete meses depois de assumi-lo, desencadeou mais uma das grandes crises política no Brasil. Foi durante o governo de seu vice, João Goulart, que a nuvem, por fim, choveu em 1964, com o apoio da elite e até de parte do povo.

Várias pessoas que tentaram dar o golpe contra JK ressurgiram como figuras importantes na instauração da ditadura e sua manutenção, entre elas Carlos Lacerda, o brigadeiro Eduardo Gomes, Golbery do Couto e Silva, entre outros membros da UDN, do Clube da Lanterna e da Escola Superior de Guerra. Quando Castelo Branco criou o Serviço Nacional de Informações (SNI), Golbery foi nomeado o primeiro chefe. Mais tarde, o local ficou conhecido como o "Ministério do Silêncio" e, segundo Castelo, o objetivo era "manter o governo melhor informado a respeito do que se passava no país".

Já o general Denys, que defendera a posse de Kubitschek ao lado de Lott, era ministro da Guerra em 1964 e ajudou também a dar o golpe. Platão morreu em um acidente de carro com seu chefe, Juscelino Kubitschek, em 1976. Na época, JK estava com os direitos políticos cassados pela ditadura.

Isaías Monteiro e Cecília Gomes nunca mais foram vistos, apesar da ordem de Juscelino para procurá-los em todos os lugares e oferecer a eles boas propostas de salários. Em seu mandato, o presidente cuidou da construção de Brasília, onde, acredita-se, o vidente e a moça viveram até o fim de suas vidas.

Desde 11 de novembro de 1955, nenhum tiro foi disparado na Baía de Guanabara.

Referências

Benevides, Maria Victoria de Mesquita. "A UDN e o Udenismo".

Benevides, Maria Victoria de Mesquita. "O Governo Kubitschek: Desenvolvimento Econômico e Estabilidade Política".

Carloni, Karla. "Forças Armadas e Democracia no Brasil: O 11 de novembro de 1955".

Carloni, Karla. "Marechal Henrique Lott: A Opção das Esquerdas". 2010. (Doutorado em História Social). Centro de Estudos Gerais, Instituto de Ciências Humanas e Filosofia, Universidade Federal Fluminense, Niterói.

Castro, Celso. "A Invenção do Exército Brasileiro".

Couto, Ronaldo Costa. "Juscelino Kubitschek".

Dourado, Autran. "Gaiola Aberta: Tempos de JK e Schmidt".

Editora, On Line. "Juscelino Kubitschek: Guia Personalidades, Ed.02 (Portuguese Edition)".

Ferreira, Marieta de Moraes; Mesquita, Claudia. "Os anos JK no acervo da Biblioteca Nacional". In: Biblioteca Nacional (Brasil). Brasiliana da Biblioteca Nacional: guia de fontes sobre o Brasil. Organização Paulo Roberto Pereira. Rio de Janeiro: Fundação Biblioteca Nacional; Nova Fronteira, 2001.

Morais, Fernando. "Chatô, o rei do Brasil".

Pinto, Fernando. "Memórias de um repórter".

Pinto, Luíza Helena Nunes. "Discursos Selecionados do Presidente Juscelino Kubitschek".

Priore, Mary Del. "Histórias da Gente Brasileira (Vol. 3/1889-1950)".

Rocha, Munhoz da. "Radiografia de Novembro".

Silva, Hélio. "O poder militar".

SKIDMORE, Thomas E. "Brasil: de Getúlio Vargas a Castelo Branco (1930-1964)"

TAVARES, Flávio. "O dia em que Getúlio matou Allende".

VILLA, Marco Antonio. "Jango, um Perfil (1945-1964)".

WAINER, Samuel. "Minha Razão de Viver: memória de um repórter".

WILLIAM, Wagner. "O Soldado Absoluto: Uma biografia do marechal Henrique Lott".

Reportagens

CARNEIRO, Paulo Luiz. "Lott, o general que garantiu a posse do presidente eleito JK e do vice Jango". Disponível em: https://acervo.oglobo.globo.com/fatos--historicos/lott-general-que-garantiu-posse-do-presidente-eleito-jk-do-vice-jango-18010063. Acesso em: 02 out. 18.

EVELIN, Guilherme. "Carlos Lacerda, o passional da política". Disponível em: https://epoca.globo.com/vida/noticia/2014/04/carlos-lacerda-o-passional--bda-politicab.html. Acesso em: 02 out. 18.

MELITO, Leandro. "Suicídio de Getúlio Vargas adiou golpe militar por 10 anos, apontam historiadores". Disponível em: http://www.ebc.com.br/noticias/politica/2014/08/suicidio-de-vargas-adiou-golpe-militar-por-10-anos. Acesso em: 02 out. 18.

NOBLAT, Ricardo. Disponível em: http://noblat.oglobo.globo.com/noticias/noticia/2009/03/a-morte-de-getulio-vargas-parte-i-172998.html. Acesso em: 02 out. 18.

SILVEIRA, Nubia. "As tentativas que acabaram no golpe de 1964". Disponível em: https://www.sul21.com.br/breaking-news/2014/03/as-tentativas-que-acaba-ram-no-golpe-de-1964/. Acesso em: 02 out. 18.

WESTIN, Ricardo. "Há 60 anos, crise fez Brasil ter 3 presidentes numa única semana". Disponível em: https://www12.senado.leg.br/noticias/mate-rias/2015/11/06/ha-60-anos-crise-fez-brasil-ter-3-presidentes-numa-unica-semana. Acesso em: 02 out. 18.

Jornais da Hemeroteca Digital (Biblioteca Nacional)

Correio da Manhã, 12 fev. 1955: http://memoria.bn.br/DocReader/089842 _06/45051?pesq=Cruzador Barroso.

Correio da manhã, 12 nov. 1955: http://memoria.bn.br/DocReader/089842 _06/54973.

Correio da Manhã, 15 nov. 1955: http://memoria.bn.br/DocReader/Hotpage/HotpageBN.aspx?bib=089842_06&pagfis=55079&url=http://memoria.bn.br/docreader#.

O Globo, 09 nov. 1955: http://acervo.oglobo.globo.com/consulta-ao-acervo/?-navegacaoPorData=195019551109.

O Semanário, 05 nov. 1957: http://memoria.bn.br/DocReader/149322/971.

O Semanário, 5 a 11 nov. 1959: http://memoria.bn.br/docreader/149322/2654.

Tribuna da Imprensa: http://memoria.bn.br/DocReader/154083_01/24579.

Última Hora, 20 out. 1955: http://memoria.bn.br/DocReader/386030/26923.

Outros links

VERBETE, Movimento Militar Constitucionalista: http://www.fgv.br/cpdoc/acervo/dicionarios/verbete-tematico/movimento-militar-constituciona lista-mmc.

VERBETE, União Democrática Nacional: http://www.fgv.br/cpdoc/acervo/dicionarios/verbete-tematico/uniao-democratica-nacional-udn.

VERBETE, Clube da Lanterna: http://www.fgv.br/cpdoc/acervo/dicionarios/verbete-tematico/clube-da-lanterna.

MARINHA DO BRASIL, "Tradições navais da Marinha". Disponível em: https://www.marinha.mil.br/content/tradicoes-navais#17. Acesso em: 02 out. 18.

DOSSIÊ, Carlos Lacerda: http://cpdoc.fgv.br/producao/dossies/AEraVargas2/biografias/carlos_lacerda.

TAMANDARÉ: http://www.naval.com.br/ngb/T/T003/T003.htm.

Alguns diálogos deste livro foram inspirados ou retirados, na íntegra, da prosa real encontrada nesta bibliografia.

Esta obra foi composta em Dante e impressa
em papel pólen soft 80 g/m² pela Lis Gráfica
para Editora Reformatório em janeiro de 2019.